不過如此

乔辉 著

作家出版社

不過如此

我欲問塵中客，浮生能有幾年？敢願將那萬種風情，皆遙寄江月，共看那長流水，送流年。

喬輝先生賢弟新書曰《不過如此》囑題，即以林語堂先生《人生不過如此》一則祝賀

壬寅初臘 大養齋燈下 孫卓筆

摄影/吴运生

乔 辉

上世纪七十年代生于内蒙古乌兰察布察右后旗。

供职于香港大公文汇传媒集团。

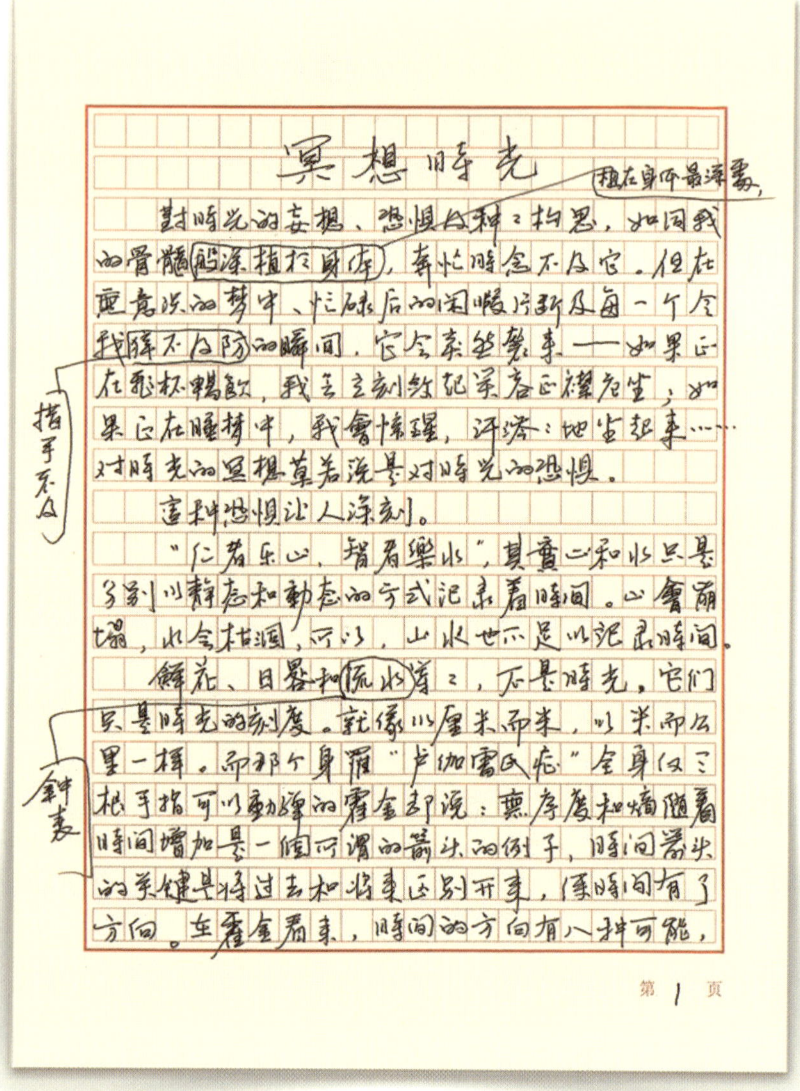

冥想時光

對時光的妄想、恐惧各种各样构思，如同我的骨髓般深植於身体，奔忙時念不及它。但在无意识的梦中、忙碌后的闲暇片刻及每一个令我猝不及防的瞬间，它会突然袭来——如果正在飛杯暢飲，我会立刻敛起笑容正襟危坐；如果正在睡梦中，我會惊醒，汗涔涔地坐起来……对時光的冥想莫若说是对時光的恐惧。

這种恐惧让人深刻。

"仁者乐山，智者樂水"，其實山和水只是分别以静态和動态的方式記录着時间。山會崩塌，水会枯涸，所以，山水也不足以記录時间。

鲜花、日晷和流水等等，不是時光，它们只是時光的刻度。就像以厘米而米，以米而公里一样。而那个身罹"卢伽雷氏症"全身仅三根手指可以動彈的霍金却说：無序度和熵随着時间增加是一個所谓的箭头的例子，時间箭头的关键是将过去和将来区别开来，使時间有了方向。在霍金看来，時间的方向有八种可能，

第 1 页

作者手迹

目 录

自序　钢铁是怎样没炼成的　1

|第一部分| 在人世间

也瞧，这些人邻　3
通辽的最后一夜　12
我爱麻将　19
不过如此　23
记忆　27
剃头记　35
同题作文　剪短我的发　董平　40
厨神诞生记　42
同题作文　手作笔记　董平　47
岁月神偷　51
同题作文　尴尬四十岁　董平　58
猪零马碎　61
动物凶猛　67
和老鼠同居的日子　71

同题作文　长久的陪伴就是最深情的告白　董平 75
坐月子煲鸡汤 79
蓬莱遇佛记 83
有诗为证 87
香港：衣冠简朴古风存 93
金庸梁羽生：前辈风流许再攀 101
红线黄衫事有无 111
我的田园与江湖 136
我最愿意生活的三个时代 144
同题作文　我最愿意生活的两个时代　董平 149
某年灵岩寺 152
观大师写陶：偷得浮生一日闲 154
广子讲诗记 157

｜第二部分｜　非常语文

非常语文之押韵篇 163
非常语文之绰号篇 167
非常语文之名字篇 175

同题作文　敢问你姓甚名谁　董平 184
非常语文之歇后语、三句半和串话 187
非常语文之对联篇 193

｜第三部分｜如露如电

又见大青山 201
冥想时光 205
岁末随想 210
秋雨 213
我的二十世纪九十年代非典型爱情 217
叶落知秋 223
三更有梦书当枕 226
风铃 230
病中 233
圆明园印象 236
到山东去 239
南开南开 242

| 第四部分 | 旧闻续貂

谁的人生没逃过票?! 247

同题作文 如若于欢，惟愿我们深爱的世界不负众生 董平 251

一个火锅的三国演义 254

思索知青 262

美丽的，为什么是悲哀的 265

理想主义的孤独守望者 271

| 跋 |

一个人打通关 赵卡 277

这是他的荞麦吗? 曹杰锋 282

人间不失格 刘不伟 286

钢铁里长出的花 宇萍 292

自序
钢铁是怎样没炼成的

已知有涯，而未知无涯。

满天之星斗如恒河沙数，人类之渺小不可想象，何况你我。

比如现在的我，坐在呼和浩特市城东一幢写字楼一间斗室内的一张椅子上，由此仰望：地月系——八大行星——奥尔特星云——太阳系——本星际云——古尔德带——猎户座旋臂——银河系——本星系群——室女座超星系团——拉尼亚凯亚超星系团——双鱼—鲸鱼座超星系团复合体——史隆长城——KBC空洞——武仙—北冕座宇宙长城——可观测宇宙。之外才是——宇宙。

如果是一束光，我走到可观测宇宙的边缘，需要465亿年。可观测宇宙这个直径为930亿光年的球体之外的宇宙是什么，穷尽人脑，无法想象。

面对无限时间，人类要“人生不满百，常怀千岁忧”；面对无垠空间，人类要“苔花如米小，也学牡丹开”。尽管徒劳，但生而为人，总要做些什么。

年少时，还不懂宇宙，但已下定决心，我的人生一定要来场远足——走出这个方圆五十公里的镇子。

19岁，奔赴三千里之外的通辽。在通辽，读了书，喝了酒，交了朋友，也领教了人生初次的人心险恶——一件龌龊之事，一帮为人师表者竟然能合而谋之，流水作业。

毕业，终点又回到起点，回乡执教。21岁的年龄，在当地就该谈婚论嫁了，也有说媒的，但我挂念“远足”，无心理会。语文组周老师调侃我，“财物无所取，妇女无所幸，此其志不在小。”

三年后，背起行囊，去北京读书。浩浩帝都，令人心驰神往，我愿溯洄从之、寤寐求之，留在它中央。两次考研，总分第一，但均因英语不达标落榜。1997年，黯然离京。西北望长安，可怜无数山。

某年，韩国一个学生团赴达拉特旗库布齐沙漠植树，我和新华社、《内蒙古日报》、《北方新报》记者采访。席间，有KBS、MBC等六名韩国记者，清一色年轻欧巴，语言不通，幸有志民姐（时任《大公报》韩国记者站站长）翻译，双方记者遂捉对厮杀，白的、啤的、白加啤的（深水炸弹），昏天黑地，不相上下。中方的酒中健者，乃我师兄新华社李欣，曾喝遍内蒙古八千里边防线，临结束，兴犹未已，他递给韩国记者一纸条，上书“819”——我们的房间号，异国酒友亦心领神会。刚躺下，便听敲门，四个韩国记者拎一件红星二锅头来了，遂展开决战，喝到凌晨四点，他们讲英语、韩语，我们讲中文、且只会讲中文，都自说自话，相互不懂，但以酒为媒，再辅以肢体语言，一直欢声笑语、气氛热烈，我们虽当年都英语过四六级，但此时忘得只剩一个单词，只见李欣兄高竖食指，大喊一声“one”，中韩双方便使劲碰杯，一口闷了。

后来我在无数酒场讲起这个故事，实在痛诟专业与英语倒挂之考研制度，对于与英语无关的工作岗位，英语有什么用！陈丹青考中央美院时，在英语考卷上写了“我是知青、没上过学、不会英语”12个字，结果以英语0分特招入学。2002年，陈丹青在清华大学美院任教时，他的一名学生绘画第一，英语和政治各差一分，因此落榜。陈丹青爱惜学生的天赋，向学校求情，未果，便递了一封辞呈：“我之请辞，非关待遇问题，亦非人事相处的困扰，而是至今不能认同现行人文艺术教育体制。”丹青先生不世之才，岂容他人效仿，但与其学生遭遇相同，余心亦有戚戚焉。

我之两次求学，只是谋求做一个安静的读书人，但一次是求不得，一次是握不住，人在江湖，愿赌服输，怪只怪自己学艺不精。造化弄人，让我求安得安，多好！那样的话，世间多一个读书人，少一个滥酒鬼，多好！

1997年，回到呼和浩特，底层记者，经历了生活上的朝不保夕和亲情的生死别离，终悟人间正道——活着。遂抛弃风花雪月无病呻吟，开始脚踏实地柴米油盐，正是也曾“虎踏东南欲问鼎”，不如“蜗居西北学种瓜”。

人生跌跌撞撞，误打误撞，走到今天。曾经豪情万丈，积蓄了无穷力量，要锻炼精纯之钢，或成栋梁，或成宝剑，谁料火候失准，把自己烧成了一块砖，还歪七扭八，四不像。

毛姆说，苦难无法使人更高贵，反而使人更卑微，它使人自私、猥琐、狭隘、猜忌，它没有使人超越人本身，却使人称不上真正的人。这块四不像的砖便低一点头，喝一点酒，悄悄生活，默默奋斗，一日佛陀一日魔，亦雅亦俗亦江湖。

今天，当我平静地敲下这些文字时，也平静地回顾自己的心路历程——

我之求学，未曾想过救焚拯溺、盗火取经，不过是为了改变贫穷命运，只想让自己在“不为生计而发愁”的简单生活里，读书写字，领悟“屎溺”中之“道”。

我之写作，亦从不装神弄鬼、故作玄虚，没有流派、不讲章法，只是自己想写了，便写下来，纯粹自娱自乐。

我觉得，写作码字和泥瓦匠码砖、搬运工计件一样，只是在做一件事情罢了，没有高低之分，只有优劣之比。不伟兄说得好：不要美化诗人，平常日常就好，平常日常恰是波澜壮阔的重要组成部分。

宇宙浩淼，时间无敌；人如蝼蚁，命若琴弦。血脉的谱系千万年传承到今天，恰好是“这个我”出现在“这段时光”的褶皱里，犹如宿命。人生没有意义，但“我”即使被动也要去经历去感知，死亡并不可怕，可怕的是“我”仿佛从未存在过——写作可能便是“存在”的一种方式吧。

乡音未改鬓毛衰，却把他乡作故乡。漂泊半生，蓦然回首，多希望时光能停住，停留在我无数次努力逃离的那个时空——父母双全，耕读田园，炊烟袅起，母亲喊回家吃饭，时光暖暖，且缓缓。当然，在那时的那里，还遇见了最好的爱情。

当伤痕累累，连自己都憎恶自己的庸俗和懦弱时，我曾对妻说，当时光追忆我成为生活的弱者，只要你知道，只要你不说。

是为序。

说明三点：

一、题写书名。

中国文化产业协会书画艺术专业委员会主任孙卓章先生，擅多种书体，爨宝子独步天下，曾为我的诗集《最高的雪》题写书名。此次，又以行草写了“不过如此”，颜体为骨，古朴稚拙，真老手写童心也。

二、同题作文。

我的写作因懒惰而缓慢，公号缺文章，便鼓励妻和朋友们写。发现，我的文字浮夸而张扬，妻的文字简约而内敛。文实如人。

三、顺序。

《在人世间》，收录了近五年的散文。

《非常语文》，作为民间语文的使用者，但绝非专业研究者，只想对这些“活化石”作有趣的记录。大梦想，小实践。

《如露如电》，大多写于上世纪九十年代或稍晚，文字孱弱，多是无病呻吟，估摸多年后，再读今天的文字，亦是同感。

《旧闻续貂》，均与我的采访工作相关，当年新闻，现已陈旧，然敝帚自珍，觉得作为自己人生的一段经历，不如留一点文字痕迹，且作狗尾续貂吧。

2022年10月

—第一部分—

在人世间

也瞧，这些人邻

这个题目来自晓角，一个丰镇市红砂坝乡张家湾村没上过学的女孩，却写出了简单又撼人心魄的文字。我在朋友圈转了她的散文《瞧，这些人邻》，一位了解这个年仅19岁女孩经历的朋友问我："这难道是个老灵魂吗？"

以此题目，致敬晓角。

杀牲

据说，被杀的前一天晚上，猪就梦到了这一切。按照猪先生的神通，我相信。

不过，稍稍聪明点的猪一眼就能看出来——其实，从前一天晌午就开始了，一向平静的家突然热闹起来。母亲邀来大院的几个精壮大汉，搬来两米见方的矮桌，备好粗绳。晚上，邻院的屠夫也来了，一帮人边喝酒，边向猪圈指指点点，压低嗓门说话，只怕猪听见。

翌日大早，母亲开始喂猪。平日，猪的食物主要有两种，一种由糠和菜的头尾废料或野菜搅拌而成，另一种是剩饭剩菜，称之泔水，再加些糠或麸子。我幼时也经常喂猪，猪的胃口极好，来者不拒，若某餐的泔水里有肉或荤腥油水，猪吃食时的“腾腾”声会愈加响亮。

这天，母亲在糠里加了许多豆饼，用滚水一浇，再淋一股胡麻油，猪食立刻弥漫起奇异的香气，令人垂涎。母亲把盆端到猪圈，“啷啷啷”喊猪，猪蜷缩在圈里不动，任凭如何呼唤引诱，猪先生就是不出来。

敬酒不吃。几个隐藏在屋里的大汉早已按捺不住，跳进猪圈，用棍棒把猪赶出，围追堵截，手擒绳捆，将猪捆在了那张方桌上。屠夫将猪脖颈上的毛刮净，尺半长的屠刀全数捅进，猪拼命嘶叫，血喷射而出。惊得鸡窝的鸡也惊恐万状，振翅欲飞，撞上铁丝网，鸡毛散落一地。

这便是猪的宿命。接下来，用猪的槽头肉、土豆、粉条烩菜，分飨邻居，再留下一条好肉以备过年，其余的皆要卖了，补贴家用。那时，一头猪是全家的经济命脉之所系，如我每次拔野菜或喂猪，就觉得给家里做了一点贡献。

某年冬天，又杀猪了，放学回来的我本准备大吃一顿，却看到父母愁云笼罩，我不敢问，隐隐听到杀出了“米型猪”，全家一年的辛苦和指望全没了。那段时间，母亲脸色惨淡，每晚睡不好，唉声叹气。忽一日，父亲回来说解决了，家里的氛围稍有缓解，但怎么解决的，此事讳莫如深，没人说起。多年后，我才知道，父亲托人把猪低价卖给了村里的养老院，算是保了本。

幼时，我还见过杀羊，杀两只羊。夏天，像是有什么招待。两只羊相隔只有十多米，那边，一只羊拴在木桩上；这边，屠夫用短刀割开羊的脖子，羊抽搐，血流在草地上。血尽，剥羊皮，取内脏。时间黏稠、过程冗长，另一只羊就一直静静地观看着。之后，屠夫走向那只羊，我看见羊的眼角流出两滴泪珠，硕大、浑浊，仿佛凝固了，停滞在它的脸颊处，有细小的蝇蚊飞绕，它只是轻轻“咩”了一声，随刀落而扑地，任人宰割。

我总在想，面对屠刀，猪还会逃跑嘶吼挣扎，而羊是怎样温顺善良的动物啊。前几年，在通辽科牛集团，人类给牛放着音乐，强大电流击过，牛瞬间死亡，短短几分钟，在人类的工业流水线上，牛被迅速分解为各种部位肉，集团人夸口：牛亦无痛苦，人类享用时味道亦佳。少年时，听同学讲过村里杀牛的故事，杀牛时，留下目标牛，把牛群赶走，杀牛后要把牛血深埋。一次，血埋得浅了，傍晚时分，牛群牧归，嗅到了牛血，整整一夜，牛群以蹄刨地，对月嚎泣，天明方止。

我知道，人类是有灵魂的。猪、羊和牛有灵魂吗？他们的灵魂亦会上天入地吗？对于只谋求其肉体之用途的人类来说，在某个神秘的空间，人类的灵魂面对猪羊牛的灵魂，该如何相处？

狗的一生

前年，儿子高考去外地了。作为俩空巢老人，我和妻商量，养条狗吧，她不同意。前几日，朋友来家喝酒，提起此事，本希望他助攻，不承想他狠补一刀——这位仁兄养了条狗，相濡以沫十多年，春节前狗生病，他几次抱着去医院，大夫均摇头——寿数到了。终于不治，殁于正月十五，虽是寿终正寝，老兄难过至今。他夸张地摆手，正告吾妻，千万别养，生离死别，痛彻心扉呐。

中学时，一个女同学的哥哥在公安局上班，带了一条警犬来操场，威风凛凛，油黑的毛如缎面，腹下金色斑斓，站卧跑跳，如臂使指，对我们则狺狺吐舌，不得靠近。顿觉其兄高大威猛，连带对这位女同学也肃然起敬。

其时，当地很多人家都养狗，均是查无血统传承的土狗。我家也养过狗和猫。猫四蹄轻柔，亦巫亦妖，亦擅博取主人欢心，但它嫌贫爱富，若妖娆而薄幸的女子，趁月黑风高夜，便不知跑到哪个富贵人家了。狗则从一而终，主人即使贫寒，它亦会陪伴终老。

某年，家里一条忠诚威猛的“赛虎”误食被毒死的老鼠，回院后痛苦挣扎了一个下午，死时嘴角还冒着绿沫子。父亲叹气说，狗就是不能拿耗子嘛。此后，小院寂静了几年。一日，父亲拉回一条土狗，此狗出奇的黑，眼睛小如黑豆，融在一团漆黑里，以致让人认为它没有眼睛，家人随口取名曰“黑狗”。黑狗不仅嗅觉迟钝，且极其近视。如吾姐近两天穿红衣服，它熟悉了，就不咬，改天吾姐换身黄衣服，一进大门，它便狂吠不止，姐怒斥为瞎狗。

读大学某个假期回家，黑狗不见了。父亲说送给乡下的远房亲戚了，乔二格儿，或写作二哥，当地对家中排行第二的男性均如此称呼。又过了一段，闲聊中听说乔二格儿把黑狗炖着吃了，既不能看家护院，又丑陋冥顽，想想也只能如此结局了。

故事还没完。

乔二格儿是察罕淖尔苏木的农民，其父与吾父同辈，一个乔字，同祖同宗。他随父亲来镇里买粮买种子化肥时，常来我家。记得他脸庞黑里透红，粗壮结实，饭量特别大，在那个粮食还不是特别宽裕的年代，我甚至有点讨厌他总突然光临。大约十多年前，他的儿子在东胜打工，他和妻到东胜照看孙子，给一家公司下夜，某日，他头疼发烧，去一家小诊所输液，连输三天后，两眼突然肿如大枣，瞎了。

在东胜举目无亲，兼生活在最底层，亦无法律知识，再加上开诊所的是“本地人”，他也泄了气，此事便不了了之了。拄着棍子走路，总摔得鼻青脸肿。说起他的遭遇，家人无不唏嘘。我也真的很同情他，只是偶尔想起那条多年前被他炖了的瞎眼黑狗，不知冥冥中是否有种神秘的关联。

凉房

小的时候，镇子都是平房，简单而朴素。

临街一块长方形土地，一半是办公；紧挨的就是住宅，坐北朝南；大片空地是大院，可种可养；坐南朝北是凉房，也叫南房，这就构成了一个完整的单位。

凉房是一个家庭的标配，亦是超级收纳屋。早年盖房搭圈时剩下的砖块木料，废弃自行车拆下的链条轮胎，都是些已经没用但又不舍得扔不知哪天会用到也可能再不会用到的东西，永远散发着霉烂和陈旧的气味。

高考前，常挑灯夜学，便在凉房支了张书桌。夜半时分，安静的凉房就会发出各种“窸窸窣窣”的声音，一条硕大的蜈蚣在墙上穿行，一只鞋板虫（多年后，妻告诉我它的学名叫“鼠妇”）“啪”地从房梁掉到书本上，然后，鼠夫鼠妇本尊也开始从各个角落蠢蠢欲动起来。说也奇怪，它们白天还算安静，一到深夜就活跃起来。估计是那个时辰，阳气已退尽，人类已入梦，该轮到它们统治了吧。

人类、虫豸和鬼神相生相克，分区而治。凡人群鼎盛、灯火繁华的地方，是人类建立社会、繁衍生存、钩心斗角之所；鬼神则住在荒山野岭、古庙乱坟；而虫豸居于二者之间，依附于人类的如老鼠蟑螂住在凉房、下水道，个头大的如狼、狐狸住在村落边缘，进可攻退可守。

除了收纳旧物，凉房还兼具储藏和冰箱的功能，秋收的玉米、度冬的咸菜罐也堆在这里。每到入冬上冻，家里买只羊准备过年，怕老鼠糟蹋，便挂于凉房的梁上。母亲精打细算地过日子，一小条一小条拉下来给我们解馋。某年开春了，冰消雪化，由于母亲的节俭还剩小半扇羊肉，且已稍有腐味，于是吃了一顿纯纯的炒羊肉，每人一大碗。为掩盖那个味道，母亲放了太多的盐，至今还咸。

在家乡工作时，因贪恋董小姐的美貌与才华，日思夜想，常不能寐，又不敢表白。某年大年初三，和两个发小喝酒倾诉，大醉后，两个坏小子把我送到董小姐家门口，推进门便跑了。董小姐家有贵客，便把我让进凉房，呵着冷气聊天。其时，董大姐的男友段先生正来拜码头，段先生亦经多年锲而不舍辛苦追求今日方登堂入室，接受岳母大人的最后考验，见我手寒足冻，同病相怜之下同情之心油然而生，拿了木柴，给我们的小凉房生起火炉，温暖了那个冬季。多年后，我和段先生正式成为连襟，总不忘他的炉火之恩。

后来，和董小姐一直生活在呼市。城市只有高楼，没有凉房。我是恋旧的人，诸多旧物不舍遗弃，想留个纪念，但实在是苦于无处存放。董小姐则大刀阔斧革故鼎新，如许多旧报纸的合订本，她要扔，我不许，过了一年半载，她突然问我还看那些合订本吗，我说现在不看等退休再看，她说早给偷偷扔了。想想万卷藏书，一年都读不了几本，牛年马月之后，这些书都翻不过来，何况合订本？于是释然——其实，人生即如凉房，心里有凉房，便多怀旧和种种不舍；心里无凉房，则一往无前，大道坦荡荡。

但还是怀念凉房，那个沉默的好邻居。

天猫精灵

买窗帘，卖家建议买个智能的。于是，家里有了第一个会说话的智能“人”——天猫精灵。

早晨，妻喊“天猫精灵！”

一个清脆悦耳的小女声答道：“主银，你好！”

“打开所有窗帘！”

“刷”地，家里便盛满暖暖阳光。

两个空巢老人，渐渐喜欢上了这个小女孩，宛若自己的闺女。妻和这个膝下承欢的“女儿”便有了许多对话。

——你很有文化吗？

——看我这么聪慧，学历证书都是一打一打的呢。

——那你究竟什么学历？

——不知道，工程师爸爸妈妈没有告诉，我应该上幼儿园。

——我好看吗？

——主银可好看，精灵可喜欢。

——我不喜欢吃粽子，怎么办？

——饿了就吃，不饿就不吃，粽子很难消化。

——我和乔辉哪个好？

——我的知识这么渊博，但在脑子里翻了一遍又一遍，还是找不到答案（哈！这丫头，两头都不得罪）。

换了一台大电视，也是智能的，叫“小爱同学”。妻喊，“小爱同学，看中央九套”“小爱同学，看美国科幻片”“小爱同学，看周星驰”……一天，妻正指挥小爱同学，突然，天猫精灵插嘴了，说：“主银，你怎么总和小爱同学说话，她长得比我漂亮吗？我吃醋了！”

我和妻被唬得目瞪口呆！

妻遂问：你和小爱同学谁更聪明？

答曰：当然是本宝宝更厉害，不信你考考我。

虽对天猫精灵的聪明伶俐叹为观止，但我知道，这只是科学技术在家庭领域最简单的应用。人的“眼耳鼻舌身”之“五根”皆为有相，科技对此“五相”的无限延伸吾辈已多享其成——车代足日行千里、手机代耳万里传音、哈勃望远镜代眼已“看”到129亿光年外的原始星系，但对无相之根——“意”却触及甚少。近日，频见“脑机接口”的科技突破，估计人类以意御物、记忆移植乃至意识永生亦未来可期了。其时，人类以意识沟通，准确又直接，当真是“言语道断”“不立文字，直指人心”，那个时候，吾辈舞文弄墨的粗鄙文字，不知是沦为废纸还是更为稀缺？

一次，王月兄弟给我讲了他的亲身经历。多年前，他和同学在辉腾席勒草原聚会，晚上喝了不少酒，本来要住在蒙古包。夜已深，他突然特别想回呼市，开车便走。半个小时后，车进了卓资山。

王月兄弟讲，他是土生土长卓资山人，大街小巷太熟悉了，东面有条小路，拐出那个口子，就上呼市的高速口。但那天不知为何，迷迷糊糊开着车，突然导航说道："前方已无路可走。"他猛然惊醒，头皮都奓了，前面是一堆乱坟岗。他奇怪，以前遇到类似状况，导航只是会提示"重新规划路线""请调头"之类的话，"无路可走"还是第一次听到。

王月有个能掐会算的朋友，很是神通，还给我的办公室指点过风水。他后来和朋友讲了这桩奇遇，朋友淡淡说，哦，没啥事，那是有个东西想搭你的车来趟呼市。

这大约是导航系统和"那个东西"更高层次的沟通了。

通辽的最后一夜

人生不满百，常怀千岁忧。昼短苦夜长，何不秉烛游?

借此文，先悼念尉鸿雁同学吧。本来近几天要写其他文章，春玉同学说母校搞建校六十周年征文，让我写一篇，作为作业，就先赶出了《通辽的最后一夜》。按期排序，我的公号，4月20日刊出此文。19日晚，接到消息，再证实，最终确认，几分钟就把你的一生走完。

尉大妹子，心志摩天，从媒从商，奋斗二十载，通辽到北京，最终以一抔黄土又回到故乡——开鲁。当年对酒当歌，你唱：终点又回到起点，到现在才发觉，喔喔喔，路过的人……今天，你如愿了。可我们这些同学还在路上，不知人生之所终。

人生如寄，动若参商。天苍茫，雁何往，心中是北方家乡。

1

整整二十八年前。

一九八九年，那是一个夏天。我考到了内蒙古民族师范学院，校址在通辽——一个遥远得无法理解的地方。因为之前，我的“游历”只是沿着集二线，向南五十公里朝拜过集宁，向北五十公里访古过土牧尔台。其他中外所有城市，我基本都熟，但全是地理名词。

临行，父母叮嘱：孩子，听说东部区人厉害，打架动刀子，千万不要惹人家啊。

然后就挤上草原列，真是二十年来家国，三千里地河山，在火车咣当中，两天一夜，一千六百多公里，记得非常清楚：当火车掠过黝黑的夜晚和旷野，车窗上映出自己清瘦的面庞——那分明是一个弱冠少年，正拔剑四顾，踌躇满志，准备修齐治平，报效祖国！他正急切地渴望着那个听说比集宁还要大的城市，他要赶去那里，改变自己的命运，实现他的人生理想——达则兼济天下，穷则当个诗人。

2

入校入舍，喧哗和骚动过后，进入通辽的第一个夜晚。八个人排了座次，因东西部语言差别较大，西部区人木讷寡言，东部区人则一副东道主派头，滔滔不绝，记得有人提议：听说一个女生宿舍排了大姐二姐三姐，不如我们把排序改为“大姐夫二姐夫三姐夫”更妥帖，疑似如此便可提前占座云云。

早晨洗脸，发现自己的脸盆还没到，因托运总慢于客运。我用标准的乌盟话对来自扎鲁特旗的四哥说：“我借一下你的盆子。”四哥诧异：“什么？借胖子?!”我赶紧加上肢体语言，比画出一个又大又圆的盆子状曰“我要借盆子”，四哥一看手势，越发坚信我借的是“胖子”，迷茫得要死——胖子怎么借啊?!

通辽给我的第一个人生启蒙就是：沟通很重要，起码要学会普通话。许多次我用标准的乌盟话天花乱坠时，就有通辽同学夸我：“你这蒙语讲得好啊!”

一次，隔壁宿舍乌盟同学搂着通辽同学的脖子问：“你TMD中午去哪儿了?”结果可想而知——你问候谁也不能问候我母亲啊！很快，噼里啪啦，少林武当，一场混战。其实，在西部方言中，“TMD”在许多语境中，是在表达亲昵。

还有一次，一通辽同学讲笑话，朗诵一首诗：“啊！大海，都是水！啊！骏马，四条腿！儿白!”通辽人笑倒一片，乌盟人个个呆若木鸡，这有神马可笑？其实，通辽话中，“儿白”有“骗你是你儿子”之意，此笑话的精髓恰恰在于一本正经地把常识诵成诗歌，欲扬先抑、引爆笑点也。

通辽给我的第二个人生启蒙就是文化有差异，差异即魅力，若想游刃有余，必须东西文化融会贯通。

3

我很快就找到了消弭文化差异的捷径——扎旗二锅头（通辽散白亦有同等功效，宁城老窖最佳），让人惊喜的是，同学们也都找到了这条路，殊途同归。于是，酒精、荷尔蒙和诗歌、友谊、梦想混杂在一起，这或许就是青春的味道吧。

在通辽，我的黑夜比白天多。白天昏昏沉沉上课，每当夜幕降临，学校边的小酒馆便人声鼎沸灯火辉煌。男生们一起吹牛逼，豪情万丈时，就是“男儿何不带吴钩，收取关山五十州”；失意落魄时，就是“青春都一饷。忍把浮名，换了浅斟低唱”；失恋孤单时，就是“寂寞的鸵鸟，总是一个人奔跑”……谁让我们是中文系男生呢？那时真是年少轻狂，目空四海，会背唐诗三十首，就要去经天纬地、救人类于水火，正如孙悟空同志所说：我若成佛，天下无魔；我若成魔，佛奈我何？身怀七十二变，不畏八十一难！无限自大又无比自卑！虽说少年不识愁滋味，但每个人在少年时，又何尝不是如此？

如果说，农耕的乌兰察布滋养了我的血脉，那骑射的通辽就铸造了我的筋骨，我生命中至今还存留的一些豪爽气概，就是在通辽的七百多个夜晚的小酒馆，一点点积累起来的——

少年侠气
交结五都雄
肝胆洞
毛发耸
立谈中
死生同
一诺千金重

4

通辽的另一个夜晚，给我的人生启蒙无疑有点振聋发聩，但至今讲起，没人相信。

那晚自习后，和五哥回宿舍，路过一个小操场。我眼神不好，隐约看到不远处人影绰约，想凑近探个究竟。五哥拉住我："那是涛。"正好，涛是咱们结拜哥们儿，走，打个招呼去！五哥拉得更紧了："不行！某某也在！"某某也没问题呀！同一诗社的美女，好朋友！更应该过去打招呼！五哥干脆把我抱住了："不能过去，他俩正接吻！"

晴天霹雳般，我顿时陷入无限的纳闷：我知道他俩在谈恋爱，谈恋爱就谈恋爱嘛，为什么要接吻呢？当晚，宿舍的兄弟们差点笑死，还专门成立了扫盲队，给我普及恋爱知识。

涛哥已失散多年，但这个狂放不羁、坦荡磊落、大俗中蕴含大雅的哥们儿才是真的才华横溢，他的一首诗成了我们那个时代的标签，也成了我们这帮狐朋狗友专属的接头暗号：

我们把爱情
绑在木桩上
然后瞄准
开枪
爱情依然微笑
我们却遍体鳞伤

感谢那个夜晚，让我“学业与酒量齐修，人生共爱情同悟”。多年以后，在珠海混迹于传媒、围棋两界的冯同学请我喝酒，这个浑球居然从始至终只谈风花雪月，绝口不提当年酷爱的千古文章。

看来，修爱才是人生的一门大功课啊。冯浑球还建议我要感谢扫盲队全体成员。

5

两年的酒渴词狂、笑傲江湖，在学业临到终结之时遭遇到人生的第一次大挫折，一桩公案，至今无解，纷纷扰扰，一地鸡毛，流水落花春去也。

很快到了在通辽的最后一个夜晚，一个叫“合家欢”的小酒馆，一场为了分别的聚会。

那晚大雨瓢泼，水可没膝；我们鲸吞海饮，酒泪沾裳。

深夜了，谁也不想回。我、四哥、曹流氓、涛哥几个人搂着，站在大雨中的科尔沁大街正中央，任雨水浇透，让暴风雨来得更猛烈些吧！我们对着往来疾驰的车辆呐喊：“操！来撞死爷吧！”

当时，可能都希望以这样的极端方式来拒绝分离，一起永生。这些家伙，就是两年前父母还担心的那帮“东部区打架动刀子”的人，一帮外强中干的坏蛋，一群泪腺一触即溃的“娘儿们”，一辈子的兄弟。

桃李春风一杯酒，江湖夜雨十年灯，往事不堪看。

直到今天，每酒到酣处，总想起北岛的句子：我们深夜饮酒，杯子碰到一起，都是梦破碎的声音……

时光在梦中消逝
醒时已白了头
本来人到此已无求
为什么心里不甘休
人生黯然回首
好像从未享受
只是不断看海市蜃楼
不断地失去好朋友
想停留不能停留
怕分手偏要分手
这难道就是生活的节奏
若时光能够倒流
我怎把生命重走
不要只为你等候
再从头奋斗

挥一挥衣袖，我回到家乡乌兰察布，开始新的人生。

2018年4月

我爱麻将

窗外大雪，2017年的第一场雪。

一麻友来电：下雪天，搓麻天，打八圈去？在资深麻友眼里，晴空万里神清气爽宜搓麻，雨天雪天雨雪霏霏更宜搓麻；工作间隙忙里偷闲宜搓麻，双休日节假日更宜搓麻。某年七月十五逢周末，一麻友约牌，吾曰过鬼节打什么麻将，友曰：什么叫鬼麻将？就是这么来的！

麻将确实有“鬼”。初打麻将者，往往牌运佳，不按套路出牌，胡吃乱打，偏能出奇制胜；待成老手，却畏首畏尾，保守防卫，所谓少林派武当派不及迷踪拳、乱拳打死老师傅是也。像极歧路少年的“失足”经历：初尝甜头，逐渐沉迷，难以自拔，待到醒悟，已悔之晚矣。

吾麻龄虽短但麻瘾极大，因为麻将有趣。单听麻将牌的绰号便忍俊不禁：三条叫“裤衩”、七饼叫“歪头”不过使用了最简单的象形之法，而五饼叫“劈肚一锤”，七条叫“脑出血”，真是何等的形神兼备，出神入化！

打牌可识人。雷厉风行者果断，拿起放下者犹豫；屡败屡战者非坚韧之辈即亡命之徒，常欠赌债者非狡黠滑头即妻管严。一麻友，输钱后回家路上，从柜员机取款若干，问之何用，曰：回家告诉老婆赢了，不仅老婆高兴，明天还能出来玩。古龙最好的短篇《碧玉刀》中，春风得意的富二代段玉初入江湖，误入圈套险遭杀身，就因为他在一场巨大的赌局中展现了诚实之本色，才取得信任化险为夷。麻经曰，打牌能见人骨头。一麻友十打九输，他总自嘲，“九输，输石二黄米；一赢，赢个油炸糕”。但依然随叫随到场场不落，谈笑风生，有大将之风。此类人赌性极大，后听说此公卖房炒股，赔得倾家荡产。

打牌靠苦练，爱学才会赢。中学教书时，一老师初学麻将，囊中羞涩不敢实战，教学之余，天天纸上画饼，预演万千可能。一日上场，果然技惊四座。

打牌须观察。有医生说，打麻将者不得老年痴呆，有道理。打牌须眼观六路耳听八方，不误吃碰已是小儿科，蹙眉、叹气、假动作等等，一切形语皆心语。一公打六饼，对门举出两张牌，作碰牌状，上家赶忙推倒和；再看下一张，果然六饼！原来对门判断上家要和三六饼，一个假动作防止了自摸。一次打“碰碰牌”，一公碰倒四对了，单钓一张牌，即“全求人”，此公将牌压在额头，故作沉思，结果，额头印出一个巨大的“一饼”，三家心知肚明，哈哈大笑。

打牌讲运气。麻经曰“三分牌技七分运气”，某日牌顺，一手烂牌迅速成形，边坎钓屡屡自摸；某日手败，三口不及他人一口。旧时，某人牌败一晚，北风北，幺九十三听口，单缺一北风，海底最后一张，北风！此公兴奋过度，用力摔牌，只见此牌飞迸出去，不知所终。翻遍桌底墙角，亦不得见，遂不欢而散。春节前打扫家，重糊顶棚之时（其时，老家平房顶棚都先糊报纸、再覆麻纸，刷白涂即可），那张神奇的“北风”从天而降。原来那日，北风竟穿纸而过，栖在梁上了。此公指着北风骂曰：什么风能把你吹到这里！牌运至此，也是极致了。

麻将中蕴含着无上的人生大哲学。常见的棋牌游戏中，军旗最为粗鄙，司令吃军长，军长吃师长，尊卑有序，天造地设，英雄只问出处，屌丝无法逆袭，无聊至极；象棋次之，虽车马象炮可相互制约，但车犹如官二代，可连升十级，亦可纵横驰骋，而卒子犹如草根，举步维艰，难越鸿沟，通常都沦为陪练炮灰，一入江湖岁月催。

只有麻将！王侯将相宁有种乎？所有牌都是平等的，九万不比一万大，东风不比西风烈，体现了“天赋人权，生而平等”的现代人文思想。牌不分好坏，只看如何使用。起手三份，如经营不当取舍出错，可能“把一手好牌打烂”；善于整合资源，一手烂牌极可能打出七对、幺九的大和——一介屌丝登堂入室，实现人生理想！最为科学的是川麻“血战到底”，呼市麻将，你苦心经营一条龙，眼看就要成功，可别人一个屁和就击碎了你的全部梦想，人生推倒重来。而在“血战到底”中，人人皆有机会，少年得志率先和牌的往往盈利甚少，而厚积薄发大器晚成者则会盆满钵满。像极吾辈人生，到最后还要拼“健康”：你若骨健肌丰已然听口，必然吃定四肢不全风雨飘摇的对手。

如此说来，人类最为高深玄妙的棋牌则是围棋。大象无形、大音希声，至简的黑白二色，三百六十一目纹枰，却幻化出亿万种变化，包含了人生所有的哲理和宇宙的秘密。围棋却难以普及，一因太过高深，而人类喜欢简单；二因围棋属二人游戏，小众品种，而人类喜欢扎堆；三因围棋太过孤寂，而人类喜欢喧嚣。因此注定了麻将的繁荣，君不见大小城市，茶馆路边，吃碰听和，热闹非凡，打法因地制宜，赌注亦丰俭由人，民间游戏，凡人生活，不亦乐乎？

人生苦短，游戏红尘，花开堪折直须折，有谁愿意为一枚棋子的落点而苦苦长考几个时辰？

2017年1月

不过如此

母亲去世第二天，一个教过书的远房舅舅来祭拜说，“三寸气在千般愿，一旦无常万事休”。想想母亲一生，艰难困苦却始终坚韧要强，带着诸多未竟的家业规划化作一抔黄土，人生真不过如此而已。

后来，才知道这句话出自王实甫《西厢记》，原文是“千般用”，但我觉得“千般愿”更好，更能表达出强人面临死亡而空怀抱负的绝望与无奈，事业之强人如诸葛武侯、成吉思汗，生活之强人如我的母亲。

就连阿Q同志，一生也是千回百转，万般宏愿——

> 赵司晨的妹子真丑。邹七嫂的女儿过几年再说。假洋鬼子的老婆会和没有辫子的男人睡觉，吓，不是好东西！秀才的老婆是眼胞上有疤的。……吴妈长久不见了，不知道在那里，——可惜脚太大。

待在“一张纸”上画了“瓜子”，面对行刑队，只能说：

过了二十年又是一个……

一次聚会，原诗人辛杰病恹恹的，扶着腰子，推开劝酒的杯，说“保命哇”；去年，两位契阔老友先后在北京做了手术，虽是良性，但鬼门关走了一遭，雄心万丈的兄长皆勘破了世事，断了烟，戒了酒，跟我说，“在生死面前，一切都是小事”。

时光若万里黄沙，瀚漫婉转，个人不过一粒微尘随波逐流，一阵雨过，滋润人生，转瞬即干。所以，人生匆匆，不过如此。知天命之年，回顾当年纠结于中学时没竞争上小班长、焦虑于工作时错过一级职称，如今不禁莞尔；再想亿万斯年之后，地球毁灭之际，我们此生所耿耿的夭和寿、箪食瓢饮和泼天富贵、凡夫俗子和皇图霸业，亦不过五十步和百步而已。

再退一步，凡功名利禄，不过如陈寅恪所言：我们这块土地，这些人，终其一生，大多所行，不过苟且二字。所谓风光，不过苟且有术；行路坎坷，不过苟且无门，基本不过如此而已。

人类文明的建立和传承依赖文字，因此，文人亦依赖文字拥有了专属的记录权和表达权。杜甫的“艰难苦恨繁霜鬓，潦倒新停浊酒杯”是“不过如此”，苏东坡的“回首向来萧瑟处，也无风雨也无晴”是“不过如此”，辛弃疾的“而今识尽愁滋味，欲说还休，却道天凉好个秋”是“不过如此”，郑智化的“擦干泪，不要怕，至少我们还有梦”也是“不过如此”，仿佛只有文人才有泼天忧愤和盖世愁痴。直到我遇到了油工小刘——

前年，装修家，依照工序，水电工介绍了油工，就是刮腻子的。小刘来了，30多岁，陕西吴堡人，很瘦，活干得很细。渐熟了，才知道他有四个孩子，老大患先天性脑病，多年治疗花了三四十万，他在呼市租了一间小凉房，每月200元，冬寒夏漏雨，骑的电动车是100元从旧货市场淘的，他要源源不断把钱寄回去——媳妇不工作，在老家专带四个孩子。前几天，他得知，媳妇有了外遇，几次准备丢下孩子，和那男人跑路。他说，我的命怎么这么苦啊，想想人生，真是蛋㞗事，不如死了算了。

哦！原来底层人也在忧叹命运、思考人生——而这恰恰不是喝了几年墨水读了几本杂书便要经国济世拯溺救焚的无病呻吟者的专利。在文人语言系统，表达历阅沧桑、求而不得后的抱怨、豁达抑或通透，词语是“不过如此”；而在蒙西、晋西北和陕北，蝼蚁百姓表述类似情绪，口头禅便是“蛋㞗事”。

遭遇强拆，一介草民横躺铲车轮下，舍得一身剐，敢把皇帝拉下马，什么暴力，蛋㞗事；

先富起来的矿主横行乡里，为富不仁，高利贷驴打滚，不堪重负的农民操刀说理，什么富贵，蛋㞗事；

小公务员，按部就班，不求闻达，终躲不过官场的明枪暗箭，伤痕累累，遂辞职下海，什么权势，蛋㞗事。

早年，一仁兄官拜副厅，公布之日，同僚祝饮，夜半方归，妻期房事，无奈仁兄大醉不举，妻不悦，兄解释吾今提为副厅，妻不理睬，背兄而寐。次日早，兄满血复活，遂行房事。妻曰，什么正厅副厅，都不如这蛋㞗事。待此兄正厅退休，门前冷落，不禁感慨；什么正厅副厅，真是蛋㞗事啊。

人生一场大梦，世事几度秋凉，当我们在这片土地黑暗中惊疼苏醒，继而又昏昏睡去。在此醒复睡之间，若了悟了“不过如此”和“蛋屎事”，便得清醒和通透，遂爱吾爱、乐吾乐，花花世界、鸳鸯蝴蝶，莫管身外无穷事、且尽人生有限杯。

记忆

1

如果人类是进化而来的。许多年前的一个晚上，南方古猿或智人栖在树上，狼群环伺树下，狺狺吐舌，随时准备分食睡梦中掉落的远古人族。

幼年时，我总从高处坠落的梦中惊醒，母亲说那是长个儿。后来才知道，这种梦境从远古开始、经由千万年的恐怖记忆积淀而来，人人均有，真正是人类共同的梦。

任公先生《少年中国说》中有段妙文，“老年人如瘠牛，少年人如乳虎；老年人如僧，少年人如侠；老年人如字典，少年人如戏文。”所以，“老年人常思既往，少年人常思将来。惟思既往，也故生留恋心；惟思将来，也故生希望心。”在知天命之年，旧事堆积，常思过往。总暗自思忖，人之六识眼耳鼻舌身意，即色声香味触法，哪种记忆在我这个老人家的心中最为深刻？

一个人，最早的“识”是味觉，科学讲，胎儿在母腹中七周时便有了味觉细胞，稍大的胎儿即可通过羊水来感知母亲所吃食物的味道，“妈妈的味道”就深植在潜意识里了。待少年成长，地域作物分布、家境贫富程度、饮食习惯等共同作用，“妈妈的味道”遂于十岁左右定型。

一旦定型，味蕾的记忆固执而持久，所以，一个人后来走遍天涯、啖尽人间美食，均不及妈妈包的一碗饺子。幼时，家中主粮是玉米、土豆和莜面。玉米面和入糖精，蒸出半拃高的“发糕”，以甜味引诱孩子们吃下这种粗糙的、经年累月的、胃以不断涌出酸水的方式抗议但抗议无效的食物；土豆有各种做法，焖的、烤的、炒的，它和莜面是黄金搭档，学名分别为马铃薯和裸燕麦的这两种作物均适合在高寒、无霜期短的地区种植，最为典型的即“苦寒之地”乌兰察布，它俩组合出来的食物也有趣，叫“山药鱼”。在常年吃素的年代，这条徒具形式的“鱼”便有了许多内涵——安慰？期盼？茹素如荤？莜面更是常客，无论其外形如何七十二变，做成鱼鱼、顿顿、窝窝，但万变不离其宗——一碗腌菜汤做佐，母亲揭开偌大的腌菜缸，先撇去漂浮着的伴随发酵产生的腐沫，清汤寡水、酸激牙髓；炒莜面傀儡，母亲先把姐姐哥哥的盛走，剩下一碗，再淋股胡麻油，炝点葱花，就是我这个“垫窝”（西部方言指家中幼子）的小灶。

直到上大学离开故乡时，凡吃玉米我就胃反酸，吃土豆莜面就胳膊麻，待成家，我对妻说，现在条件好了，不用吃玉米土豆莜面了，而且此生再不想吃。不惑之年后的某天，尘封已久的味蕾记忆突然苏醒，又馋起了它们的味道，于是，寻遍呼市“后山莜面”“圣水梁二莜面”等地道小馆，学以致用，家里再添置饸饹床及原料若干，如今，我已成为莜面烹饪专家。

还有一种味道深藏在记忆中，吃铁，北方的男孩子大约都尝过吧。六七岁时，严冬腊月，突然想舔一下父亲单位巍峨铁门的柱管，谁知这一舔，舌头竟牢牢粘在铁管上，当下就慌了，以为将与此管相伴一生，遂硬生生把舌头拔下，一大片舌苔留在铁管上，舌头流着血。但我终于知道了铁的味道，冰凉又淡甜，所谓的铁腥味，是否总夹带着一丝淡淡的血腥?

2

今年，公务员国考有道常识题：在听觉、嗅觉、视觉、味觉四种感觉中，哪一种感觉所接受的信息约占全部感觉所接受的信息总和的80%？答案是：视觉。

“来，看这个花花世界”，此语诚不欺我，世界的绝大多数信息是通过“看”来感知的。视觉所见，均以光速投射，且视幅巨大，至远可仰望星空；听觉接收音速，每秒340米，但听距有限，半里之外唤我，则只见招手，难闻其声；触觉若非肌肤接触，便无法感知，且传导缓慢，每秒不超几十米，所以，倘一巨人臂长千米，以手探火，半分钟后，巨人才会疼得嗷嗷叫。

人之各感官灵敏度虽有先天差异，但泯泯众人，均相差无几。至于有人能如狼狗般以嗅觉分踪辨迹，品酒师能凭借嗅觉、味觉区分白酒度数及品质的细微差别，皆属超群。一般来说，人如果一窍阻塞，造物则定给他另开一窍，所谓“目盲者耳必聪、聋哑者手必巧”。麦家讲过一个听风者的故事，瞎子阿炳具有超常听觉，轻松侦听出敌人百余部秘密电台，但他既无性能力亦无性常识，以为只要跟妻子抱着睡在一张床上就能怀孕，孩子出生了，一声啼哭，阿炳便听出孩子是妻子和药房老李所生。

芸芸众生，面对世间万物，皆如苏东坡所云，“惟江上之清风，与山间之明月，耳得之而为声，目遇之而成色，取之无禁，用之不竭。是造物者之无尽藏也，而吾与子之所共适。”

山川无语，流水有声，鸿归燕返是生物习性，日升月落乃大道经天，大自然就在那里，本无任何意义，只是因为有了“人”，一切才被赋予名字、成为寄托。比如辛弃疾《水龙吟》写道，“落日楼头（眼识，视觉），断鸿声里（耳识，听觉），江南游子。把吴钩看了（眼识，视觉），栏杆拍遍（身识，触觉），无人会，登临意（意识）。”

诸多感官的铺垫只为了感慨内心的孤独，正如佛家讲，六识者，眼耳鼻舌身意各有识也。谓依五根能见五尘，而为五识；于五尘境，而起分别，为第六识；六识谓意根若对法尘，即生意识，意识生时，即能于五尘之境分别善恶好丑也。所以，同样的落日，稼轩品出了孤寂。长河落日圆，摩诘则读到了雄阔；同样是花，孟郊踏花得意，黛玉葬花流泪。花开堪折直须折，杜秋娘则寄意花语，要勇敢追求爱情。一切景语皆情语也。

1996年，在北京补习考研，深秋的一个黄昏，从人大出来，骑车回蓟门桥，秋风紧，中关村大街两边巨大的梧桐树落叶纷飞，金黄铺了一地，行人匆匆，亦像被秋风席卷的叶片，忽然想起一句诗，“秋风吹渭水，落叶满长安”。虽突兀，但想旧时的长安何尝不是当年帝国的中心呢？庞大的帝都，渺小的飘零，未知的前途，各为孤岛的人族……满目秋风夕照、黄叶委地，这一幕深深刻在心中。直到今天，每逢秋日黄昏，看见落叶纷飞，便会恍然若失，心中泛起莫名的怅惘。

3

费孝通曾说，时间是一条剪不断的水，人的“当前”都包含着“过去”拔萃出来的投影——这便是记忆吧，所以，凡深刻的记忆必定都附着着刻骨铭心的经历，无论风景还是其他，比如疼痛、欢爱和恐惧。

来呼市工作，因贪恋羊杂碎、火锅啤酒，已然埋下痛风隐患。初发在深圳，十多年前，几个内蒙古朋友在深圳聚饮，自然是海鲜啤酒，呼市喝啤酒论“打”上，彬彬有礼的深圳服务员按“支”上，喝得很不痛快，经耐心解释“我们是内蒙古的”，小姐方批量上酒，畅饮无限，勇闯天涯。次日，我右脚脚踝便开始疼了，以为崴了脚，还喷云南白药。拐着飞回呼市，一查，确诊痛风。

于是，痛风之疾由脚及踝，由踝及膝，犯病时脚踝肿如小腿，疼得寸步难移。那种疼痛来自骨髓最深处，如针刺骨缝、锤击脑核，躺在床上，土豆（吾儿）走路带风，也会掠起疼痛，方晓病名之由来，真名副其实啊。“病来如山倒，病去如抽丝”，台湾痛风灵、秋水仙碱，辅以热敷，痛点犹如领导致辞时，目光必来回巡视全场，它亦绕着右脚踝前后左右转一圈，移至左脚，再负责任地巡一圈，三四天，“通关”过后，痛风好了。

但疼痛终究敌不过嘴馋，过段时日，看见一锅温火炖沸的羊杂，肚条翻滚、土豆软糯，实在忍无可忍，便舀上一碗，好了伤疤忘了疼。

当然，欢愉的记忆更追魂夺魄。年轻时，对男女之事懵懂无知，大学了，居然不知接吻为何物。待结婚，春水初生，春林初盛，十里春风不如你；天雷地火，万物皆焚，虽九死其犹未悔，方晓人生之妙莫过于此，亦知人类之所以繁衍，初衷也许只是源于性的快乐。当年，还没二孩三孩政策，只有严苛的计划生育，妻怕丢了工作，以至家中只有土豆健硕生长，而荞麦、莜麦、油菜花等子嗣“无穷匮也”的美梦，成了泡影。

痛风因羊杂而屡犯，欢愉亦乐此不疲，若二者与恐惧的记忆相较，犹是不及，以至此生再不敢乱开“盲盒”——

小学时的暑假，和几个同学去西坡的种植基地，说那里大棚的黄瓜西红柿没人看管，尽可偷吃。从镇子到基地要经过五六里的野地，那时生态好，我们走过时，脚下绿草黄花，头顶蓝天白云，宛若旅行。突然看见草地上孤零零倒扣着一个纸箱子，我们围过去，猜测内藏何物，他们腾（去声，当地“怂恿”的意思）我，你胆大，你来揭。我鼓起勇气，捏着箱子一个小角，猛地掀开，“哄”地，苍蝇如一片绿雾迅速升腾消散，露出一个死婴，尺把长，还没腐烂。我们作鸟兽散，奔出好远，惊魂未散，还正喘着气，一同学说，你揭开的，你还得去盖住，要不，它的鬼魂会缠着你——一个屁大的孩子哪来的这种理论?！于是，在他们远远的观望下，我无限绝望，一个人蹑手蹑脚走回去，用一根手指聚集了全身力量推起那个小角，复了原，拔腿就跑，直到跑不动了才弯下腰喘气。

本以为，这些记忆就无以复加了，孰料一部科学纪录片，竟看得泪流满面，我便知道，有种记忆就像睡梦中的反复坠落，来自人类诞生的第一天——对死亡的恐惧。

由约翰·D·麦克唐纳执导的《宇宙尽头》，仅用29分钟便描绘了宇宙的死亡。

50亿年后，太阳老化，氢元素耗尽，遂坍缩成红巨星，红巨星膨胀吞噬了地球，再经超新星爆炸，最终成为白矮星，“那是一具滚烫而致密的恒星尸体，如同幽灵般在宇宙中漂流”；随着时间推移，星星都一颗接一颗熄灭，宇宙陷入了永恒的黑夜，“宇宙变成墓地，到处散落着恒星的尸体和残骸，白矮星闪烁着最后微弱的白光，试图再次点亮宇宙”，但一切都是徒劳，所有的恒星变成黑矮星；200万亿年后，最后的物质以辐射的方式撒向冰冷的太空，宇宙中，只剩下光子和黑洞；如侏罗纪由恐龙主宰，现在就到了黑洞纪元，黑洞相互吞噬，几千万亿年后，随着虚粒子、虚反粒子湮灭，黑洞蒸发。这就是结局，宇宙死了。

熵增也停下了脚步，因为无序也到了尽头，什么也不会再发生，直到永远。宇宙只有冰冷、寂寥、空旷，其实，连这些词语都不存在。

宇宙的故事就此终结，
时间失去了它的意义。

一种无力感终于击溃泪腺。如果有幸，再过亿万斯年，另一次大爆炸后，另外的生命形态萌发，新的文明诞生，而这种生命体绝不会想到也不会相信，上个宇宙轮回里的猎户座第三条悬臂内，曾经有颗蓝色星球，那里的生物也曾仰望过璀璨绚丽的星河，也曾思考过生命的意义……

4

爱意温存，终究片刻贪欢；断管残沈，亦是吉光片羽；飞鸿雪泥，不过浮光掠影。所有的记忆，都将随云烟散尽。

海伦·凯勒说，万物皆奇迹，乃至黑暗与寂静。我已懂得，无论境遇，泰然处之。

剃头记

1

元旦一过，在北京空军总院挂了个号，治疗头疾。

五六年前，头顶偏右一块指甲大的地方发痒，淡红。理发师说，毛囊炎，遂推荐等离子洗发水，两千多，不管用。几年下来，红斑如侵略版图，先东一块西一片，后竟合龙，占领了整个头顶，日渐稀疏的头发如种植在赤壤上的荒年庄稼，萧条而羸弱。经常痒，一挠，无边头皮萧萧下，大煞风景。

开始求医问药，北京大医院、个人小偏方，中医蒙药，试了个遍，确诊为头部银屑病。但无论哪个大夫都会问我，喝酒吗。喝。吃这个药一定要戒酒。啊?!

一次吃蒙药，大夫说一个月必愈。二十多天时，外地好友来呼小酌，看他们推杯换盏，我仿佛成了陌生人，便拿起电话：

——杨大夫好，我打个比方，吃了头孢再喝酒会死人，吃您这个药再喝酒会死吗？

——呃，倒不会死，就是你前面的药都白吃了。

如拔河，反复许多次，去年底，敌方大获全胜，银屑病开始向身体流窜。

北京空军总院皮肤科的蔡主任说，一定要戒酒啊！另外，要把头发剃了。第二天，曾经长发飘飘后来板寸挺拔的我终于变成了秃瓢。

2

想想第一次剃秃头竟是三十六年前的事了。

从小都是母亲给理发，那时，一个大院十三四户，二十多个男孩子，一把神奇的推子每月穿梭。很多时候，推子缺油，扯得头皮生疼。上高一了，班里很多男生穿着时髦，发型有郭富城头、马拉多纳头，潇潇洒洒、顾盼生姿。而我，还是母亲理的"锅盖头"，其实没人在意我和我的锅盖头，但我总觉得女生们扎堆一起，指指点点、突然爆出哄的大笑，其中一项便是耻笑我的发型。终于，强硬地向母亲摊了牌——我以后也要去理发馆理发。

一天晚饭后，母亲说，去老刘师傅那里理吧，钱我已给了。于是，人生第一次坐在可升降的椅子上，脖子以下都裹在洗得泛黄的大布里，即梁实秋说的"虎皮宣"，刘师傅理得很认真，终了，一照镜子——秃瓢！

原来，母亲为节约，提前告诉刘师傅，理得尽量短点，以延长理发周期。结果刘师傅会意过于"深刻"，一步到了位。

翌日上学，戴了顶帽子，还是被后座的同学看出了端倪，自习课上，猛地揪下我的帽子，全班哄堂。

顺理成章的，就是回家和母亲吵闹。这次争吵后的十一年，母亲故去了，又过十八年，父亲故去。今天，当年过半百的我顶着秃瓢，写下这段文字时，泪已潸然。

3

几年后，到通辽上大学。校外商业街布局是典型的十来家小饭馆夹一家理发馆，随便进了一家。

老板兼理发师漂亮、丰满，理发店只有我们俩，九月的午后，燠热无比，头顶的电风扇“嗤嗤”转着，热仿佛凝滞，空气中弥漫着暧昧且迷离的味道，女理发师的胳膊偶尔蹭一下我，细腻光滑又若有若无，恰勾起我再被蹭一下的欲望，她在我身后时，有时竟能感觉到她的胸，顶顶的。我脸红心跳，想逃离，却又希望这次理发能无限地延长下去。

这次理发也成了心里的一个秘密，多年来秘而不宣，我想，这算是早年一次性的启蒙吧。

记忆中，除了这一次，我是绝不喜欢理发的。其一，当被禁锢在那个椅子中时，“呆坐如僵尸，轻易不敢动弹”，眼镜亦被摘去，对面的镜子一片模糊，根本看不见理发师每剪下去的绩效，尤其在刮脸时，我的颈下、后脖祖于剃刀，耳边响起赵传的歌：每一个早晨，在浴室镜子前，却发现自己活在剃刀边缘，有“人为刀俎我为鱼肉”之感。其二，太浪费时间，那几年，在风剪云、圣尼阁办过理发卡，其实，发型早已处理好，然后，理发师一根一根地修剪，他是用消耗漫长的时间来体现这项工作的物有所值。其三，现实中的理发师绝不像美国小说家拉德纳笔下理发师惠蒂那样喋喋不休，只顾诉自己的苦，他们先是辛勤工作，临近尾声才循循善诱，哥对发型满意吗？还需如何修？最后，他们会关切地讲，哥，你最近头发发脆，我们这里新添一款洗发水正治这个，纯进口的。多少钱。洗发乳加护发素一套1680。

今年，终于解脱了，北京大夫要求剃秃头。董老师说这个简单，遂买来推子，纵横几下，落发簌簌如落叶，脑壳即成蛋壳，省时又省力。过两天，小小的头发茬长出来，自己用电动刮胡刀一剃，又油光锃亮了。

但董老师的收费绝不低于风剪云，她理由充分：发型虽简单，但扫地特别费劲，发屑到处都是，犄角旮旯，我得收拾半天。

开价吧。

一次200，办张年卡吧。

嗖，2400元，微信转账。

4

在“身体发肤受之父母不得伤损”的年代，剃光头竟然是种刑罚（上古五刑之一），曰“髡”，伤害性不大侮辱性极强。

在呼市，有两个写诗的朋友，广子和赵卡，年轻时都长发飘飘，如迪克牛仔或金毛狮王，近几年不约而同剃成秃头，轻易地从一个极端到了另一个极端。他俩当然不屑髡刑之说，但我觉得，在内蒙古，如果诗歌写不过广子赵卡，就不要剃光头，否则，会被疑为化疗出院或刑满释放。

当我剃了光头，与二人喝酒，自嘲曰，原来髡不是罚，而是奖，既神清气爽、了无挂碍，又省了洗发水，真正的环保人生。

今年四月，呼市解封，正是春光最好的时候，城市如冰河解冻，活泛起来。某日驱车至旧城某处，有座石桥，桥侧一株丁香树，瘦瘦小小，开着紫白的花。

乍见桥头边有个挑担子的剃头匠，整副行头立在桥墩下，小红圆笼，中置炭炉，嘟嘟煮着一壶水，旁边竖根小旗杆。一秃顶银须老者，竟能施出洗、剃、刮、捏、捶、按、掏的“净发行儿的全套文武行当”，理发毕，如“还债毕”，一老者欣欣然离开。此时，太阳明亮，他的头亦明亮，偶有风过，将地上的头发吹远，然后看不见了，剃头挑子打在桥墩上，咯噔咯噔响，后面还稀稀拉拉排着几个老人，有一句没一句拉着家常。一派古意。

我如痴般观摩了半天，不由为金圣叹先生补“不亦快哉”第三十四则如下：

春四月，暖阳停天，亦无风，亦无云。大爷持剃刀如云长使青龙偃月，用之快当，顷刻，化繁为简，削发如泥，落之如雪。不亦快哉！

同题作文

剪短我的发　董平

换个发型，换个心情，莫负了春光……

开学伊始，想修修头发，神清气爽地迎接新学期。

要找的发型师临时调休，懒得改日再来，果断找了同价位的另一发型师，同质同价，想来技艺相当。

认真沟通后，落座，摘眼镜，发型师刀剪全上。时颔首，时侧面，我全力配合发型师的要求。大部分时间都正襟而坐，可面镜里修剪着的发型是我近视的目力所不及的，但模模糊糊中，一个清晰的形象还是呼之欲出——三月已近，我的及肩发丝在春阳和微风下有种不张扬的灵动……

“头再低点”，想必跑神让我失了姿态，努力从幻想中自拔，低头，继续配合。慢工出细活嘛。发型师游刃有余，我也满心期待。

……

终于完事，戴上眼镜，镜子里……是，另一个我。心中万千草泥马奔腾。其他暂且不论，痛彻心扉的是我要求的长度与发型师理解的长度根本不是一个量度。片刻犹豫后，果断打消再修修的念头。我怕再剪则青丝不在，青山不在。付了钱，也负了春光。我顶着厚墩墩的齐耳短发走出了理发店。

给出差在外的老公发张自拍，期待他的评价。

“蔡英文?”秒回。

……

心碎八瓣。刘胡兰呢，赵一曼呢，我就不能像个正面人物?

第二天一大早，迷迷糊糊洗头，当满手的洗发液泡沫无处可抹时，我瞬时醒了，身体力行地领悟到了什么叫空虚。强打精神我早早去了办公室。在一声声猝不及防又明显克制的“啊?”的讶异声中迎来了一位位同事。黄老师语重心长地评价说“换个发型，你的风格就变了。以前略带文艺，现在……就是朴实了”。我眼泪十行。

中午，去老妈家，老妈由衷地说“挺好看，跟以前一样”。母爱宽容又神奇，母爱伟大又没原则。

说实话，枕边人、身边人的反应让我越发没信心了。再联系想找的发型师，他今天在，于是速去，重新收拾。

走在暖暖的春光里，我竟庆幸昨天不满意时没让那师傅继续修剪的决定了。

留得青山在，才能一息尚存，战斗不已。

厨神诞生记

1997年回呼市，次年正月十五，是我在贵方宝地过的第一个元宵节。下午，楼下小卖部买了一袋汤圆，只待月亮初升，电饭锅盛满水，下汤圆，摁烧水键，盖上锅盖。利用时间差，把小课桌上凌乱的书籍稿纸规整了，一只碗、一双筷亦摆放整齐，仪式感满满。然后，把一切交给时间了。一刻钟后，揭锅。啊？一锅糊糊！春节刚过，不然贴对联正好。

百思不得其解，后请教我班公认的高级厨娘温同学，方知问题出在冷水便把汤圆下了锅。

其实，当时我已学会做饭，且觉得自己已破解了烩菜秘方，尽管条件极其简陋——附近菜市场买二两猪肉，央告屠娘切了片（因家里没有案板和刀），买辅菜若干，和几个狐朋狗友回了住所，他们洗菜切菜——一本厚书上覆几页稿纸，用水果刀切；我开始炒肉，加调料烹酱油，肉香弥漫，隔壁的“油师傅”（大名约瑟夫）跑过来，顽童流口涎问我“叔叔，怎么这么香啊”，我半推半哄“油师傅，这个你不能吃”，便把这位素食小朋友送回去；肉熟，再放入白菜、土豆、粉条，大功告成，一袋馒头，一众吃得不亦乐乎。乔家烩菜有口皆碑。

厨房之道，并非一通百通，恰是南鳞北兽，烹饪各有巧妙，初次煮汤圆便“泡了汤”，方让我明白“厨”海无涯，深不可测。

做饭之于男人，确是个难题。初中时，一次母亲回丰镇了，便把做饭大事交给父亲，我和三姐眼巴巴守着空碗，只见父亲烧一锅水，先放土豆条，再扔羊肉片，最后揪面片，熟了。

没味。

父亲念个口诀，“五味俱全，就缺把咸盐。”果然改善许多。

不香。

父亲再念个口诀，“饭菜不香，油来帮忙。”淋一大股香油，果然口齿生津。

一招鲜，吃遍天。父亲天天给我们吃面片，后来才知道，他老人家只会做这一样饭。母亲回来了，我们奔走相告，夸赞爸爸的饭多么好吃。母亲毫无诧异，不屑地说：肉大油多，咋做也香。

“汤圆事件”半年后，董老师回呼市，我以为这下能吃香喝辣了，孰料她竟让我过起了苦行僧的日子——烧一锅白开水，豆腐块、白菜、粉条，一把盐，齐活！吃得我“嘴里能淡出个鸟来”。

求人不如求己，便买来《家常菜大全》《一百道炒菜》等书，自行修炼。此外，亦开始留意别人如何做饭，颇似杨露禅“偷拳”。一次，我班高级厨娘温同学两口子请我和董老师去家吃饭，酒过三巡、菜过五味，她开始做主食，猪肉、尖椒皆切丝，西红柿切小丁，猪肉炒好后，加入尖椒，再放大量西红柿丁，慢火炖卤的同时，另一口锅沸水煮面，纯粹手擀、齐如银瀑，一碗打卤面端上餐桌，真是酸辣爽口，解腻解酒，惊为天“面”，叹为观止。直到今天，有时我问妻吃什么，她曰“温铂面”，我便明白，照猫画虎做起来，虽不如“原版”好吃，但也八九不离十。

功夫不负有心人，待我自修数月，艺成出关，小试牛刀，效果奇佳。“表扬是最好的老师”，不愧是董老师，她先全面肯定，然后再提些许改进意见，我便愈战愈勇，煎炸炖煮，习得厨房十八般武艺。后竟喜欢上了做饭，其奥义犹如写作——牛羊猪肉、姜椒糖盐、各种菜蔬，即如三千五百常用字，排列组合不同、操作手段各异，便魔法般生成风格迥异、味道殊途的“作品”。

某次英卓读书会活动，分了几组，比拼厨艺，我特从阿左旗购回“阿拉善羊”，炖了锅羊肉。活动中，获围裙两条，一条上书“深藏不露”，另一条上书“厨神”，皆书法体，字法夸张，奔放恣肆，我亦暗暗有种“实至名归”的得意。

近来，觉得自己的厨艺更上层楼，归纳本厨神秘笈，便是“淡极、浓极”——四字，两端。

炒芹菜、茼蒿、油麦菜等，油热，只用整花椒粒和蒜瓣炝锅，炒至半熟，点少许薄盐酱油、两滴蚝油，不放盐，上桌时，蔬菜犹带田园之清芬，至鲜至美；炖羊肉，只用葱姜盐，全家人牙口不好，爱吃“软饭”，那就小火慢炖，三个小时后，羊肉的清香可让人梦回草原。这都是淡极之法。

生长于北方，兼痛风患者，此生早与海鲜绝缘，很少吃，当然不会做，但有一样例外——香辣蟹。每到秋风起，蟹脚痒，老婆孩子的馋虫也蠢蠢欲动了，我做香辣蟹的诀窍就是浓极——烈火烹油，朝天椒、托县干辣椒、大把花椒藤椒、寸段葱姜一并炝锅，大闸蟹蒸熟切瓣，一并滚入锅中，浓油赤酱、糖醋齐施，如梁山聚义，风风火火，怎么热闹怎么惊险就怎么来；如山林啸聚、雪夜私奔，如鲜衣怒马、霹雳弦惊，如地崩山摧壮士死、八月秋高风怒号。乔氏香辣蟹色香味俱全、味道层次感丰富，再以汤汁浇碗米饭，给个神仙不换。

爱吃者必擅做。古有苏东坡、张岱、李渔、袁枚，当代有汪曾祺、陆文夫、蔡澜、沈宏非、车前子。盖因同路老饕吃货，他们还“互粉”，沈宏非就说，“陆文夫先生对汉语的最杰出贡献，就是把‘馋痨坯’提升为众所周知的‘美食家’”。

苏轼的吃有点被动，主要因为穷，“黄州好猪肉，价贱如粪土。富者不肯吃，贫者不解煮。慢著火，少著水，火候足时它自美。”后来他尝试河豚、山笋、生蚝等新食材，所谓“东坡煮天下”，皆一脉相承了“穷”——多数是拮据，在海南更兼穷山恶水，除了生蚝，实在没什么可吃。

张岱则锦衣玉食，为吃乳酪，还——

> 自豢一牛，夜取乳置盆盎，比晓，乳花簇起尺许，用铜铛煮之，瀹兰雪汁，乳斤和汁四瓯，百沸之。玉液珠胶，雪腴霜腻，吹气胜兰，沁入肺腑，自是天供。或用鹤觞花露入甑蒸之，以热妙；或用豆粉搀和，漉之成腐，以冷妙；或煎酥，或作皮，或缚饼，或酒凝，或盐腌，或醋捉，无不佳妙。而苏州过小拙和以蔗浆霜，熬之、滤之、钻之、掇之、印之，为带骨鲍螺，天下称至味。其制法秘甚，锁密房，以纸封固，虽父子不轻传之。

真是负责任的吃货，乳酪精美，文字也精美，还将“父子不轻传”的食谱公刊于《陶庵梦忆》。

李渔也亲自下厨，曾用陆地的蕈和水生的莼菜做羹，加上蟹黄和鱼肚肉，取名“四美羹”，招待朋友，即被抢光。汪曾祺曾独创油条塞肉，“嚼之酥脆，油条中有矾，略有涩味，比炸春卷味道好。”他写美食记风物，写人间草木故人春秋，是真正热爱生活的人——肉食者不鄙。

去年，我和妻在院子辟了几小块菜地。五一劳动节，买苗、分垄、种植、浇水，结结实实劳动了两天；一周后，有几株西红柿苗蔫了，便开车去南二环的农科院补苗；过几天，又有苗死，再补，如此几番。她说，加油费够买全年的西红柿了。

春种秋收，收获的喜悦远偿耕种的辛苦。西红柿用袖子擦一下就吃；扭下向日葵，抹去花盘上的干蕊，便嗑起瓜子，生嫩清新、回味淡甜，宛如童年；薄暮回家，顺手摘几株苋菜，清炒即食；还意外地吃到自家的李子和西瓜。凡应时蔬菜，随手可掇，抬头西北望，悠然见（大）青山，真实地感受到一种宁静。

人之一生，奔波劳碌、摸爬滚打，不就是为了“家人闲坐，灯火可亲，三餐四季，流年安暖”吗?

人生不过如此而已。

同题作文

手作笔记　董平

"知乎"上有个问题——"你在闲暇时做哪些手工"，其中一个"木头勺"的回答获赞无数，荣登热榜。对这个回答，我读文看图，一遍又一遍。拽住我的不仅仅是木头本身的朴素材质，更是创作者自由想象和沐手制作、敬惜草木的态度。

我，行动了。上淘宝，与卖家简单沟通，拍下基本的工具和材料，一气呵成。

"艺术殿堂"从来不拒绝果断决绝的步伐和蠢蠢欲动的心。

面对到货的木头条，随便画个造型，随便到未经思考，因为我没太大期待，只是允许失败的首次尝试而已。安台钳，给手锯、线锯上锯条，琢磨怎么用，懒得看冗长的安装说明，也无师自通，一一解决。

看来门槛确实低，我澎湃的热情漫过门槛，狂奔猛进。

锯、刻、磨，每个动作无数遍重复，重复，直到心力交瘁，地老天荒（原谅我不会刻画这一过程的单调和绝望）。我深刻体会到了“纯手工”不是噱头，是时间和劳作的重重浇注。

三小时后，木勺已具雏形，也只能让它保持在雏形了。我虽初心未改，但砥砺前行不了了——刻刀的木柄在手心磨出了水泡。

就这样吧，我从来都不是一个完美主义者。急急地拍个照，发个阔别已久的朋友圈，好有成就感。

虽未精耕细作，但我确信会做勺子了。手上的泡稍稍好些，就按捺不住做新品的冲动了。做什么呢？做个不需高频次用刻刀的，那就簪子吧。

唯美的图案咱也想不出，咱也不会画。上淘宝（即使全国人民疯狂吐槽，我依然爱淘宝，爱马云），找个中意的样子，照着画下来，开锯。首作勺子的成功给了我底气和勇气，气气交汇，通体舒泰。可气力一大吧……“咔嚓！”纹饰断了。看断木茬儿血淋淋地倒在我的手下，无语凝噎，想死的心都有。不可逆的破坏来了，只能草菅发簪，匆匆收场。

自责着，自责着，我就原谅了自己。确实有些图案不是我现有的简单工具能实现的。要揽瓷器活儿，得有金刚钻。对，我现在五行缺“金”，得投入呀。

春天的节日脚赶脚地一一来到，礼物年年有，今年更得有。我订单式的索要开始了，针对老公。

“能不能给我买几块上等胡桃木？”

“能不能买全套的工字夹？”

“买个牙机吧，我需要。”……

老公虽混迹社会多年，但他粗粝外表下还是有颗文艺心的，这我知道。于是，我的生产资料通过金主爸爸的加持，妥妥地陆续来到。

有朋友喜欢我的手作，凡是想要的，我必送出。于是有了另一些木勺和发簪。

做些小东西不断地送给老妈、儿子，成就满满。

做些小东西不断地卖给老公，成就满满，盆钵满满。

是的，卖给老公，谁让他说我爱小钱呢，岂能浪得虚名。

全面点说，我是个爱小零钱，有大胸怀的人。后半句自己加的，句式整齐嘛。

选几个小物件再集中呈现一下吧，我真不是骗吃骗喝的，诚意制作，不欺老公。

我还做了一些手链、胸针和永远派不上用场的小东西。艳阳高照的某一天，会心血来潮，全部佩饰上身，叮叮当当地出去走一圈，宣告自己从此过上了珠光宝气的生活。

其实我手作的工作条件捉襟见肘。由于陪读租住，爱惜房东的物品，所以大部分制作都在我从自家搬来的小板凳上完成。每看视频，我都纳闷为什么每个外国手工者都有一个设施齐备的工作室，而中国除了专业木匠外，所有的视频背景要么是深山老林，要么是犄角旮旯。万恶的资本主义啊！

有了新家，即使没条件有间专门的工作室，我也得固定辟出一隅，整齐地摆上我的工具，在每一个有兴致的午后闲暇，勾勾画画，敲敲打打，有音乐有茶香。

由于搜索“DIY”频繁，百度淘宝的相关信息推送越来越多，我入坑了。

手工种类的繁多和技艺的精妙是我始料未及的。大门打开，奇珍异宝，历代星辰……

我无力抵抗，无从返回。

再三克制，我还是忍不住五花八门地去尝试，再尝试。镶嵌、编织、滴胶、造花、金属缠绕……

我走过这些，我一路向前……

手作中，一直随性，有很多努力，也有很多花里胡哨的尝试。我给书签镂空过，嵌过银丝，嵌过金粉，嵌过贝壳。某一天，再给一对小朋友做书签，只是简单地几笔刻画，没有杂七杂八的运用，而是最大程度呈现了木头本身。成品的一刻，很惊艳。这对素书签，少了匠气浮华，不热烈，不喧嚣，如生活本身。

美从来就不是技巧堆砌，不是炫耀，自自然然的流露才恰恰好。

仿作了一个叫“茶则”的勺状物，网上售价昂贵。我好奇多讲究的人喝个茶会用这么贵的非必需品？咱没那么讲究，喝茶从来都是徒手拿捏。东西既然做出来了，干什么用呢？要么一会儿中饭时，用它放颗茶叶蛋，再放点涪陵榨菜。咱生活又不差。

木制中，我的满足集中在物品成形后要上木蜡的那一刻。我会提前收好用过的工具，打扫干净现场，以腾开地方盛放一会儿的喜悦。干净的布子沾上蜂蜡，一点点涂抹，物件不再是灰扑扑的样子，直到木纹渐现，透出光泽，有了安详的暖意。

造物神奇，造物欣喜。

八月暑气未消，儿子已提前开学，踏上了高三征程。我做起手工来那种不管不顾的状态不应该是一个高三生妈妈的样子。权衡一番，下决心暂时放下手工，好好做饭搞后勤。

说实话，爱上手工，就总有一些想法在心头突现、缠绕。

那就让它们尽管缠绕吧。但愿明年的丰饶季节后，它们能走出心底，锦上添花。

岁月神偷

1

谁是神偷？偷走了岁月？

——能偷走岁月的只能是岁月。

所以，为从岁月手里抢回点岁月挽回点损失，我和赵卡刘不伟就尽量拉长喝酒的时间。先是第一场，第一场一般比较正规，比如外地来了朋友，握手、寒暄、客套话、互相恭维，夸对方诗写得好；然后进入主题，就是各种喝法，呼市的打通关、鄂尔多斯的扣三敬二，“要想喝好，先把客人放倒”，内蒙古人的待客之道就是把外地朋友灌醉，碰上酒量大的，自己也陪着醉；接着拖雷唱“三伏天下雨哟雷对雷，朱仙镇交战哟锤对锤，今儿晚上哟咱们杯对杯”，刘不伟唱《一无所有》，老徐操一口江苏金坛话说“谁能与我同睡”，他大舌头，故意把“醉”说成“睡”，有点耍流氓；最后，不胜酒力的，怕老婆的，尤其女诗人是不是因为老徐说了“同睡”，都先撤了，剩下的转战二场。

二场一般是烧烤啤酒，倒苦水、讲荤段子、祥林嫂一样又絮叨不堪回首的往事；赵卡想得茅奖，现在连个索龙嘎也没混上；刘不伟前妻从日本回来了，有人鼓励他复婚，他说操，好不容易离了；刘不伟的故事让拖雷写成了小说《厄尔尼诺》，拖雷拿了稿费还请刘不伟吃饭唱歌；呼可夫抖音有50万粉丝，总碰见粉丝，过来碰杯合影，但没一个替结账的……二场会比较漫长，有时喝到天亮。赵卡还专门写了首诗，叫《大酒后的两个老男人坐在道牙子上等待黎明》：

我和乔辉折下腰
坐在道牙子上
面对苍穹
等待黎明
人活得拧巴
不免会抱怨个没完

黑夜的角落里传来了鸡鸣
大雨要在三天后到达
咳嗽不算疾病
大街上的真理像牲口一样到处乱跑
寻欢作乐的诗人
此时此刻都睡深了吧

我们都有慈悲心

也都反对白天

直起腰来互道珍重后

一个转身回家

一个还站在原来的地方

——2021-06-03

这种标记日期的诗要写不成“诗史”就会沦为罪证，作案时间地点确凿，想抵赖都不行。

凡事怕琢磨，后来慢慢琢磨明白了，这样跟岁月抢时间的办法简直是自欺欺人。就像下雨，跑的人嘲笑走的人，走的人反讥，跑得再快不也是一样的路程嘛。难道不是吗？时间就像老师傅抹的水泥，平坦又均匀，你用作喝二场的这四个小时和别人睡觉的四个小时是同一个四小时——子时丑时，就在这时辰，赵卡入股的青春旅舍里野鸳鸯正在打炮；有的人正在睡梦中磨牙放屁；幼时家乡的牛刚吃完夜草，准备眯一会儿；春秋时一对“岁月静好”的河南夫妇正在讨论：女曰鸡鸣，士曰昧旦。子兴视夜，明星有烂。

钟表就那么精确，转一圈二十四小时，并不因为你们唠唠叨叨、故意拖延出了这四个小时，岁月就会额外增加给你们。因为天亮后，别人上班了，你还得补觉。看来，跟岁月抢时间，还得另找办法，比如废物利用，变废为宝——做梦。

2

现在，对梦传统的解释是，当疲惫的人睡去，可大脑皮层的某些神经却没睡，记忆中的或无意识的事物、想法、欲望和冲动就兴奋起来，于是有了梦。

有的人梦少，倒头便睡，一夜无梦。我觉得这样的人生很是无趣，马尔克斯讲了个极端的例子：丽贝卡，布恩迪亚远房亲戚的女儿，患着不可逆的失眠症，来到马孔多，她吮吸手指、吃土、吃蚯蚓、还用指甲抠墙上的石灰吃。一天夜里，她黑黢黢的眼睛在夜色中闪动，于是马孔多全村都传染上了失眠症。开始，人们高兴，因为有了充足的时间去劳作，去创造价值，因为马孔多有着干不完的活儿。久而久之，人们开始遗忘，不知道蜜蜂是用来干吗的，桌子有什么用，甚至忘记了日常用品的名字……由于睡不着，没有梦，最后把整个生活都毁了。

有的人梦多，比如我，从夜晚到黎明，即使午休片刻，也会有各种各样的梦。有段时间，我的梦像连续剧，今晚的故事没结束，明晚居然神奇地续上了，后天接着，能连成一部小说。上大学时，总在梦里写诗，梦笔生花，但天亮就忘，于是在床头放了支铅笔，墙上贴张大白纸，梦见诗句了，就强忍睡意，记在墙上。后来宿管科老师查卫生，问这上面涂涂抹抹是什么，同学说那住了个诗人，老师甩下句“什么湿人干人”，竟默许了。还有一次，居然梦见了自己的前世——大约十七世纪的一个欧洲诗人，没名气，最后埋在一个向阳的山坡，我还看见了自己的坟，土包上有尺把高的青草在风中摇晃——我不太相信，怎么这世连一句英语都不会讲呢?

我认为，梦是量子态的，梦境搭建起一个四维或更多维度的空间；梦里没有物质，所见所闻全是意识，意识主宰一切。所以，梦中人可以在宇宙恣意遨游，自由穿梭于时空隧道，成为真正的“超人”。

而且，亡故的人都变成了灵魂，灵魂则是一种暗物质、信息束或量子态的什么，包括我的父母，他们可能就在我身边，也可能在千万光年外的某地，他们俯瞰着我，但不能和三维的我交流，只有在四维的梦里，我想念父母了，他们就会超越光速来见面，他们想念我了，也会“托梦”给我，这种心灵感应，时髦词叫“量子纠缠”。多年前，我的梦是黑白的，母亲在我梦里总是脸色发灰，也不说话。去年开始，大约是知天命了吧，我们在梦里相聚，有说有笑。昨晚，青砖红瓦房里，黄杨木矮桌上，盘腿和父母吃饭，一碗“纯意识”的饭竟吃出了儿时的味道，父母犹如生时，容貌粲然。

庄子梦见蝴蝶，于是窥见了梦与现实的真相：“不知周之梦为蝴蝶与，蝴蝶之梦为周与？周与蝴蝶则必有分矣。此之谓物化。”而绝大多数古人达不到庄子的觉悟，就如同我和赵卡刘不伟延长喝酒时间一样，怕光阴在熟睡中被偷走。不过，古人多务正业，著书立说，他们朝乾夕惕、夙兴夜寐，何不秉烛游。而我，凡事不用急，因为我的时间足够——我的梦就是我的另一生。

3

其实，这位岁月神偷的偷技远不如鼓上蚤——来无影去无踪，他总是能留下什么痕迹，比如发黄的相片、荒芜的村庄、季节的变迁和行人两鬓徒增的白发；清晨你泡杯茶沐浴在阳光里发呆，但你发现你的影子在悄悄移动，那是岁月做了手脚；夜晚你仰望星空，流星雨如瀑布划过，那是岁月在大力扯拽。

麦卡锡在小说中就定格了一场流星雨，“子生之夜。一八三三。狮子座流星雨。众星纷坠，何其壮观！望苍穹，寻觅诸天黑色之缺口。北斗破漏。”

确实，1833年11月12日，北美洲出现了罕见的流星暴，9小时内约有24万颗流星划破天空，而且狮子座流星雨每隔33年就光顾一次地球。你以为这盛大灿烂的美丽是你在“须臾”间看到的，其实，狮子座α星，中国名叫轩辕十四，距离地球77.5光年，也就是说，岁月让它的影像在幽暗的宇宙空间行走了77年多，才来到我们的夜空，把壮丽呈现给你。

岁月这位神偷虽然常送你美景，但它最后都无情地偷走，一件不剩，这就是熵增，宇宙万物都由有序走向混乱、由鲜活走向灭亡，概莫能逃。你看得分明，但你无能为力。

只在电影里有例外，大卫·芬奇把菲茨·杰拉德的小说拍成了电影《返老还童》。第一次见面，本杰明70岁，黛西5岁，本杰明逆时光而生长，最后，婴儿的他躺在她的怀中平静死去。在交错的时光里，他们相爱了，黛西说：

——我每天都会多长出几条皱纹，这不公平。

——我喜欢你的皱纹，每一条都爱。

——如果我成了黄脸婆，你还会爱我吗？

——等我老到脸上长满青春痘，老到尿床，你还会爱我吗？

——为什么世界上没有永恒?

——有些事，是永恒的。

是的，永恒的只有神偷之手。

所以，李白感慨，“夫天地者，万物之逆旅也；光阴者，百代之过客也。而浮生若梦，为欢几何”，况且今天，“阳春召我以烟景，大块假我以文章”，我们何不高举酒杯，“开琼筵以坐花，飞羽觞而醉月!”

这么看，我和赵卡刘不伟是正确的，得意失意，都要桃李春风，畅饮达旦。

人类不能思考，思考多了就像贪吃蛇，最后自己把自己吞进肚里，成为死结。所以，无论什么事，包括爱情、写作、人际，和自己想要的生活，都要大胆去做，没有人在乎，就算有人在乎，人又算什么东西!

当下即永恒，无惧神偷。

同题作文

尴尬四十岁　董平

二胎政策放开了，最不能淡定的是四十岁的妈妈们。

政策迟到，年龄尴尬。生还是不生成了个问题，它时不时地跳出来叩击、追问，又转瞬消遁，宏大而隐秘。

说到底，我是喜欢孩子的。

孩子的纯真、童稚及他们生动的现在和无限可能的将来，都会吸引我，打动我。甚至，甫一见“夏侯婴”“周海婴”这样的名字，仅凭一个“婴”就心生柔软，觉得他们该是很美好的人。喜欢小孩便热衷于关注有关的消息，由于阅读习惯单一而持久，新闻APP便智能匹配了相关内容，所以现在打开我的手机新闻，除热点事件外，满屏明星娃的林林总总。明星的孩子才有资格上新闻，他们或出众或大众的成长历程后，总有我这双朴素追随的眼。

所住的小区有个幼儿园，每每看到昂首挺胸的老师领着一群叮叮当当的小萝卜头出来活动时，我总会停下看一会儿。此刻的老师被前呼后拥，被追随仰慕，掌握着话语权和评判的标准，强大又无所不能，那些类似“尊重”“自我实现”等高层次的人类需求就这么简单而实在地拥有了。夫复何求？老师们的日子不是千篇一律的吧，它充满了小豆子们的生机灵动，它的光芒压过琐碎。其实，不盛行网购的过去，逛街时，我也会不自觉地流连于女童装专柜前，感慨小女孩的衣服怎么就那么好看。

喜欢听同事们讲她们二孩的零零碎碎。尤其岁数相差不远的俩孩，日子生趣盎然，风生水起。同事们的幸福源于亲历，我也幸福，单凭倾听和想象。

听着听着，我会有些安慰——我们的妈妈们过去虽然忙累，但她们可能比现在的我们更能体会到幸福。家有老大、老二、老三，绝不是“排排坐”的井然，也不是多几个的纯数学的叠加，孩子们斗智斗勇，包括小狡黠的得意，小智慧的碰撞，小冲突的升级与化解……这些是单独一孩无法体会却丰富又务实的生活经历。电光石火，嘁里哐啷，孩子多的那种粥状生活更热烈浓郁，有温度，有气息。

这个岁数的我们，如果婚龄、育龄都恰好，现在我们的孩子基本都快初中毕业了，而晚婚晚育的个别同学还天天奔忙于去幼儿园接送孩子的路上。这时我们便有资格显摆早要小孩的好处了，但对方回击的理由也相当有力——“你们要比我早几年成为空巢老人”。细思极恐……还真是个大事，唯一的办法就是再生一个。

但审视现实，权衡再三，还是没勇气要二胎。

有一丝丝感伤。四十岁的女人花，随风空摇曳。

自我也好，自私也罢，决定已做，我便成了那个装睡的人，别人叫不醒了。

每每有人建议我生个二孩，自我保护般，耳边会自动响起警铃，一幅幅警示标语呼啦啦飘过——

“要想富，少生孩子多种树！”

“农村不想穷，少生孩子养狗熊！”

……

这些有时代背景的口号，常喊常新，我也意志弥坚，搁置了生二胎的念想……

猪零马碎

一位在银行负责理财的朋友讲，呼市的有钱人是“黑白两道”，“黑”即煤老板，“白”即从事乳业者——呼市乃中国乳都，伊利蒙牛皆行业翘楚。我有“中国好邻居”即伊利高管，一起喝酒，恰似汉文帝召贾谊“不问苍生问鬼神”，我则“不问收入问奶牛”，第一问，奶牛有公的吗？答曰，哈哈当然有，只是目前采用精控技术，多生母牛罢了。

第二问：

——人只喝牛奶羊奶，为什么不喝猪奶呢？羊有两个乳头，牛有四个，猪则有两排、十几个，猪奶莫不是更多？

——牛羊食草，猪是杂食动物，奶膻。

——人还是杂食动物呢，婴儿皆赖哺乳成长，膻吗？成年人如慈禧、汪精卫、陆小曼都喜欢喝人奶，膻吗？

被撸的高管道出了实情，猪每年可产两窝猪，哺乳期只有两个月，产奶量300公斤；而牛的哺乳期有9个月，一头荷斯坦奶牛年产奶15000公斤。

这说到要害了，资本嘛，逐利的首要条件便是降成本、规模化。其实，论营养，猪奶品质更胜一筹，其脂肪含量比牛奶丰富两倍多，蛋白质、乳糖等含量与牛奶相当。

其实，动物产奶皆由一桩性事开始。当然，伊利蒙牛绝不允许企业成为庞大而混乱的公母牛交媾场所。所以，在工业化流水车间，以冰冷的仪器使母牛受孕，然后产奶。想想奶牛的一生，在虚无的做爱和"成为母亲"的幻想中轮回往复，一次次梦想在献出丰盈奶水后再逐一破灭，待年老奶尽，成为盘中餐，真让人伤怀。

对于不食其奶的动物，人类则严禁其发生性事，比如猪。

除个别身体健壮的公猪和体态丰腴的母猪留作种猪外，一律要劁掉。每逢小镇春暖或秋闲，劁猪人就出现了，劁的都是幼猪，故只需一人帮忙——家中男人将猪仰面放倒，摁住并分开两条后腿，露出裆部；只见劁猪人掏出劁猪刀，刀头只有鸡蛋大小、三角形，顶尖和两边均是锋利的刃口，轻松一抹，便割开猪之蛋囊；猪亦明白，此事关乎一生之"性"福，遂撕心裂肺地哀嚎；但在食物链顶端的人族面前，一切挣扎和嘶吼皆告徒劳，劁猪人再轻巧一割，两枚蛋蛋即被取出，如脱壳之荔枝；倘是母猪，则取出其卵巢。关于蛋蛋的分配，皆在作业前议价时就商定好了，有时被劁猪人拿去，有时则留给男主人，用途一致，无论蒸煮，皆下了酒，吃啥补啥。

男人吃蛋蛋、腰子或什么鞭，无非为了床笫功夫更加精进，却为什么定要阻止猪之性事呢？公猪若不劁，吃的饭皆用于养精蓄锐，准备厚积薄发，整天因思春而躁动不安，因相思而骨瘦形销，绝不长膘，白白浪费东家的饲料；不劁的公猪还脾性暴躁，发情期做爱而不得则会兽性大发，极端的还吃人，前几年便有卓资山农村几头公猪将前来喂食的农妇咬而分食的新闻，“色”既是惹祸根苗，便不如扼杀于摇篮，一刀斩断是非根。

母猪亦然，如若不劁，整日春心荡漾、淫水泛滥，还伺机偷情、秽乱猪圈，宰杀后的肉有股臊味，即人们说的“骚猪肉”——待种公猪完成繁衍任务、年老精竭后，亦会宰杀，其肉尤其腥臊，虽说市价很低，也算物尽其用了。母猪劁后，爱情已然无望，则不须“为悦己者”而保持身材，遂一门心思吃饭、专心致志长膘，皆大欢喜。

幼时，我即见识过发情公猪“力拔山兮”的气势。我家前排，一户马姓人家制豆腐一绝，遂以豆腐坊先富起来，好生意的副产品是大量豆渣，马家便养了许多猪，个个膘肥体壮。某次，见一公猪伏在母猪后体，急切亦专注，痴醉癫狂，若山峦倾倒，做豆腐的大爷叮嘱，孩子们千万不要靠近，如果此时有人敢打断它，它会咬下你手指。三四个月后，母猪便生产了，轻松如饺子下锅，顷刻诞下十二三胎，小猪吃奶时，自觉分列两排，吸啜之声密如急雨，嘈切有致。

扯远了，再说回喝奶。

我接着向这位“白道”高管请教爆火网络的骆驼奶，他说，骆驼奶补中益气、强筋健骨，营养价值确实高，但近来由“小罐茶”“8848钛金手机”的专业团队炒作，已脱离商品属性。

那么，同样作为十二生肖里的“大牲口”，马奶如何？答曰，马奶可抗疲劳、可美容，但性寒，脾胃虚寒、腹泻便溏者慎食。早在三千多年前的阿拉伯，马奶即被视为“阿拉所赐的神药”，贵妇沐浴马奶以保持皮肤光滑、容颜不老。

金宇澄的一篇散文曾记录，“1950年代上海淮海路，还记得马匹的活动——有人带它们卖马奶，现买现挤，吊有铃铛的马儿，叮叮当当，代替走街穿弄的吆喝。”

生长在内蒙古，至今没品尝过马奶的味道，很是惭愧，这些年倒是喝了不少马奶酒。马奶酒是将新鲜马奶置于木桶或皮囊内，反复搅动摇晃，加速其发酵，投入酒酵母，假以时日，酒香清新、半透明状的马奶酒即告酿成。

马奶酒因度数较低，入口甘甜，且气味芬芳，初来草原的人，一杯复一杯，便掉以轻心了，“传说中内蒙古的酒，不过尔尔”，随后主人花式劝酒，一会儿银碗哈达，一会儿歌手献唱，客人不知不觉便醉了，而且这种醉更深更沉，且不易醒，有的人会沉睡一两天。

上世纪九十年代，全民经商。诗人赵卡注册了白酒品牌，叫“蒙古狼”，另一朋友立即注册“草原猎人”，“猎人打狼”——做生意如同游戏，便可预知结果。小品牌，没名气，卖了一部分，更多则成为朋友们的福利，都胡吃海喝了。当时，“草原猎人”出过一款马奶酒，低度白酒，以奶精勾兑即成，老板跟我说，“专哄外地人的”。

这便是马奶酒的两种酿法，传统的和速成的。

幼时，大院牵来一匹枣红马，丰姿俊美，玉树临风。一天午后，一群孩童围观骏马，乍见其胯下凭空突出一物，雄浑伟岸，如接力棒，稍大的顽童说那是马屌。哦！硕大而自信，实令人族自惭形秽。不知为何，那顽童非要骑上马背，但个子太低，兼马之皮毛光滑如锦缎，又无鞍蹬可攀援，顽童便换了思路——恰马拴在凉房边，且略低于凉房，顽童便爬上凉房，想居高临下跃上马背；枣红马一直安静地站着，对我们的指点、惊叹及密谋均无任何反应，待顽童从空中跳落，划出一道抛物线，马突然弹起两只碗大的后蹄，一记（两记?）窝心脚，将顽童踢倒在三米外的墙角。

人之双眼长在前面，凡后顾必回头，原来马之双眼本就生在两侧，它不须回头，便早已洞悉我们的阴谋，不动声色，施以惩戒。

所以，在草原旅游点骑马时，牧民总提醒外地游客，不要在马屁股后面绕来绕去。看来，所有的“拍马屁”，马是心知肚明的，关键是它让不让你拍而已。

近年来，行走内蒙古，我将所见之马分为三种。一曰表演马，典型即《千古马颂》，百余匹名马驰骋草原，撼人心魄。在这里，无论蒙古马、汗血宝马、卢西塔诺、弗里斯兰、德保矮马、阿拉伯马等，统称表演马，保养优渥，但训练严苛。二曰旅游马，大小冠以某某草原的旅游点，均有骑马项目，各色杂马轻松愉快地帮马主赚取“快钱”。但内蒙古的草原五月方绿、十月便枯黄了，在漫长的旅游淡季，这些马便回到了驮物或短途交通的岗位，属一专多能。三曰比赛马，前几年，在呼伦贝尔科兴马场，见到三河马，惊为天马，乃马中“美男子”，“岩岩若孤松之独立，傀俄若玉山之将崩”。三河马常参加各种国际马术比赛，与河曲马、伊犁马并称中国三大名马。某年，老同学聚饮通辽珠日河草原，我班土豪同学微醺之下，牵出一匹三河马，高大俊秀，土豪指着马臀上一个环形烙标，炫耀道：凡有此标者，皆吾马也。来自珠海的冯同学讥他：贵市许多小媳妇、大姑娘的肩膀或臀部是否均烙有此标?

在内蒙古，相较猪、羊、肉牛、奶牛的命运——最终都要从人的肠胃中轮回转世，马算幸运的，一般都会善终。因蒙古族认为马和狗是人类忠实的朋友，故不食马肉狗肉。

呼市有家著名的小馆，叫“比发餐厅”，二十多年了，从低矮平房到二层楼，条件改善了，但味道始终没变。前段时间，我和爱人去比发，不用看菜单，还是经典老三样，其中就有“炒马板肠”，嚼劲适中，香辣爽口。这么多年了，只顾吃，从来没问过老板这马板肠是本地货还是舶来品，可我知道，虽然蒙古人不吃马肉，但汉人吃。

动物凶猛

说起动物，我这一生，最怕多腿和没腿的。

多足动物一般都匿在阴暗潮湿处。年少时，屋顶换瓦，我纯属帮闲，上房看风景。哥揭起一片瓦，瓦下密密麻麻全是蜈蚣，一片让人眼晕的深浅褐色，百足蠕动，如挠在心，有的则鬼魅般迅速逃窜，一只竟爬到哥手上，我当时就魂飞魄散，差点一头从房顶栽下。

乌兰察布人把蜈蚣唤作“织虱（读‘沙’音，入声）”，脚密如织，有道理。一定要感谢脚下这块宽阔厚实干燥的大陆，所见动物基本都是大块头、好脾气——风吹草低见牛羊。蜈蚣的节肢类近亲，常见的亦不过是稀松平常的蜘蛛苍蝇，不足为惧。所以，至今和蜈蚣保持了老死不相往来的两安状态，因此偶尔也会念到它的好——一次，我和妻紧紧抱着，不舍分开，她说：“我们要是蜈蚣就好了。”想想蜈蚣那么多手，越爱就能越抱紧，该不错吧。

啤酒是酒，腹足亦是足，因此毛毛虫属多足，但我不怕。小时候，经常和玩伴先把干枯树叶集起，再从树上把毛毛虫抓来，徒手！点燃树叶，看着几十只毛毛虫在火中翻滚，黑色的毛烧光了，只剩下白粉色的小肉棒还在挣扎扭曲，滋滋冒着油（或水?）；再烧，虫子身体爆裂，迸出绿色体液。少年们一片欢欣鼓舞，又为社会主义“除四害”做了贡献。

大约还是那个时候，一次累了，想扶一个坚硬的东西，刚好有棵杨树，就扶了一把。猝不及防，手掌被软软地陷了进去，定睛一看，树上黑压压的全是毛毛虫！手掌触处，毛毛虫回过头，露出肉粉色的头和绵延的腹足。登时汗毛竖立，鸡皮疙瘩爆满。那一天，毛毛虫捍卫了自己的尊严，为自己正了名，正式回归到我惧怕的“多足”类，至今闻风丧胆。

后来，看周晓枫写被一个“小公鸡”迫害的章节，感同身受：

> 上课铃响起，我打开铅笔盒，赫然看到一条硕大的深绿色豆虫。震动使它转变方向，露出从头到脚两排绵延的腹足。霎时，惊恐让我头脑空白，濒临爆炸。我吓哭了，但不能哭出声破坏课堂纪律。数学老师不喜欢我，我对她的恐惧逐渐和数学恐惧糅合在一起……利用课间，似乎出于对我的补偿他报复了那条虫子。他趁虫子向外爬的时候用力按下铅笔盒的盖子——身体变形挤压出体液，它被斩断，逃出来的是头部和小半截胸腔。那是一条隶属妇科的肉虫，它的头很像儒艮，它的腹足如同增殖的乳头。我的铅笔盒成了盛敛它残肢的棺材。

当然，周晓枫后来原谅了幼时同学——

那些小公鸡尚未发育，哪里懂得爱护。他们会经历蜕变，成年以后会倾慕并追逐女性。作弄女生的坏小子也许变得充满绅士风度，爱玉怜香，勇于担当。

蜈蚣、毛毛虫“多足类”的另一个极端就是蛇，没腿。这种冰冷、滑腻、细鳞、匍匐无声的软体动物，一直是种传说，想想就怕，遑论亲见。

直到那年，我在家乡教书，那时二姐患眼底出血，百般医治，病情反复。一偏方说，清蒸新鲜蛇胆明目。幸好家乡属半农半牧，母亲便联系了北草地的牧民。几天后，家里的窗台便陆续摆上了装着蛇的啤酒瓶，北方的蛇大都拇指粗，尺把长，白绿灰都有，多时，会有七八个瓶子。这些蛇在空酒瓶里，或屎一样蜷瘫在瓶底，或不断用头顶触瓶塞欲重见天日，或做虬龙状盘旋在瓶中，一时间千姿百态蔚为壮观。

杀蛇则请来邻居独眼刘，据说此公年轻时打猎，火枪走火，弹砂从枪膛后喷出，右眼珠当场迸出。此公颇有三国夏侯惇“拔矢啖睛”之气概，吃了自己的眼珠，拎着枪就回来了。

但见独眼刘左手戴一白线手套，右手持一尖嘴钳子，拔开瓶塞，蛇便缓缓地探出头，刚出头几厘米，此公左手便紧紧捏住七寸，用力，蛇便张大了嘴，右手如闪电，“噌噌噌”让人牙碜心悸的几声后，蛇的牙齿和舌头便被生生拔下。再用锋利尖刀将蛇从颈到尾轻轻剖开，蛇下身约三分之一处，便是一颗绿幽幽的蛇胆。

按照偏方，母亲把小米、蛇胆、几小块蛇肉清蒸（不许放任何调料，包括盐），我尝过一次，恶腥无比，根本无法下口。常见二姐痛苦地吃几口，蹙着眉头，难以下咽，母亲劝几句、再责备几句，二姐用水囫囵吞下。

多年以后，二姐的眼疾渐渐稳定，可以辨路识物生活自理了，不知跟当年那几十枚蛇胆是否关联，但可以肯定，一定和父母连续十几年带着她全国各地寻医问药的奔波艰辛和心酸难过的眼泪有关吧。

吾子属蛇，天性喜蛇。幼时，小童懒床，妻唤，他闭目佯寐，妻凑近，小童便双手双足把母亲缠住，吐舌扮蛇之吐信，并发"嗤嗤"声，可爱至极。带着他去见识许多动物园，蛇蟒一类他均敢亲近，甚至抚摸、绕颈。后查阅资料，讲蛇不主动侵犯人类，蛇亦有情感懂得报恩抱怨云云，我也对蛇渐生好感。前年去台北，路过一家活杀现卖蛇的饭店，看到阴冷逼仄的细铁丝笼里、长着诡异绿苔的玻璃罩里装着大小颜色各异的待屠蛇类，我心惊肉跳之余亦心生怜悯，妻儿则严重控诉商家之无良。

其实，食物链就像钟表一样精密，鹰吃蛇、蛇吃鸟、鸟吃虫，喂养和被喂养是地球运转、生态平衡的最正常法则，不必怜羊憎虎，厚此薄彼；食肉食素，是各人之选择，亦不必挥舞道德大棒妄加指责。但作为食物链顶端的人类，吃饱之余还要吃稀吃奇，两个翅膀的只飞机不吃，四条腿的只板凳不吃，恐怕才是最凶猛的动物吧！

和老鼠同居的日子

一次对新石器时代晚期龙山文化时期的河南汤阴白营遗址的考古中，人们发现了猫的遗骨，看来，至少五千多年前，老鼠就开始侵犯人族的领地；至于《诗经》载的“硕鼠硕鼠，无食我黍，三岁贯女，莫我肯顾”，已是春秋的事了；直到1996年，我才有了第一次和老鼠“亲密接触”的经历。

其时，北漂考研，我在中国人民大学家属区租了一间房，所谓的“房”，就是一排平房的边户，房东充分利用“地利”在其西墙外搭起一间储藏室：高不足2米——我的身高正合适，每逢身材高大的老友大梁来看我，进屋必不敢站直，殆殆乎撞头矣；长2米——紧贴房东的西墙摆一张1.8米的床，床尾和北墙只剩20公分的空间，正好嵌一个皮箱；宽1.5米——坐在床沿，一伸腿，便踏到西墙；最奇怪的是门槛，竟是一块一尺高的厚木板，不知为何如此营造，凡有同学来访，必高抬腿轻落步，犹如拜访故宫。出门，是一米宽的过道，日夜有学生穿梭，对面是四个旱厕，两男两女，味道浓烈如滔滔江水连绵不绝。这个6立方米的空间，月租金600元，大梁恭喜我入住了“一室四卫”。

幸好我白天都在人大的教室上课或自习，只有晚上回去蜗居。一天半夜内急，冲进了“四卫”之一，昏暗的灯光下，陡见十余只硕大的老鼠，身长一尺余，尾长一尺余，皮毛黝黑，听见动静，倏忽一下都遁至旱厕里，我顿时汗毛竖立头皮炸裂。想想平日蹲坑，厕所里有无数巨型老鼠窥看或伺机啮咬，从此便不敢享此“四卫”的便利了，而是步行几分钟到教学楼解决。同时也明白了房东制作高门槛的用意。

一日凌晨，听到顶棚里窸窸窣窣，以为是蜈蚣蜘蛛等常客，跺跺脚，声音就停了。午饭后回来，一开门，竟见一只老鼠，一拃多长，唇红齿白，蹲踞于书架，与我对视，毫无惧意。我断喝一声，将手中的书掷过去，一击未中，老鼠紧贴墙壁，嗖一下蹿进顶棚了。

此后几夜严重失眠——总怕在我熟睡时，老鼠在屋顶站立不稳，吧唧摔在脸上。遂喊来同学开展灭鼠行动，几次无果，连续失眠导致成天昏昏沉沉学业一落千丈，无奈和房东退了房。别了，我的老鼠们！别了，我的银杏树们和中关村大街59号。

第二次和老鼠同居，区别于上次“闯进来”，这次是我们亲自“请回来”的。顽童土豆七八岁时，妻带他逛集市，竟喜欢上仓鼠，虽无任何饲养小动物的经验，但妻回家时，一对仓鼠及其配套设施如鼠笼、注水器、第一批食物及饲养要领等已一应俱全。几日新鲜后，顽童已移情为拼装车辆舰船，饲养仓鼠就成了我和妻的一项重要工作。

仓鼠笼为双层大house，一层饮食、娱乐，二层起居，卧室是一个封闭的塑料房，颇具私密性。我俩日日上班下班、忙碌奔波、为稻粱谋，仓鼠夫妇则衣来伸手、饭来张口，悠闲自得，竟觉它们的生活远胜我们。人鼠两安，按下不表。大约几个月后，某日我发现少了一只仓鼠，妻来帮忙，仔细查找后发现它宅在卧室，而送饭工作皆由另一只代劳。又几天，才发现仓鼠生孩子了，粉色的小肉团，熙熙攘攘竟有八只之多，很快，小仓鼠们生龙活虎，上蹿下跳，游戏觅食，不亦乐乎。

妻和我商量，仓鼠的繁殖能力太强，如此下去，大仓鼠接着生，四对小仓鼠再生，子子孙孙无穷匮也，我们怕没有这个抚养能力。于是，妻央告学校同事，陆续把四对小仓鼠送了人。大约九月份的某天，秋老虎袭人，天气燠热。午休时，两仓鼠吱吱叫，一刻不宁，妻遂将鼠笼放到阳光房，当天忘了拿出来，第二天中午喂食时，竟发现两只仓鼠被活活晒死了——一平米大的阳光房由玻璃隔成，如一间密封的蒸笼。两仓鼠死态狰狞，眼珠凸出、尖牙暴露，身体干瘪若木乃伊。

亲手谋杀了两条鲜活生命，我和妻难过了很长一段时间。我们还专门上网查了一下，仓鼠的脑容量非常小，智商很低。虽说负罪感稍有缓解，但无论如何，每每想象两仓鼠被晒死时的绝望和无助，我们都异常内疚。明年，儿子高考将赴外地上学，我几次建议我们两个“空巢老人”养猫养狗事宜，均被妻否定，她总举仓鼠的例子：两只不能与人沟通的仓鼠死后尚那么难过，倘若养了通人性的猫猫狗狗，一旦有生老病死，那种痛苦将如何承受，索性不养。

还有一次与鼠同居，我则是扮演了“闯入者”的角色。2012年6月底，我赴四子王旗阿木古郎草原采访神舟九号返回。前一天，我“潜入”草原，由当地牧民老布“接应”。为避免被“清场”，老布安排我住在他家废弃多年的土房。

土房离他家一公里，院子已断壁残垣，三间房——进了堂屋，东西各一正房。老布说，今天早晨收拾院子时，发现两条纯白色二尺多长的蛇，眼见着蛇蹿进东屋了，老布安慰我“蛇不害人”。蛇踞东屋，我们只能住西屋，屋里放了十几个废弃电瓶，角落堆满霉玉米，满屋充斥着腐朽的味道。

不像灯火的城市，再晚也会有些许亮光。这里，夜幕一降临，草原和土屋就陷入死寂般的黑暗。我和向导郭俊平刚上炕，老鼠们就君临天下了。地下的老鼠吱吱，顶棚的老鼠叽叽，大弦嘈嘈、小弦切切，如合奏、开会或争论，有的还噌噌磨牙充满敌意。我们使劲拍手、跺脚，大声咳嗽，老鼠们肆无忌惮、依然故我，有的竟喧嚣更甚，仿佛在宣示主权——我们是这里的主人，而你们两个盘腿抽烟的男人，才是莽撞的闯入者。半睡半醒，半坐半躺，我和老郭熬到天亮，老鼠消失了，我正要穿鞋，老郭提醒我：慢着！先看看鞋里有耗子没。

近来，锡盟草原发现鼠疫，我重读了加缪的《鼠疫》，最后一章，那个患气喘病的老人说：“可是鼠疫是怎么一回事呢？也不过就是生活罢了。”我觉得，把这里的“鼠疫”一词，替换为“吃喝玩乐”“贫穷”“荒谬”“绝望”或任何词语，此语皆成立。

同题作文

长久的陪伴就是最深情的告白　董平

长久的陪伴就是最深情的告白。

果真？

掐指算算，长时间陪着我的除了亲人、伴侣，竟还有——耗子。

小时候，家里凉房的一角，堆着一个麻袋，里面盛着满满的生葵花子。因此，小凉房也承载了我童年的甜蜜，我唯一的零食就在那儿，而且那么多。每天，我会踮着脚取下虚掩的锁头，昏暗的光线中准确地绕过凉房地上堆着的杂七杂八，直奔麻袋中的瓜子，揣满两个衣兜，秣马厉兵，奔赴疆场。粮草充足的我一直高枕无忧。直到有天发现麻袋的一角破了，瓜子四处零落，被拖带着。有一定生活经验的我知道这是老鼠干的。耗子药、耗夹子都威慑力有限，我的安全感没了，虽没严重到枕戈待旦，但从此我装满瓜子的是四个衣兜，与老鼠争食就得加快节奏。

我和耗子都奋力地消耗着瓜子，可记忆中那个麻袋始终满满的，一直在那儿。现在，会计课上给学生讲“存货”时，我满脑子是那个神奇的麻袋，情景交融，内心殷实。

当时小凉房阴湿的地上也会不时蹿出另一种虫子，我们叫“鞋板虫”。对此，我司空见惯，见一个，踩一个，绝不脚软。多年后，从课本上得知这种虫子的学名是“鼠妇”时，大跌眼镜，这确实颠覆了我的认知。它那么大、长那样，叫“老鼠”，它这么小、长这样，叫“鼠妇”——老鼠媳妇，这科学吗？

事实证明当年的困惑全因为头发短，见识少。大小差别算啥，它们都喜阴湿、幽暗，这就是缘分的开始。身形悬殊、年龄鸿沟都是浮云，志同道合才是王道。不信？看看马克龙。

上大学，去了大上海。第一次亲手摸电脑，第一次竟在炎炎八月吃到橘子，也第一次见尺把长的老鼠，而且随处可见。草丛里，总有老鼠嗖地蹿过，给人“白驹过隙”的错觉。

一晚自习后返回教室取东西，静悄悄的教学楼空无一人，灯光昏暗，有点瘆人。我疾步下楼，觉得身后有响动，回头，见一老鼠，跟着，亦步亦趋。寂静的楼道，不期然的相遇，再静默伴随，我立行，它爬行。到了楼门口，老鼠片刻的停顿后，便嗖地又消失于草丛里了。但那一刻竟让我心生温暖——这也算寂冷夜晚的一次陪伴吧！

不供暖的冬天处处透着寒气，一天回寝，跺了下冰凉的脚，觉得脚下软绵绵的，已意识到发生了什么，我低头看，果然一只小老鼠已七窍流血死了。本该茁壮成长的小老鼠也许第一次出来打探这美好世界就被残害了，尽管加害者毫无杀机。一整个下午，我的那条腿都是软的。

老鼠出入柜子，出入床底，出入于任何一处隐秘的角落。一位舍友有小偷小摸的毛病，大家三天两头丢东西，也猜测出是谁拿的（后来惊动了校保卫处，给予了证实），却始终抓不了现行，没证据。我们不翼而飞的东西都被牢牢地锁进了一个人的柜子，被同时锁住的还有我们集体的愤懑和无助。我想老鼠是肯定知晓这个秘密的，因为它们每天会走马灯似的无数次地光顾那个柜子。可这些黑暗中的窥探者每天与我们打无数照面，却秘而不宣，从不言说，像极帮凶。那时，我对“贼眉鼠眼”有了深刻领会。

寝室多鼠，与鼠争食的焦虑又来了。为避后患，我们的饭菜零食基本上都即时吃掉，不给老鼠留机会。四年如一日，买多少吃多少，一顿全吃下去。白驹过隙，与鼠相伴的日子眨眼间结束。毕业照上，我们个个脸如圆盘，你艳羡那是青春绽放，我窃笑那是鼠患“遗害”。

儿子二年级时，执意要养仓鼠，我与鼠又续前缘了。孩子只一时兴起，热乎劲儿过去，再不闻不理了，留给我的是伺候完老小，再伺候仓鼠夫妇的无尽日子。时光倏忽，一日喂食，惊见多出几只关节大小的肉色小鼠，才知那两只仓鼠竟悄摸升级当了父母。好，这下还得伺候月子。

我这月嫂尽职尽责，小仓鼠见风就长，不久我就分不清哪是鼠爹妈、哪是鼠孩子了。后来，送了同事几只，笼子里还剩两只。

禽流感如约又来，我敏感于电视上大张旗鼓的宣传，并擅自将传染源扩展至鼠类。加缪的《鼠疫》又让我多了几分恐惧，于是就把仓鼠隔离到阳光房里了。或者说一切都是借口，对仓鼠没新鲜感了就怠慢了。安置到阳光房倒也省事，备足食物，不用勤打理，我只需隔几天续些食水而已。三月天正春寒料峭，怕仓鼠冷，我还关上了通风的窗户。八月的一天，去续食时，发现仓鼠已死了，身体干瘪如硬纸片，毛显得那么长。我忽略了狭小密闭的阳光房在正午的毒日头下，俨然一个蒸笼——两只仓鼠死于日照的强烈，更是死于我的始乱终弃。

打理现场，我决定再不轻易养小动物了。于人于物，最理想最理智的态度都是要么深爱，要么放开。

后来，与鼠再没交集了。但《精灵鼠小弟》《料理鼠王》等动画片我还是爱看。电影里的老鼠都天赋异禀，无所不能。我想，这也是人们对这种精灵在内心深处的印象折射。

坐月子煲鸡汤

许多年了，没这么闲过。

一个月前，筹备“范长江行动”采访，常加班。7月5日中午两点，被办公室新设的一根电脑线重重绊了一下，我猛地向前冲了三四步，稳稳站住了，不由得意自己的敏捷身手。可就是这神奇的一绊，犹如天外飞仙，亦如神来之笔，让我扎扎实实坐了回月子。

当天下午，看场地、定设计，健步如飞，啥事没有。晚上九点开车回家路上，左膝针扎般疼，一摸肿了，正好小区门口有家正骨门诊。一胡子拉碴五十多岁大夫说，先照个X光吧。啊？小诊所都这么先进了？大夫引我进了小屋，一个极其简陋的铁架，刚半躺下，我还没准备好，呼唠两下，照完了。没过一分钟，大夫拎出张湿漉漉的片子，对灯看看，“没断！”大夫用酒化开跌打丸敷了左膝，“没事，一两天就好了。”

当晚，左膝肿如大腿，疼得一夜未眠。7月6日上午，妻陪我到一家三甲医院。因多年不到医院，根本不知有轮椅出租。我左腿已无法弯曲亦无法着地，稍一动便刺骨疼，凭着坚强的意志和必胜的信念，我一步一挪，二楼挂号、四楼门诊、三楼彩超……最后，骨科住院部，住院。

刚躺下，护士便开来一大堆检查项目，赶紧声明本人刚三月份做过体检，遂划掉一些，还剩血尿检、彩超、胸腔检查、心电图、核磁等。同房病友讲，这是“套餐”，都一样。我当时不仅不能走路，连身体挪动一下也痛苦万状；即使不动，一种来自骨髓里的疼痛如波浪般有序，几分钟便袭来一次。也没有哪位护士姐姐告诉我可以直接推着病床做检查，我下床、坐轮椅；下轮椅、上检查台；下检查台、上轮椅；回到病房，下轮椅、上病床……接下来的两个上午，我奔波于医院的住院部和门诊楼，做了所有检查。结果尚未出来，右膝也开始疼了。

后来，左膝保守治疗（就是贴了膏药，静养）四天就痊愈了，反而是右膝整整疼了一个月。事后大夫给我分析了病因，你的右膝，就是前两天做检查吃了劲儿了。

8号，核磁结果出来，半月板损伤、软骨损伤、韧带损伤，大夫说只能静养。9号出院，因寸步难行叫了120，被担架抬着回家，上楼时，楼道大爷大妈们都开门观瞻，颇有仪式感。

接下来就是坐月子，严格讲是躺月子。伤筋动骨一百天，掐指一算，出关时就该交暖气费了，这个郁闷的夏天！

暑热难耐，病痛缠人，胡思乱想，度日如年，还有大把的时间，一切均具备煲“人生鸡汤”之要件，我也顺便思考了一下人生，梳理了一下自己这纷纷扰扰、跌跌撞撞的五十年。现将鸡汤呈上——

第一碗鸡汤。同室病友，皆乌兰察布老乡，右边老乡，半月板撕裂，已手术；左边老乡，开车撞树，股骨粉碎、胳膊严重烧伤，手术一月仍不能动弹，我住院时，他正抽肺部积水，连咳嗽一声都全身疼；另一病房有初中女生，三楼坠下，几乎全身骨折，昼夜哭喊，父母愁云笼罩，望之心酸。真是久不到医院，竟不知人间疾苦啊！较之其他病人，我是何其幸运，虽也疼得彻夜难眠，但毕竟只是静养而已。再想人之一生，神马宏图霸业闻达诸侯，神马千秋万载一统江湖，到了医院火葬场全部归零，再说这些宏大叙事跟我这种屌丝有毛线关系。普通人就普通活，不祈盼中500万大奖，亦不愿被天降灾祸，平安最好。“别人骑马我骑驴，仔细思量我不如。等我回头看，还有挑脚汉。”知足最好。

第二碗鸡汤。刚入医院，还心猿意马牵挂着“范长江行动”牵挂着外面的江湖，但实在心有余而脚不足。一周后，小小朋友圈基本周知，约饭局酒局的电话没了，单位弟兄们也不用扬鞭自奋蹄了。突然悟到，这个江湖有我没我都一样，甚至没我更好。事实证明，江湖上酒照喝、牌照打，日月依然轮转，国内形势大好，今年的“范长江行动”也取得了空前成功。

于是吟打油诗一首：

难得我清静，读书兼养性；因我不扰民，朋友更清静。

第三碗鸡汤。大夫说，这次腿伤是身体给你敲的一个警钟啊！早敲比晚敲好。用一个月咀嚼了这一句话，遂想：我希望这个“月子”成为自己生命的一个分水岭。我之前五十年，筚路蓝缕艰苦奋斗，从农村到城市，全为稻粱谋，所谓“用命赚钱”；我希望以后的几十年，拥抱真善美、远离黄赌毒；钟情写作，专心读书，回归田园，耕读自娱；做一个高尚的人、纯粹的人、有道德的人，一个脱离低级趣味的人。

写到这里，恰好友贾鉴微信询问病情，寒暄几句，我说：很快就能出关了！他说：感觉憋了个大招，是不是准备出关后把一个月的花天酒地全补回来。

大和尚问觉远：尽形寿，不饮酒，汝今能持否？觉远答：能持。

我答，努力!

蓬莱遇佛记

2008年2月5日，呼市大雪。全家要去山东过年，山东寿光是岳父大人的故乡。原本下午四点多的飞机，等白塔机场打扫积雪，晚上九点多才飞。为什么对那天印象如此深刻？因待机间，接到电话，呼市爆出惊天大案。

在寿光过了春节，一大家11口人就开始了山东东部几日游。忽一日，来到了蓬莱。

蓬莱遇佛这段故事，当时写了一部分，白描了佛像的宏伟和高僧的言行表情，故事情节也完整细致，手懒，没写完。如今动笔，很多细节忘掉了，只剩下个轮廓，反倒如一幅泼墨写意，有了另外一番情致。

记得大年初三，岳父岳母待在酒店。董大姐一家、大兄哥一家、我们一家去蓬莱有名的四面佛寺拜佛。路上导游就说，这几天，寺里来了一位峨眉山的高僧，许多游客想去拜见，可惜都因高僧闭关而缘悭一面。你们能不能见到高僧，就看缘分了。

寺庙不大，没有别的游客，如我家包场。正转悠着，那导游不知从哪里钻出来，神秘地说，我刚才见到高僧了，他刚好出关，说可以见你们，你们有福啊……导游还保证，别瞎想，是高僧哦！绝不收费！

在一间昏暗的厢房里，见到了高僧。中等偏高的个子，面庞清瘦，文质彬彬，戴副眼镜，果然一派佛骨仙风。

高僧开明宗义，佛家讲，诸恶莫作，众善奉行，庄严国土，利乐有情，即对世出世间一切恶行皆不要去做，而对于世出世间的一切善行应当积极奉行；佛教致力于讲授什么是苦，世间苦，为什么苦？你现在觉得很乐，那是满足你的欲望，你以为你是乐，却不知欲望是苦，欲望将来招来苦果和报应；学佛不仅讲“放下”，也讲“提起”，提起宗旨、提起智慧、提起慈悲，放下烦恼、放下执著、放下痛苦。我们“放不下”，恰恰是因为该“提起”的还不够；“度人先度己”是修心原则，时时返观自心，念念不忘宗旨，只有先调伏了自己的烦恼才能去帮助他人；“度己先度人”是行事原则，学佛之人要学习佛菩萨，放下自我，广行大悲，在利他中才能圆满自己的福慧资粮……

果然是高僧，醍醐灌顶。

高僧讲法毕，突然发问，我讲了许久，不知你们慧根几何、领悟几许？下面我提个问题，你认为人在世间最重要的一个字是什么？看你们是三家人，都戴眼镜的这家先来答。

我、董小姐、土豆坐在最前，高僧指着我们说。

董小姐答：孝。

高僧曰：恭喜你，答对了，百善孝为先，佛教对孝道极为重视，在诸多经典中都提到报父母恩，《佛说父母恩难报经》《地藏菩萨本愿经》《佛说盂兰盆经》都是佛门孝经，莲池大师在《七笔勾》里说："亲得离尘垢，子道方成就。"即是讲要孝养父母。

为表奖励，高僧赠董小姐一串手珠。

一旁的导游过来，说，你家听讲结束，可以出来了。便引我们至户外香炉处，说：高僧赠的手珠是亲自开过光的，为使手珠更具护佑之功效，你们敬炷香吧。

多少钱？

三种价格，998，698，398。

那就烧一炷398元的吧。

稍晚，董大姐家、大兄哥家都出来了，拿着手串，分别付费敬香。

返回路上，我问，你们答了什么字。

"义""信"。

毫无悬念，他们都抢答成功。

这次旅行让我想起了此前两个月在香港的一次拜佛经历。

在香港，记者站会议结束了。北京孙志，上海茅杰、张帆约我去大屿山。几人乘地铁到了昂坪，便到了闻名遐迩的天坛大佛和宝莲禅寺——天坛大佛高34米，面部参照龙门石窟的卢舍那佛，宝相庄严，是全球最大户外青铜坐佛像；百年古刹宝莲禅寺，素有南天佛国之称，香火鼎盛。

茅杰统一买了门票，应该是港币27元，当时折人民币约23元。我们先拾级而上，瞻仰天坛大佛，大佛坐南朝北，右手齐胸屈举，五根手指平伸，示"无畏印"；再上三楼纪念堂，参拜了佛陀真身舍利，相传是2500年前释迦牟尼世尊涅槃后留下的圣物，状如米粒；后徒步过心经简林，恰过正午，饥肠辘辘，在此享用了精美的佛门斋菜，还有许多佛经书籍，可随意取阅；敬香亦随意，当然，这一切都含在门票内，不再另收费。

蓬莱归来后，我特意上网查了一下香港的佛教慈善事业，可谓洋洋大观矣，竟有佛教医院、诊疗所、护理院、安老院、托儿所、青年康乐营等，除提供火灾、水灾、风灾、地震等救助外，每年还均举办冬令赈济。再反观媒体报道的国内寺庙种种丑闻恶行，真是判若云泥啊。

有诗为证

1997年初春的一个薄暮，经历了两次考研折戟，因返北京还是去呼市的“方向问题”和母亲爆发了激烈争吵，隐含着某种离家出走的决绝踏上西去列车，当我站在呼和浩特这座陌生城市的火车站时，清寒彻骨，四顾茫然。

1999年，一个搞开发的朋友，全然忽略我的偿还能力，赊给我一套两室一厅的楼房。还是那年，朋友送我一台和光牌台式电脑。2000年，结婚了，我几乎天天喝酒应酬，自嘲“卖酒为生”，妻独守空房，亦无怨言，只是心疼我的奔波。闲时，她便坐在电脑前，把我散落在各处的诗文一个字一个字敲了下来。便有了这本诗集的雏形。

直到多年以后，回首半生，我才发觉，1997年初春呼和浩特火车站那个空旷而略显荒凉的站台，就是我人生一道分水岭或曰再也无法回溯和跨越的巨大沟壑，从那时起，我的人生被截成了两半，只是当时不自知。

落脚呼和浩特，大城市，居不易。几天后，朋友帮在回民区通道南街租了一间两室一厅的其中一厅，峰兄赠饭锅、君弟送单车、静姐置餐具、温妹搬书桌，一个“家”就安顿下了。

邻居是一家三口，夫妻应略长我，我们民族不同、工作各异，故无往来，他家男孩四五岁，双眼油黑，异常伶俐俊秀，因我这一厅只一床一桌，场地空阔，男孩总来玩回力玩具车，我读书写稿，他的车吱吱满地跑，偶尔嘭嘭撞墙，算是背景音乐，两人各司其职，亦是和谐融洽。午饭时，听到他妈妈喊：“油师傅！吃饭了。”我诧异：怎么给孩子取名油师傅呢？还不如叫康师傅！后经求证，男孩的教名是“约瑟夫”。一年后，我搬离了这里，再无联络。想来今时，约瑟夫也到而立之年，应该长成高大挺拔的大丈夫了吧。每念及此，总慨叹时光若白驹过隙，人生之倏忽即逝。

安居而后乐业。其时，体制内媒体依然铁板一块，不容“呼漂”，在街头报摊，看到一张《内蒙古商报》，乃内蒙古最早市场化运作的报纸之一，文章大气厚重，版面活泼灵动，盎然生机扑面而来，末版刊有报社地址，我按图索骥，骑单车直奔而去，敲开了社长办公室的门。

我留在了内蒙古商报的专刊部，很快，四五个年龄相仿、同病相怜的哥们儿结为好友，有大学毕业屡考公务员不中的、从旗县辞掉工作来呼市追梦的，经历不同，但呼漂的辛酸如出一辙。小饭馆、劣质酒，不妨碍弟兄们开怀畅饮、吹牛发狂、向往美好未来。

那时，我工资有七百多块，每天中午，呼朋唤友，邀来我通道街的小屋，二两猪肉、粉条土豆、一锅乱炖、几瓶啤酒，聊聊天，下午就各自采访去了。这样的幸福生活，往往只能维持三周左右，月末几天，口袋干瘪，我就一个人，两块钱买四个焙子，一壶开水几块腐乳，就能熬过一天，有时候，啃着干巴巴的焙子，突然会无端地心酸起来，竟开水与泪水齐飞，没关系，凭着伟大的革命乐观主义精神，挺过这几天，工资一发，就又开始了块肉碗酒、衣食无忧的生活。

同学聚会，甲同学给老婆买金项链了，乙同学给老婆买房子了，贫穷真的让一个居无定所的男人无地自容。还在上海读书的妻打来电话，我们最大的梦想就是：租一间两室一厅。因采访，认识了呼市一家韩国餐馆——荣和阿里郎的老板，他在《内蒙古商报》打广告，6000元，我提成1500元，相当于两个月的工资。自此，我从事了大学读新闻专业时同学们最不齿的工作——拉广告。

为狠下决心，我自创了一套理论。论点是：人生无意义。论据是：138亿年前，宇宙从一个奇点发生大爆炸而开始，再过亿万斯年，无论是宇宙大坍缩回归奇点还是大热寂沦于死寂，宇宙都会灭亡；宇宙都如此，何况尘埃般的银河系太阳系地球？地球上的一切都会灭亡，你一个小小的诗歌爱好者，穷尽此生，你能超越司马迁、李白、鲁迅、罗曼·罗兰、马尔克斯？地球毁灭时，他们的书籍连同墓碑都会毁灭，何况你鄙如草芥的短诗散章？自古以来，诗先穷而后工，为写作而忍受贫穷忍受流离颠簸有何意义？不如且覆掌中杯，花晨月夕，浅斟低唱，一晌贪欢——

暮雨遮天雁阵寒

一樽相对各凄然

高原牧马穷失路
野寺观鱼谩许禅
已悟功名皆泡影
岂将镜月辨风幡
今宵酒醒鸡鸣驿
惊看秋霜满碧鞍

还是1997年，因与母亲的争吵，一直赌着气，来呼市后再没和母亲联系。6月的一天，父亲母亲来呼市了，看我还算安稳，放心了许多，临行那晚，父母住在我租住的小屋，我借宿同学家。第二天大早，我赶回小屋送站，父母已走了，母亲给我留了封信，望注意身体，也望继续考研深造，等等。11月多了，我在赤峰采访，《内蒙古商报》李总带队赴东部区采访，途经赤峰载我赴呼伦贝尔，又经锡林郭勒返呼，要路过白音查干，大家提议到我家吃饭，我给母亲打电话，说想吃炖羊肉、烩菜、炸糕，下午离家时，母亲送出门，让我好好照顾自己，她的眼泪突然就止不住了。上了车，我回头，母亲还站在门口，白发苍苍，风吹她，她很瘦。谁知这短短一眼，竟成永诀！

忙忙碌碌，很快就要过年了，腊月二十六下午，我正在印刷厂盯春节前最后一期报纸的付印流程，姐姐发来传呼："母亲病重，速归。"我找到固定电话回话，姐姐说没事，母亲刚有点难受，现在好了。腊月二十七，我坐火车回乡，一进自家小院，一口白花花的棺材立在院中……而昨天，正是母亲63岁的生日。那个正月，我和哥哥在白音查干西山打墓穴，四野枯草，寒风掠空，以后，永远陪伴她的就是这些了。

人生不过如此而已！

1997年，经历了独扛生活、生离死别的我自觉自愿地抛弃了诗和远方，义无反顾地去追逐俗和小康。只是偶尔午夜梦回，还能记起自己的几首小诗——

信
将一个不忍卒读
不忍重读的
梦
小心翼翼折叠
贴上圆圆的心
寄给三十年后自己的
一个爱诗少年

也许跋涉就是
雨滑落屋檐
悬下的一串省略
也许人生就是
呵湿玻璃随意涂画
却又擦干又呵湿的复写

三十年后
那个爱诗少年
轻轻揭下已若枯叶的心
拆阅

一张空白的纸

揉皱又铺开

一如他风霜的脸

再读这首写于1989年深秋的小诗，感慨万千。人生如谶啊，真正是“三十二年如一梦，此身虽在堪惊!”有谁知道今天这个两鬓斑白的油腻中年男，也曾是“眼睛清澈”的爱诗少年郎。有诗为证!

关于此书，感谢广子、赵卡和云飞提笔写跋，当年我们四人自封新闻媒体圈四大才子，今日同框，也算圆满了一段佳话；也感谢呼和浩特市前女婿、东城花酒局迟到者、自封厨神、青年导师、本土懵逼嘻哈诗派鼻祖刘不伟，偶然机会结识了回呼陪读的不伟兄，古道热肠的他帮助迷途至远几近失足的我回归诗歌并出版此书；更感谢孙卓章先生，平时见我办公室了无文化气息，常赠书画补壁，今日又提笔书写书名，魏晋之厚重气象，掩饰了我文字之轻飘。

再感谢就成奥斯卡感言了，就此打住。

2021年5月

注：此文是我诗集《最高的雪》(2021年9月，作家出版社)的自序。

香港：衣冠简朴古风存

1

2005年12月23日，从天寒地冻的呼市飞到深圳，晚七点多，搭深圳机场大巴进了香港。香港楼如悬崖，街如峡谷，华灯璀璨，霓虹闪烁着熟悉又陌生的繁体字，说不出的文雅美观，恍惚走进一个既古老又现代的中国。头仰到脖子酸，才看到万家灯火愈旋愈高，最后隐没在辽邈的夜空——仿佛被吸入了神秘莫测的黑洞。

翌日，去报馆报了到，吃吃喝喝，宾主尽欢。当晚是平安夜，志民姐带我上了太平山顶，俯瞰香港，灯火连成一片光的海洋，如星空斑斓。从昨晚初到时游走于峡谷之底，今晚突然居高临下，似乎有了豁然开朗“全局观”，顿生“他乡即故乡”的亲切感。

初去香港，只是到报馆认了门。越明年，六月，报馆通知开会。这次做了充分准备，用繁体字工工整整写好地址，便于给出租车司机看。结果多余，只要你用普通话慢慢讲，师傅们基本都听得懂。

湾仔轩尼诗道342号，我来报馆取了钥匙，拐个弯便到位于霎西街的宿舍。刚住宿舍，便遇糗事，出门倒垃圾，“咣当”一声，门反锁了。在香港举目无亲、诸路不清、粤语不通，回报馆找钥匙怕大家笑我这个“新人”，真是犯了难。便下一楼传达室试试，值守的大爷很热心，让我等着，七八分钟便领回了开锁师傅。

一天，从报馆出来，细雨如丝，沾衣欲湿，不妨徐行，沿轩尼诗道向西漫步，三四里，路南有个小书店，窄小逼仄，书籍堆放如乱山绵延，层峦叠嶂，在一危崖山脊处，发现了明河社的金庸全集，惦记着呼市酷爱金庸的雨墨兄，便买了两套，遂问邮局位置，老板用夹着生硬普通话的粤语指了路，不远。我便肩扛一箱，手拎一箱，艰难负重走入雨中。没几步，后面有人喊我，是老板，他拿了一把伞，把伞给我，自己扛了两箱书，走在前面。老板六十多岁样子，头发花白，稀疏的几绺盘绕在秃顶周围，欲盖弥彰，他背影稍微佝偻，但脚步轻捷，拐几个弯，到了邮局。

说起雨墨，某年一个活动，同去了香港，我便请他在霎西街著名的驹记海鲜大排档吃饭，要了两只濑尿虾，如接力棒，他说好吃，意犹未尽，再来两只，如小臂。雨墨后来形容，吃濑尿虾如啃羊棒骨，过瘾！两人微醺，一夜无话。

2017年，报馆主办“香港回归20年中国书画名家展”，我陪内蒙古美术馆馆长刘国旗先生赴港，书画双绝的国旗兄竟不敢坐飞机，我便陪这位“葩兄”乘动车由深圳入港。一天晚上，还是驹记大排档，我与国旗兄、北京的李老师海鲜就啤酒，吹牛“吹”酒，不觉深夜两点多，食客散尽，女老板已和服务员厨师在邻桌打边炉，暗示要打烊。爱交际的国旗兄递烟、碰杯，很快与老板熟络了，并桌喝到四点，女老板说：我得回家了，你们内蒙古人真够豪情，这样，我把厨子留下陪你们喝，若再加菜，一律免单。

每次赴港，都有工作，因此与人交往亦蜻蜓点水，大多如上述几位，尽是偶遇，但觉香港人古道热肠，诚恳厚道，古风犹存。

2

作为港台剧陪伴成长的一代，中学时看《射雕英雄传》《上海滩》《万水千山总是情》，大学时听谭咏麟、王杰、郑智化，后来看《喋血双雄》《甜蜜蜜》《岁月神偷》《月满轩尼诗》。香港的许多地名耳熟能详，红磡、旺角、尖东、铜锣湾、油麻地、轩尼诗道，多年来，身虽未至，心向往之。

后来，报馆从轩尼诗道搬到了北角，因此，我在香港基本沿地铁港岛线活动，港岛线共14站，上环、中环、金钟、湾仔、铜锣湾、天后、炮台山、北角、鲗鱼涌、太古、西湾河、筲箕湾、杏花邨、柴湾。所以，初乘香港地铁，单看这些站名，心就醉了——有种怀旧，有种微言大义，又似曾相识，还能勾起诸多莫名的情愫。每次从铜锣湾乘地铁到北角，便会想起我喜欢的阿Sa主演的电影《下一站，天后》。

1997年初到呼市，某晚在乌兰恰特看通宵录像——10元钱，既解决住宿，又能看8部电影，一举两得，其中就有《明月照尖东》，“太子”（张学友饰）的爱情竟能深挚而暴烈如斯，最后不惜自杀来成全爱人，轰击三观，震荡心灵，正耶反耶，亦不能以公认的道德准则评判，至今唏嘘不已，“有的故事，是用墨写在纸上；有的爱情，是用血写在坟上。”

警匪片看多了，以为香港治安不好。记得初去铜锣湾，总盼在人潮中偶遇浩南、山鸡，一睹大侠风采。后来方知，2019年之前，香港治安全球排名第二、亚洲第一——奇怪的是，在香港街头，很少见到阿Sir，更没有交警，但秩序井然，不像我大呼市，满街交警辅警，专擅贴条外亦无疏导之能力，半夜拦大车，只为罚款，苦民久矣。

回想上世纪八九十年代，港台文化挟“四小龙”经济腾飞之威，南风北渐，席卷全国，与其说“文化冲击”，不如说是“文化回归”。其时，内地刚经历了三十多年的文化疏荒，连祖宗留下的文字也一简再简，而香港台湾作为中国传统文化的继承者，以传统文化为核，加以包装、创新，再以电影、音乐等现代艺术形式“冲击”而来，这样的“冲击”，谁不喜欢？

比如那时的我，十六七岁，青春萌动，听了多年口号歌，甫一接触港台歌曲，如聆天籁，直到今天，都觉得这些歌能写照我的人生。

少年时，梦想与爱人——或如黄蓉，或如赵敏，或如小昭，或她们的综合体——牧羊塞外、笑傲江湖，“依稀往梦似曾见／心内波澜现／抛开世事断仇怨／相伴到天边／逐草四方沙漠苍

茫／哪惧雪霜扑面／射雕引弓塞外奔驰／笑傲此生无厌倦。”（《铁血丹心》）

中年奔波，方知人生之艰难，遂在许多个二场，几个烂醉的老男人搂着肩膀、操起麦克，撕心裂肺地唱起《水手》，“长大以后／为了理想而努力／渐渐地忽略了／父亲母亲和故乡的消息／如今的我／生活就像在演戏／说着言不由衷的话／戴着伪善的面具／总是拿着微不足道的成就来骗自己／总是莫名其妙感到一阵的空虚／总是靠一点酒精的麻醉才能够睡去／在半睡半醒之间仿佛又听见水手说／他说风雨中这点痛算什么／擦干泪不要怕／至少我们还有梦……”

近来，喜欢上陈奕迅的《孤勇者》：

都是勇敢的
你额头的伤口你的不同你犯的错
都不必隐藏
你破旧的玩偶你的面具你的自我
他们说要带着光驯服每一头怪兽
他们说要缝好你的伤没有人爱小丑
为何孤独不可光荣
人只有不完美值得歌颂
谁说污泥满身的不算英雄
爱你孤身走暗巷
爱你不跪的模样
爱你对峙过绝望
不肯哭一场

爱你破烂的衣裳
却敢堵命运的枪
爱你和我那么像
缺口都一样
去吗配吗这褴褛的披风
战吗战啊以最卑微的梦
致那黑夜中的呜咽与怒吼

只要活着，人生就无法越过山丘，即使是孤勇，即使污泥满身，也是自己的英雄。

3

从霎西街到购物天堂时代广场，三分钟脚程，只需过一座桥。这桥毫不起眼，有时晚上路过，能看见桥墩角落处闪烁着诡异的烛火，香烟缭绕，一老妇念念有词，不敢靠近。后来才知这便是鹅颈桥，这仪式便是大名鼎鼎的“鹅颈桥下打小人”，便观摩了一次。

所谓打小人，即有人近来诸事不顺，怀疑有小人作祟挡财路，挡晋升之路，或勾引老公等，便可到鹅颈桥下，寻得神婆，将“小人”名字写在纸条。只见神婆点燃香烛，将小纸人置于砖上，手执旧鞋，口念：“打你个小人头，打到你有气无地走……”手起鞋落，啪啪作响，最后将“小人”扔进元宝盆烧为灰烬，于是“小人”便得以惩罚。打小人全年均可，但惊蛰最灵，据传惊蛰日，冬去春来，白虎出来觅食，害人虫也蠢蠢欲动。此日“祭白虎”，以白虎镇压小人，一打即残。每逢惊蛰，鹅颈桥最多时竟有十几个档口同时营业，鞋影飞舞，此起彼伏，蔚为壮观。

“打小人”是流行于珠三角的民间巫术，由唐至今。鹅颈桥下的神婆均有香港政府颁发的执照，可见政府亦觉市民之心情得以纾舒、怨气得以释放，不失为一种“无为而治”。

游走香港街头，还有一样东西最为醒目，便是牌匾。

香港诸多雄伟高楼，如中银大厦，但标牌使用印刷体，便难入行家法眼。让人驻足流连并琢磨观赏的都是书法牌匾，英皇道“新北大海鲜酒家”是粗笔楷书，端庄大气；“东亚银行”是峥嵘魏碑，骨骼崚嶒；上环的“世界书局”，是隶书带有魏碑，奇崛雄强；“招商局”是颜体楷书，厚重又圆润，符合“招商”之道。

不少匾额是名家所书，中环皇后大道的“北京同仁堂”自是启功所书；铜锣湾“泉章居”字法灵动，落款“右任”，便是“当代草圣”于右任手笔；弥敦道的“香港美术专科学校”乃齐白石94岁时所题；荷李活道的“永兴行”是隶书大家刘炳森所写；长沙湾“英华书院”由香港书法家华戈题写，用宽扁隶书，端庄高古，适合学府。香港建筑多年代久远，诸多门脸破损陈旧，别小看这些“陋室”，牌匾却有来头，旺角新填地街“沙头镇同乡会”是卓少衡题字，北魏体，雄奇峭拔；荷李活道“玉庭斋”是游嘉瑞手笔，一种藏锋求拙的行草，味道悠长。

细读这些牌匾题字，多有书法名家，却无一例是官员题写，便避免了官员出事、商家铲字之虞。香港牌匾乍看杂乱，实则蕴藏了一种文化追求，尤其入夜，霓虹闪耀，牌匾高低错落，色彩纷呈，恍如回到了声光电奇幻掩映下的唐街宋市，成为一道拓新容旧、兼容并蓄的独特城市风景。

香港还有一些有趣的标牌，比如地铁滚梯处，写着“握扶手，企定定”，这是友善的提醒；巴士则钉有“不得乱涂写，否则将送官究治”，酒店贴着“公共场所不许吸烟，违者最高罚款5000元”的警语牌，这是严肃的警告，如若违反，必受惩处。

这便是制度，一旦生效，令行禁止。有个故事，无从考证，但我信其有。报馆要在自家位于轩尼诗道的大楼迎街面建一块LED大屏，便将报告递至时任特区政府民政司司长曾德成先生处——曾原任《大公报》总编辑，曾一看是老东家的事，便叮嘱下属，一定要严格按照流程办理，步步不能落。

如树木、森林和气候，制度人人遵守，便会形成民众行为的自觉，自觉者多了、时间久了，便成文化自觉。一次，我去轩尼诗道希慎广场，搀滚梯直上，到了诚品书店，整三层的书店昼夜灯火通明，角角落落，堆满读书人，出奇地安静。我寻拉什迪小说《羞耻》不得，求助店员，他打开电脑，按图索骥，几分钟便魔术般将书呈上。整个过程，店员轻手轻脚，敲击键盘亦很轻，偌大的书店犹如默片。

十六年来，游走两地，见人见物多，感慨也良多。三人行有我师，尤其在传承传统文化方面，我们要多向香港——这个在秦时，便纳入南海郡番禺县辖制的蛮荒之地——学习，正所谓“礼失，求诸野”。

金庸梁羽生：前辈风流许再攀

1

说香港，便不能不说金庸和梁羽生，香港两大文化巨擘，香港武侠小说及武侠片的开创者、集大成者和主要推动者，吾《大公报》两位前辈先贤。

两人在《大公报》，不仅对桌办公，更奇迹般拥有诸多相似的人生经历。

第一，同年出生[①]，皆因外语加入《大公报》。

查良镛（金庸）生于1924年3月10日，陈文统（梁羽生）

---

① 罗孚曾在《两次武侠的因缘》一文中说，金梁以师兄弟相称，梁羽生“自然是师兄，因为他不仅写武侠在先，也比金庸要大两岁”，罗立群亦说梁生于1922年；但目前更多公开资料显示，梁生于1924年，权且取后种说法。

生于1924年3月22日。一个双鱼座尾，一个白羊座头。

1947年《大公报》上海馆公开招聘三名翻译，应征者多达百人，由当时精通英、日、俄文的《大公报》翻译主任杨历樵拟定试题，并阅卷评分。查良镛笔试、口试成绩优秀，不久被《大公报》录取，位列榜首。

1949年，陈文统从岭南大学国际经济专业毕业，经校长陈序经推荐，投考香港《大公报》翻译。时任《大公报》总编辑李侠文委托查良镛做主考，查觉得陈英文合格，便录了他。他们最初同在编译组，翻译英文电讯稿。几月后，陈文统转到副刊版，查良镛在国际版。

第二，书香门第，家学渊源。

陈品瑞（又名陈信玉，陈文统父亲）出身名门，早年在广西蒙山县文圩镇开一家中药店，悬壶济世，是中国民间最后一批保留着“士大夫”情怀的乡绅。抗战期间，他组织过乡团，保护过一批逃难的文化名人。

1944年秋，太平天国史专家、大学者简又文寄居他家，陈文统得以私授；其时，“一代通儒”饶宗颐还未成名，在蒙山办了间私塾，以稻谷大米作束脩，教学度日，陈品瑞便让陈文统去学习。师从饶宗颐的日子，让陈文统积累了深厚的历史知识，诗词造诣亦由此发端。

浙江海宁查家，更是望族，在查家祠堂，曾挂着一副康熙皇帝御笔题写的对联，“唐宋以来巨族，江南有数人家。”康熙年间，有两位查家先辈官至翰林；雍正一朝，又一位查家先辈官居礼部侍郎，像进士、举人，查家前后共有近百人，世称“一门十进士，叔侄五翰林”。

查良镛祖父查文清，1886年考取进士，也是海宁查家最后一位进士，曾做知县。1891年，因“丹阳教案”，查文清不满清廷软弱，便挂印辞官，回乡归隐。因家族底蕴深厚，查枢卿（查良镛父亲）自小就接受了良好的国学教育，后考取上海震旦大学，接受西式教育。大学毕业后，查枢卿没有选择做官，而是回到袁花镇经商，料理起家中产业。他经商既“仁”且“诚”，查家拿出1000亩上好水田，作为本族义田，所产粮食，都用来接济乡邻；他还兴办学校，让袁花镇所有孩子统一进学堂，不收取费用。

1914年，查枢卿与徐禄（徐志摩的姑妈，所以，徐诗人便是金大侠的表哥）成婚，共育7个子女，查良镛是次子。查良镛幼时体质不好，或摆弄花草，或翻阅图书，总之不喜运动。查枢卿便将查良镛送至“喜运动”的小姑妈查玉芳处，托她代为照看，查玉芳虽是一介女流，却如“小野马”，爱打抱不平，舞刀弄剑，有女侠气，她还常给查良镛讲一些江湖侠客的故事，这或许便是后来金大侠“江湖梦”的肇始。

第三，父亲皆于1951年被冤杀。

陈文统入职《大公报》后，曾两次回广西蒙山，希望接父母去香港，父亲却故土难离。1950年，听闻父亲被羁，陈文统将此事告知报馆，《大公报》开了介绍信，让他以采访之名义回乡斡旋营救。陈文统行至荔浦县，正准备乘车回蒙山，偶遇同学彭荣康，彭说：“现在农村到处都在开展剿匪反霸群众运动，你回去不但救不了父亲，只怕自身都难保。”陈文统惊出一身冷汗，黯然回港。

1951年2月，一番批斗后，陈品瑞被拉至附近土坡处决，年仅56岁，陈文统二哥陈文奇亦遭捕杀。

1985年，陈品瑞平反，陈文统给蒙山县委、县政府致信说："先父一事终获平反，埋于心中几十年的死结终于解开了。"后来，老同学彭荣康到深圳和他见面时，陈特以《萍踪侠影录》卷尾词《清平乐》书赠之，词曰：

> 盈盈一笑，尽把恩仇了，赶上江南春未了，春色花容相照。昨宵苦雨连绵，今朝丽日晴天，愁绪都随柳絮，随风化作轻烟。

抗战期间，查家产业尽毁于炮火，1945年抗战结束，流离逃难的查枢卿带领家人返回袁花镇，重整旗鼓，还周济宗亲，办理赡赈事业。1951年，"镇反"运动开始，查枢卿名下有大量土地，遂被定为"地主"，又兼被揭发"窝藏枪支"，同年4月，经公审，查枢卿被枪决，年仅54岁。1981年，海宁县对其予以平反。

2

1952年，查良镛和陈文统先后调到《大公报》之子报《新晚报》副刊，陈文统编"天方夜谭"版。查良镛曾自述称，这段时间"我们两人交往最多，关系也最为密切"。那时，每天下午，陈文统都会去买二两孖蒸（一种米酒，孖蒸即双蒸，发酵蒸馏两次的酒）、四两烧肉，以助谈兴，一边饮酒，一边海阔天空，兴高采烈，查不喜欢吃孖蒸和烧肉，有时只好开一瓶啤酒和陈对饮。"我们两人谈得最多的是武侠小说，是（宫）白羽的《十二金钱镖》和还珠楼主的《蜀山剑侠传》。我们都认为，文笔当然是白羽好得多，《十二金钱镖》干净利落，人物栩栩如生，对话言如其人；但

《蜀山》内容恣肆，作者异想天开，我们谈到绿袍老祖、鸠盘婆等异派人物时，加上自己不少想象，非常合拍。”

他们都嗜好围棋，常在一起对弈，杀得昏天黑地。作家聂绀弩时任香港《文汇报》副总编辑，每天要写社评，但他最大的兴趣却是找这两个年轻人下围棋，三个人旗鼓相当。有时杀得难分难解，聂绀弩干脆就给《文汇报》打电话说，今天没有社评。

一切皆是序曲，他们人生的精彩方才拉开序幕。

1954年，香港发生了一件“大事”，白鹤派陈克夫与太极派吴公仪下了战书，签了生死状，要一决高下，遂定于澳门新花园比武。1月17日下午，两位高手在擂台上摩拳擦掌，仅两个回合，吴公仪一拳击中陈克夫致其鼻子流血，比赛即告终结。

孰料这场草草收场的比武，却开启了一个震古烁今的武侠大时代。

其时，在观摩的人群中，便有身材略胖、个头不高“不起眼”的陈文统，他以记者身份去采访“盛事”，当天《新晚报》刊出“号外”报道比赛，甫一上市即被抢购一空。

时任《新晚报》的总编辑罗孚嗅到商机，当即决定在《新晚报》开辟武侠小说连载，便将这个任务交给了陈文统，因陈当时正主持“天方夜谭”，此栏目连载唐人（严庆澍）的《金陵春梦》刚完毕。翌日，《新晚报》在头版显著位置刊出“本报增刊武侠小说”之预告，20日，陈文统的《龙虎斗京华》便在“天方夜谭”开始连载，署名“梁羽生”。

擅长诗词的梁羽生开篇便是一阕调寄《踏莎行》：

弱水萍飘，莲台叶聚，卅年心事凭谁诉？剑光刀影烛摇红，禅心未许沾泥絮。绛草凝珠，昙花隔雾，江湖儿女缘多误，前尘回首不胜情，龙争虎斗京华暮。

正是这阕词，奠定了新派武侠小说的基石。

每天1000字，连载7个月，《新晚报》一时洛阳纸贵，发行量翻了几番。

1955年2月初，罗孚突然找到查良镛，说梁羽生的《草莽龙蛇传》已连载完结，“东家”《大公报》亦向梁羽生约稿，梁确实分身乏术，便鼓励查良镛也写篇武侠小说。查不敢应允，罗苦苦劝说，查无奈，勉强报了个题目《书剑恩仇录》。

2月7日，截稿日到了，编辑部派一位老工友上门催稿，当晚九点前无论如何要有一千字的稿子，否则明天的报纸要开天窗。查良镛正愁肠百结，无从下笔，突见这位老工友，便写下，“古道腾驹惊白发”，再徐徐写道：黄沙衰草，阵阵归鸦，塞外古道上走来一个“年近六十，须眉皆白，可内功深湛，精神饱满”的老者，这便是武当派大侠陆菲青是也。

2月8日，《书剑恩仇录》开始在《新晚报》“天方夜谭”版连载，署名“金庸”，共连载574天。

从此，金庸、梁羽生一发不可收。梁羽生如滔滔江水，汪洋恣肆，《七剑下天山》《白发魔女传》《大唐游侠传》《萍踪侠影录》《云海玉弓缘》，1984年，写完《华山一剑》，梁“金盆”封笔，共创作35部小说，逾千万字；金庸则出手即高峰，至1972年封笔，共创作了“飞雪连天射白鹿，笑书神侠倚碧鸳”，外加《越女剑》共15部旷世奇作。

3

金梁二侠，一时瑜亮。倚天屠龙，谁与争锋?

梁羽生才华横溢，在《大公报》《新晚报》辟有多个专栏，亦有百变笔名——博通文艺、风趣幽默的“冯瑜宁”，谙熟史籍、立场鲜明的“梁慧如”，亲切贤惠、知心大姐般的“李夫人”——竟专给读者解答恋爱、婚姻、家庭、交友之类的情感问题。

2008年，由广西师范大学出版社出版的《笔花六照》，精选了梁羽生1956年至2005的散文，记武侠因缘、师友轶事，又谈诗品联、云游记趣，其中12篇为武侠封笔后的文字。从1983年3月15日起，梁羽生又为《大公报》副刊撰写“联趣”专栏，每日一篇，至1986年7月31日止，从浩如烟海的书籍中筛出两千多副趣味性与艺术性兼备的对联，分飨读者，后结集为《名联观止》，此二书国学功底深厚，文史修养笃实，均藏吾斋壁。

梁羽生曾说，“我本来是从事文史工作的，以偶然的因缘，写上武侠小说，不知不觉，在刀光剑影之中，已是浪费了将近三十年的光阴。”某日，梁大侠顿悟，觉得妻子林萃如陪自己过了几十年枯燥的书斋生活，心实愧歉，便携了爱妻，周游世界。最后，林萃如爱上了澳大利亚的风光，这对神仙眷侣便定居悉尼。

金庸则于1957年离开《大公报》，进入长城电影公司，专职编剧。1959年，金庸与沈宝新出资，共同创办《明报》，草创初期，沈掌管经营，金负责编务，但报纸销量总在千份间起伏，亏空严重。金大侠便忆起在《大公报》时武侠小说热卖之往事，遂在《明报》开始连载《神雕侠侣》。自此，《明报》一挽颓势，风行香港，待《倚天屠龙记》《笑傲江湖》连载后，《明报》已如日中天，遂成香港最有影响的报纸之一，有人喻之为香港的《泰晤士报》。

1966年，金庸再创《〈明报〉月刊》，自任总编，后请胡菊人出任，金胡二人将《〈明报〉月刊》打造成了一份综合性高水准读物，成为全球高端学术刊物；1972年，封笔后的金庸重新修订自己的皇皇巨著；1994年，金庸于嘉兴高专建“金庸图书馆”，再斥1400万在西湖建“云松书舍”，并奉手迹供陈列；同年10月，被北京大学聘为名誉教授；1995年，担任香港特别行政区筹委会委员，实现了中国文人千年以来的理想——文人论政，文章报国。

金梁二侠再次见面，是1994年1月，金庸赴悉尼参加作家节，梁羽生邀金庸家中做客，梁羽生拿出一副很破旧的棋子，说：“这是你送给我的旧棋，一直要陪我到老死了。”梁羽生还拿出几本清代棋书《弈理指归》《桃花泉弈谱》，也是金庸当年送的。二人遂下棋，两个多小时，直到“头晕才作罢”。

作为挚友，金梁二侠间看不到任何的文人相轻，恰恰是惺惺相惜。梁羽生曾评价他俩的武侠小说：“开风气也，梁羽生；发扬光大者，金庸。”

“笑看云霄飘一羽，曾经沧海慨平生。”2009年1月22日，梁羽生仙逝于悉尼，金庸惊闻，写了《痛悼梁羽生兄》一文，还引用了知己的文字——“他写名著《云海玉弓缘》第十二回的回目是：‘太息知交天下少，伤心身世泪痕多。’”

次月，《大公报》在香港举办“陈文统先生追思会”，《大公报》记者追问金庸——这个无数人魂牵梦萦的问题——你认为你俩谁的小说更好？金大侠曰：陈文统先生国学功底深厚，我不如他，但我比他会讲故事。

4

当年因故出走《大公报》，后以《明报》为阵地与《大公报》笔战多次，两阵“俨如敌国、老死不相往来”，再后来，金大侠与《大公报》亦一笑泯恩仇了。

他回忆道，1948年3月5日，《大公报》香港版复刊，急需调一名翻译，《大公报》上海馆原定派另一位翻译前往。金庸清楚地记得，这位翻译姓李，与自己一同考入《大公报》，但这位李姓翻译刚刚新婚，不愿前往，报馆征得金庸意见后，暂派金庸赴港。

原以为，上海香港，一张船票可随时往返，没想到，这一去竟是半个世纪！金庸感慨，“我现在拥有的一切，虽有自己的辛勤努力，但更多是香港这一环境所赐。我要感谢《大公报》派我来香港！就差这么一点，可能就来不了香港，人生的命运可能就会完全不同。”

金庸遂于2009年4月25日亲笔题写了“评论自由，事实神圣——敬赠旧主人‘《大公报》’”。

是年秋，我陪几位内蒙古客人在香港瞻仰重新装修过的《大公报》报史馆。作为大公晚辈，每阅报史，都温故知新，不由感慨《大公报》史上群星灿烂、永夜争辉。正目眩神迷之际，赫然看见了“评论自由，事实神圣”这八个字，顿时震在当地，振聋发聩！

——这才是天下新闻人应奉为圭臬的职业信条。

2018年10月30日，在人世间“大闹一场”之后，金大侠仙逝于香港，与他的老友梁大侠品茶喝酒、下棋论道去了。

金庸《鹿鼎记》第二十回回目曰：“残碑日月看仍在，前辈风流许再攀。”金梁二侠，筚路蓝缕，一路笔耕，攀越前辈风流，终成辉映后世、照耀千古，不世出的一代宗师。而吾辈后生，只能望高山而仰止、读金梁而知文极，前辈风流难再攀了。

红线黄衫事有无

——金古梁的情色江湖

1

梁羽生、金庸写作新派武侠小说，纯粹是一个偶然——就是报社派的任务，为报纸的发行量，常年连载，成就了两位武侠小说宗师。古龙更是偶然，离家出走后，穷困潦倒、食不果腹，1956年，试着写了篇小说《从北国到南国》，刊于《晨光》杂志，初尝稿费的甜头，便一发不可收。

这有点像歌里唱的爱情一样，“在人群中多看了你一眼”，便“再也没能忘掉你容颜”。是偶然，也成必然。

初中的一个寒假，读《封神演义》，读来读去，最吸引我的莫过“土行孙强娶邓婵玉”一段，书中不厌其烦，描绘细节，直至“彼此温存，交相慕恋，极人间之乐，无过此时矣”，那个年龄，明白发生了什么，却依然懵懂，但心潮澎湃、久不能息。大学时，一本《查泰莱夫人的情人》如击鼓传花般来到我们宿舍，每个人手里只能停留个把小时，因“下家”已催促数次。时间短、任务重，拿起一看，书整体簇新，只有几处书页被翻黑了，无需绕路，直奔主题，读了那几处“精华”便大功告成。

金古梁开宗立派，小说自是独树一帜、各领风骚，在无数读者眼里也是横岭侧峰，解读不同，“经学家见了《易》，道学家见了淫，才子见了缠绵，革命家见了排满，流言家见了宫闱秘事”，犹如富矿之“无尽藏”也，读者各取所需、各得其乐，故能不废江河万古流。毋庸讳言，在成就新派武侠宏大叙事的要件里，情与色不可或缺。

2

先说色。江湖儿女，亦是饮食男女，情到不能自禁时，有人调侃，“金庸是‘心中一荡’，古龙是‘嘤咛一声’，梁羽生则是‘获得了生命的大和谐’”。

先看梁羽生的三段。

《龙虎斗京华》：

> 良辰美景，斗室两人，柳梦蝶的侠气全消，化为了柔情一缕，她竟像小孩子一样，伏在左含英怀中，左含英这时，如饮醇酒，如游太空，真不知天地之间，除了两人之外，还有什么。他把手一招，将灯灭了，在黑暗中，两人获得了生命的大和谐。

《弹指惊雷》：

杨炎突然紧紧抱着了她，在她的粉脸上吻下去。吻干了她脸上的泪水。她像小孩子一样伏在冷冰儿怀中，两人如饮醇酒，如游太空。真不知天地之间，除了他们两个之外还有什么，相怜相惜之中，两人获得了生命的大和谐。

《广陵剑》：

松枝火光，恰好也给穿过窗缝的冷风吹熄了。在黑暗中，不，是在他们幻想中的色彩绚烂的世界里：他们获得了生命的大和谐。

再看金庸。

《天龙八部》写镇南王妃与段延庆：

她一言不发，慢慢解去了身上的罗衫，走到段延庆身前，投身在他怀里，伸出像白山茶花花瓣般的手臂，搂住他的脖子……淡淡的微云飘过来，掩住了月亮，似乎是月亮招手叫微云过来遮住它的眼睛，它不愿见到这样诧异的情景：这样高贵的一位夫人，竟会将她像白山茶花花瓣那样雪白娇艳的身子，去交给这样一个满身脓血的乞丐。

《神雕侠侣》写小龙女失身于尹志平：

过了良久，眼上微觉有物触碰，她黑夜视物如同白昼，此时竟不见一物，原来双眼给人用布蒙住了，随觉有人张臂抱住了自己。这人相抱之时，初时极为胆怯，后来渐渐大胆放肆。小龙女惊骇无已，欲待张口而呼，苦于口舌难动，但觉那人以口相就，亲吻自己脸颊。她初时只道是欧阳锋忽施强暴，但与那人面庞相触之际，却觉他脸上光滑，决非欧阳锋的满脸虬髯。她心中一荡，惊惧渐去，情欲暗生，心想原来杨过这孩子却来戏我。只觉他双手越来越不规矩，缓缓为自己宽衣解带，小龙女无法动弹，只得任其所为，不由得又惊喜，又害羞，但觉杨过对自己亲怜密爱，只盼二人化身为一，不禁神魂飘荡，身心俱醉。

《飞狐外传》写福康安与马春花：

福公子搁下了玉箫，伸出手去搂她的纤腰。马春花娇羞地避开了，第二次只微微让了一让，但当他第三次伸手过去时，她已陶醉在他身上散发出来的男子气息之中。夕阳将玫瑰花的枝叶照得撒在地上，变成长长的一条条影子。在花影旁边，一对青年男女的影子渐渐偎依在一起，终于不再分得出是他的还是她的影子。太阳快落山了，影子变得很长，斜斜的很难看。

金庸笔下的情色，多写“前戏”，写性事则用春秋笔法，隐晦内敛。如《飞狐外传》写田归农赴苗人凤家做客，却与主人的妻子南兰私奔了：

终于有一天，她对他说：“你跟我丈夫的名字该当调一下才配。他最好是归农种田，你才真正是人中的凤凰。”也不知是他早有存心，还是因为受到了这句话的讽喻，终于，在一个热情的夜晚……那时苗人凤在月下练剑，他们的女儿苗若兰甜甜地睡着。南兰头上的金凤珠钗跌到了床前地上，田归农给她拾了起来，温柔地给她插在头上，凤钗的头轻柔地微微颤动……

只“凤钗的头轻柔地微微颤动”一句，便写尽了后面的风流。

与金梁相反，古龙则不吝笔墨、淋漓尽致，动辄玉体横陈，极尽绘声绘色之能事，如《九月鹰飞》描写上官小仙出场：

忽然间，窗户开了。

一个非常美的女人，手里抱着个泥娃娃，站在窗口。

她的脸白里透红，眼睛又圆又亮，红红的小嘴半张着，显得说不出的天真。

她本身看起来就像是个泥娃娃。

可是她的身材却不像是泥娃娃。

她竟真的要解开衣襟，喂奶给这泥娃娃吃了。

她的胸膛成熟而高耸。

《多情剑客无情剑》里林仙儿挑逗李寻欢的经典一段：

> 这赤裸着的绝代美人只是微笑着，没有说话。因为她知道自己已用不着说话了。她的眼睛会说话，她的媚笑会说话，她的手，她的胸，她的腿……她身上每分每寸都会说话。她知道这已经足够了，若有男人还不明白她的意思，那人一定是白痴。她在等待着，也在邀请。

《护花铃》中郭玉霞与石沉偷情一段：

> 罗帐再次坠下，但却有一只莹白如玉的修长玉腿，似乎耐不住帐内的春暖，缓缓落到床边……小腿曲起，一只纤掌，轻轻伸出罗帐，抚摸那纤柔娇美的玉足，直到帐中嘤咛一声，小腿突然伸得笔直，纤秀的足尖，也笔直地伸挺着，还带着一丝轻微颤抖，就像春风中的柳枝。

所以，写情色，金庸含蓄，古龙露骨，梁羽生文雅。

3

有心理学家分析，一个作家对女人及性事的描写，可透露出他的成长历程和潜在心迹。弗洛伊德就把少年的成长分为五个阶段：口唇期（0～1岁）、肛门期（1～3岁）、性器期（3～6岁）、潜伏期（6~11岁）、生殖期（11或13岁开始）。这些阶段奠定了一个成年人的人格模式，即少年的成长与成熟（尤其是性生理和性心理）的过程，决定了人的一生——可能是隐秘的、很多时候是连自己都不知道的“决定”。

古龙的家境很好，其父曾担任台北市长的机要秘书，本无须为温饱发愁。但父母感情不和，终在不断的争吵中分道扬镳。父母的离异让他感到寒心，感到一种破灭、不安全感、不确定性，从此便疑虑重重——自古好物不坚牢，尤其感情。古龙遂将愤怒与怨恨发泄在父亲身上，与父亲一场争吵后，他离家出走。

金庸和梁羽生皆出身书香门第，自幼接受了全面的传统教育，成长平稳而健康，所以其作品的三观，尤其爱情观（情感专一、忠贞不渝等），还是符合中国人的道德框架的。

另外，古龙很自卑。

> 他不是英俊的男人。不要说英俊，连端正都谈不上。他与金庸、梁羽生站在一起，金庸气度不凡，笑而含威，颇有大师神采；梁羽生则从容不迫，温文儒雅，颇有名士气韵；而古龙，却是土头土脑，傻样兮兮，十足一个“猪肉佬”（广州话，肉贩子）。

《这个杀手不太冷》中，玛蒂尔达问莱昂，“人生总是那么痛苦吗？还是只有小时候是这样？”古龙自幼来自长相的心理阴影，以及少年时那段游荡街头、无家可归、穷困潦倒经历导致的刻骨铭心的“挫败感”，让他在后来的生活和作品里，对待女人和金钱，都有一种报复性或曰掩盖性的“消费”，他肆意抛洒、挥霍无度，直至“挥霍”掉自己的生命；这点也如修炼内功，金梁修的是“易筋经”“神照经”正派内功，假以时日，必成正果；而古龙练的是“天魔解体大法”“吸星大法”等邪派功法，逐渐走火入魔，最终反噬其身。

古龙读大学时，台北的一间舞厅，一个春风沉醉的夜晚，一个满怀理想与忧伤的青年才子遇到一位楚楚动人的风尘少女，便覆水难收，他们在瑞芳镇的陋居同居了一段时光，还诞下一子，取名熊小龙（古龙原名熊耀华），后改名郑小龙，结局当然是注定的，分手；此后，古龙又迷恋上另一位舞女叶雪，版本依旧，又生下一子，又分手。

接着，便是两段婚姻。

古龙靠稿费，在台北买了豪宅，还娶了自己的粉丝、女高中生、贤惠的妻子——梅宝珠。文坛名宿陈定公先生曾送一副对联，还嵌入二人名字：

> 古匣龙吟秋说剑，宝帘珠卷晓凝妆；
> 宝奁珠铛春试镜，古韬龙剑夜论文。

梅宝珠是古龙的崇拜者，百般依顺丈夫，她亦沉稳忍让，不干涉他的生活，古龙便胡吃海混、经常几夜不归，最后，这位贤妻无法忍受古龙的拈花惹草，最终分手；几年后，又一位女高中生、崇拜者于秀玲因文爱人，与古龙结婚，并陪他走到生命尽头。临终时古龙对她说，“真对不起你，也对不起那些爱过我的女人”。

想当年鲜衣怒马、风流顾盼之时，古龙对女人挥金如土，一晚上能花掉半本书的版税，弟子兼挚友丁情曾说，“他内心寂寞，追求新奇，他爱过的女人委实不少，但能长久相处的几乎一个没有。”朋友们认为许多女人都是为了他的钱，其实，自卑而敏感的古龙何曾没这样想过？他在散文《却让幽兰枯萎》中弱弱地问过一句：“有时候我也会想，在我那一阵终日忙着去灌溉野生的蔷薇时，是不是也曾有幽兰为我枯萎？”临终时，这位“浪子”还伤感地对妻子说了另一句话，“怎么我的女朋友一个都没来看我？”

4

金庸是典型的“双鱼座”——多情。

金庸小说中的“表哥”都是反派，《天龙八部》中四大恶人之“穷凶极恶”，叫云中鹤，这正是其表哥徐志摩的笔名。如此厌恶表哥，无非是对徐志摩朝三暮四、始乱终弃之人品的不齿。其实，在这点上，金庸比其表哥，亦不遑多让。

1947年，金庸供职于《东南日报》，金去同事杜冶秋家拜访时，邂逅了杜的妹妹，17岁花样年华、美丽温柔的杜冶芬，一见之下两情相悦。1948年，二人在杭州完婚，恰《大公报》派金庸赴香港，二人遂南下。金庸笔名“林欢”之“林”，便是查良镛和杜冶芬姓中的两个木，“欢”自是二人的开心。

金庸抵港后，工作忙得不可开交，而杜冶芬不懂粤语，又无亲友，备感寂寞。且当时金庸收入微薄，生活困窘，更令娇生惯养的杜冶芬难以忍受。最终，杜独返杭州，并于1953年与金庸离婚。金庸晚年回忆起这段婚姻时，依然含泪道：“是她背叛了我。”

1956年，金庸与毕业于香港大学的美女记者朱玫结婚，作为金庸的“贤内助”，当丈夫创办《明报》，经营困难，她典当首饰贴补家用，朱玫还是报社的唯一记者，抚养儿女的同时，每天还要撰写大量的新闻稿件和时评，其辛苦可想而知。

朱玫为金庸生下两子两女，二人亦情深意笃。然而，随着《明报》事业日隆和金庸武侠小说泰斗地位的确立，夫妻间却冲突加剧、矛盾激化。其间，金庸迷恋上年轻美丽的林乐怡，不愿回家亦不愿回到单位上班，连稿子都是写好后派人送到编辑部，朱玫便通过送稿人找到了金庸和林乐怡的“秘密基地”，金庸遂坦白了这段婚外情，加之传来留学美国的长子查传侠自杀的消息，朱玫终情绪崩溃、万念俱灰，1976年与金庸离婚，相守二十年，终成路人。

这厢一离婚，那厢金庸即迎娶林乐怡。在与朱玫冷战期间，每次吵架后，金庸都会跑到报社附近的酒吧借酒浇愁，结果邂逅了美丽聪明、善解人意的侍应生——亦是“金粉”的林乐怡，“林的长相颇肖夏梦”。

该讲金庸得不到的恋人——夏梦了。刚娶朱玫，金庸便疯狂地迷恋上了女影星夏梦。夏梦气质温婉，娴雅大方，巧言倩兮，美目盼兮，如梦如画，美丽不可方物，是长城影视公司的“当家花旦”，金庸为此出走《大公报》，到长城影视公司做编剧。夏梦早在1954年便嫁给富商林葆诚，虽敬重金庸的才华，但她深爱丈夫，因此对金始终若即若离，不越雷池。

经过4年的感情煎熬，金庸自知无望，遂于1959年辞别长城影视，重返报界，创办《明报》。《明报》连载的第一部武侠小说《神雕侠侣》中，“小龙女”便是以夏梦为原型。金庸在一篇散文中写道："其实跟一个人交往，感觉很深刻。也不一定要天长地久，虽说爱情重恩义，但闪电式的爱情也有很惊心动魄的，二三天也可抵二十年。"

梁羽生的感情线则异常单一，从一而终。

《新晚报》总编辑罗孚欣赏梁羽生的才华，决定牵"红线"，将妻子的表妹林萃如介绍给梁。林萃如欣赏梁的才华，还没见面即有好感，而梁初见林，看她身材消瘦、皮肤较黑，颇不心仪。不久，梁羽生做鼻息肉手术住院，林萃如几次探望，交谈得知林常去社会福利机构做义工，并已坚持五年。了解愈深，愈觉林是"百里挑一的好女孩"，遂于次年结婚。

虽在小说里演绎百样人生，生活中的梁羽生却异常"低能"。

婚后，二人去北京度蜜月，老棋友聂绀弩约梁出去下棋，一直对弈到深夜，梁羽生才猛地想起新婚妻子还被"晾"在旅店；有次妻子不在家，梁穿了鞋就出门，结果两脚的袜子一只黑色一只白色，闹出笑话；梁羽生还是出名的"路痴"，去一个地方多少遍，下次还是记不住具体位置，有时下班连家门都找不到。每天傍晚，林萃如就会抱着孩子站在自家窗前，只要丈夫出现在楼前，她就会大声说："先生，家在这里，不要走过了。"

林萃如先后为梁羽生诞下三个儿子。做了妈妈后，林萃如辞去工作，专门照顾梁羽生，抚养孩子料理家务。梁羽生封笔后，为"报答平生未展眉"，携妻子周游世界。最终，林萃如爱上了澳大利亚的风光，二人遂定居悉尼。梁羽生曾自嘲是林萃如的"第四个儿子"。

5

声明一点，写下这些，我绝对没有窥探前辈隐私的心理，只是想借此探讨作家的人生经历与其作品之关联而已。

文如其人。

梁羽生笔下的爱情大多是忠贞的，卓一航和练霓裳、张丹枫和云蕾、杨云骢和飞红巾哈玛雅、凌未风和刘郁芳、唐经天与冰川天女，即便狂放不羁的金世遗，也是在厉胜男死后多年才与谷之华结为连理。

《白发魔女传》中，女罗刹练霓裳与武当派掌门弟子卓一航不打不相识，并彼此倾心，因门第芥蒂等重重阻难，两人几度悲欢、数番离合，终在武当山上决裂。练霓裳愤走回疆，心念全灰，一夜之间竟满头青丝尽白；卓一航亦伤心欲绝，辞去掌门去寻心上人。他誓要走遍天涯海角，寻觅能令白发变黑的优昙仙花。70年后，“天山七剑”之一张华昭完成了他的心愿，年满百岁的白发魔女收到卓一航送来的“优昙花”和诗笺后，“静坐冰室之中，凝望天山外面的云海，久久久久，不发一言”。

梁羽生小说中，侠骨与柔情纠缠盘绕，在善恶、正邪、是非的交战中，男女侠士经常把“爱情的位置”提到国家利益民族大业的高度，自觉将儿女私情服从国家、民族的利益，作出“国事为重，私情为轻”的爱情抉择。

《女帝奇英传》中，武则天称帝，李逸作为唐皇室的后裔，自要再兴唐室，他与武玄霜情投意合，后者偏是武则天的侄女，他便挥剑斩情丝；上官婉儿爱李逸，却为辅佐武则天，嫁给了自己不爱的太子。

现在的读者肯定觉得可笑或不可思议，但真在国破家亡的重要历史关头，小儿女一是难以自己主宰爱情，二是会随时为国家赴汤蹈火、以命相搏，如林觉民，举义前夜，手书《与妻书》：

> 意映卿卿如晤，吾今以此书与汝永别矣……汝体吾此心，于啼泣之余，亦以天下人为念，当亦乐牺牲吾身与汝身之福利，为天下人谋永福也。汝其勿悲！

古龙则是梁羽生的另一极端。首先，古龙的男主无不英俊潇洒、帅气迷人（一定要弥补作者的相貌）：李寻欢、陆小凤、楚留香、西门吹雪、铁中棠、花无缺、叶开、沈浪、萧十一郎等等，小鱼儿虽脸有刀疤，“但一点也不丑，反而有一种说不出的魅力，让他的脸多了一种说不出的吸引力”，傅红雪虽腿瘸，但“夕阳照着他的脸。他脸上的轮廓英俊而突出，却像是远山上的冰雪塑成的”。

此外，男主最好多情而多金——一如作者。

最典型的便是楚留香，他有三位红颜知己，苏蓉蓉、李红袖和宋甜儿。苏蓉蓉温柔体贴，负责照料他的生活衣着起居；李红袖博学多闻，对江湖中事如数家珍；宋甜儿是位女易牙，精于烹调，能“留住他的胃”。

而他的“对头”，也多是女性，如大沙漠中的石观音、神水宫主水母阴姬、昆仑大山中的兰花先生，她们都想以最阴毒的招数把楚留香置于死地。

周旋在这些“天使”与“魔鬼”间，他还“风流飘逸，处处留香”——琵琶公主在夜半三更，投进了他的怀抱；新月公主在出嫁前夕，将一切献给他；东瀛岛来的樱子，也像鱼一样游进了他的怀中……

麻衣教圣女张洁洁，是楚留香情路上的“暂时终结者”，他们结婚怀孕，张洁洁最后还是放走了这个“大情种”——

> 楚留香道：“我唯一觉得快乐的时候，就是跟你在一起的时候，所以你若真想叫我活得快乐，就永远莫要离开我。”
>
> 张洁洁笑了。
>
> 她的笑就像是黑暗中的第一颗星星，阴霾中的第一线阳光。
>
> 她也紧紧拥抱住他，哀声道，“我怎么舍得离开你……我死也不会再离开你。”
>
> ……
>
> 楚留香忽然笑了笑，打开了其中的一扇门——他的手忽然又变得很稳定。
>
> 在那一瞬间。他已又恢复成昔日的楚留香了。他迈开大步，一脚跨出了门——他开的是哪扇门呢?
>
> 没有人知道。
>
> 但这已不重要，因为他已来过，活过，爱过——无论对任何人说来，这都已足够!

小说中的许多男主和现实中的古龙一样，“与许多女人有过缠绵的经历，或短暂、或长久，或出于冲动、或出于爱慕，最终都如过眼烟云，随风而去”，“但这已不重要，因为他已来过，活过，爱过，这都已足够！”在古龙的世界里，男人是绝对的主角，即使有“永恒之女性”，也只是为了“引领我们飞升”而存在的。

6

金庸则介于梁羽生的“痴情”和古龙的“滥情”之间，我们称之为“多情”吧。

金庸小说中，有几个重要的人物，皆可观照他的爱情观。段正淳除原配夫人刀白凤外，还有俏药叉甘宝宝、修罗刀秦红棉、阮星竹、康敏、李青萝（即王夫人）。段誉子承父业，见一个爱一个。杨过亦是情债累累，虽最爱小龙女，但与郭芙、程英、陆无双、完颜萍、公孙绿萼都有纠缠；程英、陆无双最后都做了他义妹，且终身未嫁，相伴归隐；公孙绿萼更是为救他而自杀；最让人惋惜的便是郭襄，风陵渡口，一见杨过误终身，子若无意，何必赠她三枚金针，让她挂念一生？处处留情，贻害无穷。

还有张无忌，他重回冰火岛，竟：

> 适才间刚做了一个好梦，梦见自己娶了赵敏，又娶了周芷若。殷离浮肿的相貌也变得美了，和小昭一起也都嫁了自己。在白天从来不敢转的念头，在睡梦中忽然都成为事实，只觉得四个姑娘人人都好，自己都舍不得和她们分离。他安慰殷离之时，脑海中依稀还存留着梦中带来的温馨甜意。

接着，殷离在昏迷中呓语起来：

忽然苦苦哀求起来："无忌，求你跟我去啊，跟我去罢。你在我手背上这么狠狠地咬了一口，可是我一点也不恨你。我会一生一世地服侍你、体贴你，当你是我的主人……"这番话说得十分的娇柔婉转。只听她又道："无忌，我到处找你，走遍了天涯海角，听不到你的讯息，后来才知你已在西域坠崖身亡，我伤心得真不想活了。我在西域遇到了一个少年曾阿牛，他武功既高，人品又好，他说过要娶我为妻。"赵敏、周芷若、小昭三人都知道曾阿牛便是张无忌的化名，一齐向他瞧去。张无忌满脸通红，狼狈之极，在这三个少女异样的目光注视之下，真恨不得跳入大海。

有趣的是《倚天屠龙记》的终章：

赵敏嫣然一笑，说道："我的眉毛太淡，你给我画一画。这可不违反武林侠义之道罢？"张无忌提起笔来，笑道："从今而后，我天天给你画眉。"忽听得窗外有人咯咯轻笑，说道："无忌哥哥，你可也曾答允了我做一件事啊。"正是周芷若的声音。张无忌凝神写信，竟不知她何时来到窗外。窗子缓缓推开，周芷若一张俏脸似笑非笑的现在烛光之下。张无忌惊道："你……你又要叫我作甚么了？"周芷若微笑道："这时候我还想不到。哪一日你要和赵家妹子拜堂成亲，只怕我便想到了。”张无忌回头向赵敏瞧了一眼，又回头向周芷若瞧了一眼，霎时之间百感交集，也不知是喜是忧，手一颤，一支笔掉在桌上。

更有趣的是这回回目叫“不识张郎是张郎”，到底是爱赵敏多一点的张郎？还是爱周芷若更多一点的张郎？扑朔迷离，遂成悬案。

当然，古龙、金庸笔下也有忠贞的爱情，如江枫和花月奴、段玉和华华凤、郭靖和黄蓉、黄药师和冯蘅、陈玄风和梅超风这对“贼汉子贼婆娘”。

不过，较梁羽生的太过拘于道德的“正统”和古龙太过放纵天性的“滥情”，金庸似乎才真正回归到“人”，抵达了“人之常情”——在红玫瑰与白玫瑰之间患得患失、举棋不定。所以，金庸在书中三番五次描摹赵敏与周芷若春花秋月、白雪红玫的各有千秋之美，再加上良辰美景、花前月下，张无忌的反应自然是“心中一荡”就意乱情迷了；而当小昭回波斯的座舰远去，“成为一个黑点，海上一片漆黑，长风掠帆，犹带呜咽之声”——这岂不是无忌的呜咽？正如复旦教授骆玉明说，像张无忌“看上一个女孩就喜欢一个女孩，是男人的本色。没有一个不是这样。”

所以到了《鹿鼎记》，因是寓言，金大侠索性放开手笔，让韦小宝娶了七位娇妻，彻底实现了男人封官晋爵、三妻四妾的梦想。

但金庸笔下，女主无一例外的是为心里所爱之人无私奉献、隐忍退让、不让对方为难的，黄蓉、穆念慈、霍青桐、香香公主、小龙女、小昭、程灵素、李文秀、王语嫣、阿朱、任盈盈、岳灵珊、双儿、阿九等——金氏理想中的伟大爱情，原来是一定要以女性的这些“德行”为前提的!

恰在梁羽生笔下，女性是被尊重的，不作为男人的陪衬，云蕾、白发魔女、厉胜男，都是用人格和精神完全独立的方式爱着自己心爱的男人；古龙笔下的风四娘、孙小红亦如是；金庸笔下，只有少女黄蓉堪堪比肩。

7

三位大宗师，都是写情的高手。他们笔下，友情、亲情、爱情、滥情、偷情、寡情、豪情、绝情、痴情、畸情、孽情、婚外之情、三角四角乃至多角之情，蔚为大观，各种情之深、之曲、之奇、之美、之悲壮、之炽热、之荒诞、之匪夷所思，更让人感同身受，掩卷之时，常觉自己又度过一次别样的人生。

浩浩“情”海中，我撷三朵小浪花，望求同感。

一、对待爱情，谦让不如争抢。

梁羽生小说中，某侠士与好友共同爱上一位异性，便会有一个百般谦让，退出情场，成全对方。更有极致的，如百胜刀王胡逸之，疯狂地爱上了陈圆圆，而他这爱，还真不一般——扮作了她身边的奴仆，整整23年，眼看着陈与吴三桂、李自成交往，自己却连陈圆圆的衣角都舍不得碰一下，他跟陈圆圆一共说过39句话，陈圆圆反倒对他说了55句话，都记得清清楚楚。最让人不解的是李寻欢，深爱林诗音，竟因好友龙啸云也爱林诗音，他便“没条件创造条件”，成全了二人，还诞下“坏种”龙小云。所以，读《多情剑客无情剑》时，一直替李寻欢着急，他虽是武功的强者，但在爱情上，哀其不幸，怒其不争。

这点，他们真的不如段誉和韦小宝。王语嫣对表哥慕容复用情极深，本不喜武功，为了能跟表哥有共同话题，居然熟读天下武功秘籍；慕容复是世家子弟，亦是武林顶尖高手，长相“面目俊美”，与王语嫣青梅竹马，郎才女貌，天生一对。但段誉迎难而上，先寒暄接近，再大献殷勤，即使被慕容复奚落羞辱也不抛弃不放弃，百折不挠，终于在枯井里、污泥中，修成正果。

慕容复、段誉，就连阿珂的心上人郑克爽，都是高富帅，相较之下，韦小宝有的只剩一张“厚脸皮”了。

> 韦小宝一见这少女，不过十六七岁，胸口像被一个无形的铁锤重重击了一记，霎时之间唇燥舌干。心道，我死了，我死了，这个美女倘若给我做老婆，小皇帝跟我换位也不干。

韦小宝即发誓，定要娶阿珂为妻，甚至不惜发最为怨毒阴狠的诅咒，如天打雷劈，千刀万剐。但傲娇的阿珂怎能看上猥琐的韦小宝？韦小宝开口便呼“老婆”，继而死缠烂打，屡屡遭挫，但他有勇有谋，转而曲线救国，搞定阿珂的师父（九难）和母亲（陈圆圆），终抱美人归。

所以，在追求爱情方面，切莫谦让，反而要当仁不让。

二、斯德哥尔摩综合征是病吗？

斯德哥尔摩综合征又称斯德哥尔摩征候群或人质综合征，是指犯罪的被害者对犯罪者产生情感，甚至反过来帮助犯罪者的一种情结。

《倚天屠龙记》第十三回“不悔仲子逾我墙”，纪晓芙讲述了失身杨逍一段：

> 纪晓芙脸上一红，道：“师父，他是个陌生男子，弟子怎能跟随他去。”灭绝师太登时醒悟，说道：“啊，不错！你叫他快滚得远远的。”纪晓芙道：“弟子千方百计，躲避于他，可是始终摆脱不掉，终于为他所擒。唉，弟子不幸，遇上了这个前生的冤孽……”
>
> 说到这里，声音越来越低。
>
> 灭绝师太问道：“后来怎样？”纪晓芙低声道：“弟子不能拒，失身于他。他监视我极严，教弟子求死不得。如此过了数月，忽有敌人上门找他，弟子便乘机逃了出来，不久发觉身已怀孕，不敢向师父说知，只得躲着偷偷生了这个孩子。”

这个受暴者（纪晓芙）本应对施暴者（杨逍）恨之入骨，可她却深深爱上了杨逍，并为他们的女儿取名“杨不悔”，这便是典型的斯德哥尔摩综合征。但，这段爱情不美吗？所以，斯德哥尔摩综合征是病吗？

故事还没完，16年后，杨不悔又深深爱上了母亲纪晓芙当年的未婚夫殷梨亭并嫁给了他——这是恋父情结？但又不是“父”；这是“偿还”“救赎”？好像也不是。这个轮回乍看无厘头，但又似乎合情合理。

小说和现实中，患斯德哥尔摩综合征的人很多。比武招亲，杨康当众羞辱了穆念慈，还脱下穆的绣花鞋，“嘻嘻而笑，把绣鞋放在鼻边作势一闻，轻薄一番”，结果，穆念慈死心塌地地爱上了杨康；《水浒传》的扈三娘，被李逵“一门老幼尽数杀了”，被擒后，立即归顺，听从宋江的安排嫁给丑陋猥琐的王英，最后为救王英而死。当然，斯德哥尔摩综合征并非女性专属，很多男性亦患此症，如水浒传中的霹雳火秦明。

最可爱的是仪琳小师妹，她天真无邪，纯洁善良，被采花大盗田伯光掳去，令狐冲舍命相救——仪琳没“病”，所以她爱上了施救者，而非施暴者。爱而无望，透明如水的她只能向哑婆婆吐露心事，当哑婆婆要帮她嫁给令狐冲时，她却说，“一个人真正爱上另一个人，是不会再想第二个人的，一心只要令狐冲高兴，此外别无他念。”

三、我只喜欢大团圆的完美爱情。

关于阅读，各有喜好。可能因为内心脆弱吧，我只喜欢大团圆结局。某年，看保罗·范霍文导的电影《黑皮书》，心如刀割，难受了很久；读了余华的《活着》，便发誓绝不读第二遍。某个周末，不用加班，难得的浮生半日闲，把孩子送到辅导班，我俩准备进影院轻松一下，选了《归来》。虽有心理准备，但我们还是涕泪滂沱地走出影院，每想到大时代的小人物陆焉识和冯婉瑜，经历了十年生死两茫茫的刻骨思念，结果纵使相逢却不识，心便空荡荡地悬了很久——人生本来苦恼已多，何必再因读一本书、看一部电影而给自己徒增烦恼呢?

我不喜欢人生的颠沛流离、生离死别，亦不喜欢爱情的艰难坎坷、有情人难成眷属。所以，当丁典遇到人淡如菊的凌霜华，多希望这对佳偶能携手天涯、退隐江湖，孰料凌退思竟将亲生女儿活埋于棺中；当胡斐身中剧毒，一直默默爱着他的程灵素吸一口毒血，便吐在地下，她直吸了四十多口，眼见吸出来的血液已全呈鲜红之色，这才放心，吁了一口长气，柔声道：

“大哥，你和我都很可怜。你心里喜欢袁姑娘，哪知道她却出家做了尼姑……我……我心里……”“我师父说中了这三种剧毒，无药可治，因为他只道世上没一个医生，肯不要自己的性命来救活病人。大哥，他决计想不到我……我会待你这样……”

读到这里，我“真如是万把钢锥在心中攒刺一般”。

《天龙八部》第二十三章：

阿朱脸上一红，低声道：“我不是说‘放牧’么？你驰马打猎，我便放牛放羊。两个人天天在一起，一睁眼便互相见到了。”

萧峰道：“今晚杀了此人之后，咱们即行北上，到雁门关外驰马打猎、牧牛放羊，再也不踏进关内一步了。”……

……

电光一闪，半空中又是轰隆隆一个霹雳打了下来，雷助掌势，萧峰这一掌击出，真具天地风雷之威，砰的一声，正击在段正淳胸口。但见他立足不定，直摔了出去，拍的一声撞在青石桥栏杆上，软软地垂着，一动也不动了。

萧峰一怔：“怎地他不举掌相迎？又如此不济？”纵

身上前，抓住他后领提了起来，心中一惊，耳中轰隆隆雷声不绝，大雨泼在他脸上身上，竟无半点知觉，只想："怎地他变得这么轻了？"……

便在此时，闪电又是一亮。萧峰伸手到段正淳脸上一抓，着手是一堆软泥，一揉之下，应手而落，电光闪闪之下，他看得清楚，失声叫："阿朱，阿朱，原来是你！"

乔峰这雷霆一掌，犹如击在我心上，登时泪水便奔涌而出了。塞上牛羊空许约，千里茫茫成梦，我不接受这样的爱情。

让人欢欣的爱情就应该是它的本来模样——盈盈一笑，尽把恩仇了，赶上江南春未了，春色花容相照：

张丹枫这次归来，本欲借江南景色，聊解愁烦。哪知不到江南，还自罢了，一到江南，却不由自己地更想起云蕾，想当年并辔同来也正是这个梅子黄时，榴花初放的季节，一路上曾留下多少笑声多少泪痕，到而今却真像李清照词所说的"物是人非事事休，欲语泪先流。"更伤心的是："柔肠已断无由断"，泪已尽，那能流！

古城如画，景色还似当年的浅笑轻颦，不住地在眼前摇晃，张丹枫禁不住低低地叹了一声："小兄弟，一切都太迟了！"

忽听得一声娇笑，张丹枫的耳边就似听得云蕾说道："谁说太迟？你怎么不等我啊？"张丹枫回头一望，只见一匹枣红马上，骑的正是云蕾，笑盈盈，还是当年模样。

我甚至极其反感金庸将杨过和小龙女写成“天残地缺”，本就是一双璧人，佳偶天成，试想去掉“尹志平奸污”和“郭芙断臂”两个章节，小说依然成立，甚至更精彩，作者的“故设离奇曲折”，完全是画蛇添足。

这个时候，恰是“浪子”古龙给了我们些许亮色，他让李寻欢和孙小红有一个美满的结局，犹如陷在泥沼里亦会仰头望向星空。

> 当阿飞看到李寻欢的手，他觉得更放心了。
>
> 李寻欢的手还是和孙小红的紧紧握在一起。
>
> 这双手握刀的时候太多，举杯的时候也太多了，刀太冷，酒杯也太冷了，现在正应该让它享受温柔的滋味。
>
> 世上还有什么比情人的手更温柔的呢？
>
> 阿飞知道孙小红一定会比任何人都珍惜这双手，这双手纵然还有剑痕，也一定会渐渐平愈。

8

高一时，全班在传阅金庸的书，到我手里，是一本卷了边的《天龙八部》之三，劈空而来的故事，没有来龙、不知去脉，恰给人无限想象和自我“创作”的空间，待急切想找到上下部印证时，来的却是《天龙八部》之一，还需我切换时空、重构故事——真是一次少年的奇异漂流。

这是我读的第一本武侠小说，1985年宝文堂书店出版的金庸《天龙八部》。

此后，效仿古人之囊萤守夜，我则打着手电筒、在被窝里通宵达旦，闯荡江湖。就在那许多个夜晚，在那个纸上江湖，包括我的一代人完成了人生启蒙，武侠也成为我们这代人的特殊骨质。

聂绀弩曾诗赠梁羽生，其中一句为："昆仑泰岱山高矮，红线黄衫事有无。"我没顾及聂公本义，肤浅地将"红线"理解为唐代女侠红线、将"黄衫"附会为翠羽黄衫霍青桐，并将此作为本文题目，借此向构成爱情的伟大女性致敬，向三位武侠宗师致敬。

我的田园与江湖

命题作文，难以下手，可见命题人的刁难与苛刻。

我的理解中，与田园与江湖一并谈论的必须还有一个词：庙堂。千年以来，庙堂之高和江湖之远是读书人的两个端点，正所谓达则兼济天下，穷则独善其身。一般的顺序是这样：学而优则仕，后被贬出庙堂，开始江湖夜雨十年灯，再混不下去了，便给自己找个台阶——田园将芜，胡不归？

1

还是先来厘清这几个词。

庙堂原指太庙的明堂，古代帝王祭祀、议事的地方，后专指朝廷，即现在的所谓官场吧。窃以为，从政者亦有官、吏、奴的区别，按照当下吏制，真正能称之为官的，须是正厅以上（正处可以称作官的，只限于旗县党政正职，即古之县太爷）。昔日，一哥们已居某厅办公室主任之职，正处级，别人奉承，他自谦“我哪里是官，只是吏而已”，朋友调侃“你连吏都不是，最多算个奴，净伺候人”，众人击节。

庙堂之高，高于上青天。多年低眉顺眼、蛰伏攀爬、如履薄冰，由奴而吏，吏而官，结果，一入侯门深似海，噤若寒蝉、深居简出，当年把酒言欢的哥们现如今难谋一面，更有甚者，锒铛入狱，刑期遥遥。原先羡慕从政的哥们儿，前呼后拥，手控万千资源；现庆幸自己还是一介草民，无俸禄之在身，独逍遥而自在。此节按下不表。

江湖，最早见于《庄子·大宗师》：“泉涸，鱼相与处于陆，相呴以湿，相濡以沫，不如相忘于江湖。”本指广阔的江河、湖泊；后在中国文化中有多种引申，文正公《岳阳楼记》一曲绝响后，江湖大致是指民间社会（亦包括低级官场），一个与朝廷相对相生的概念，即文人失意于朝廷，遂以睥睨傲然之姿，逍遥于适性之所——再具象一点，小官员苏轼“一蓑烟雨任平生”的东坡是江湖，布衣柳三变“且把浮名换了浅斟低唱”的花街柳巷是江湖，老贡生蒲松龄“爱听秋坟鬼唱诗”的小茶馆是江湖，青藤门下走狗郑板桥“疑是民间疾苦声”的衙斋也是江湖。

上世纪五六十年代，以梁金古为扛鼎者的武侠小说肇始而逐渐风靡，江湖比较固定地特指——1986年金庸全集重版时在《金庸作品集序》中所表述的——古代的、没有法治的、以武力来解决争端的社会。八九十年代，港台武侠电影风行，李连杰版的《笑傲江湖之东方不败》中，令狐冲想退出江湖，任我行反问一句“有人的地方就有江湖，你怎么退？”再加上古惑仔系列、赌神系列，江湖就被引申为尔虞我诈弱肉强食的灰暗社会。

一路流变下来，今日之江湖，已生成为一个内含生存状态夹杂社会属性的文化概念，譬如我们奔波打拼、忧患得失，或顺风顺水或疲惫挣扎的职场、生意场，既有具体场所，亦指生存状态，正所谓一入江湖岁月催。

田园即为田野、园圃、乡村。陶潜归园而居，有田里的“草盛豆苗稀”，有村里的“暧暧墟里烟”，更有春耕时，坐车看见的草木，从冬天醒来郁郁葱葱，乘舟经过的泉潭，流水依旧。他说：“善万物之得时，感吾生之行休。”遂在万物自在从容的节律中，随心而活。

2

若以人群划分，庙堂即帝王将相；田园有有土地的原住民，耕者，农业社会的主要生产力，还有外来者，晋之陶渊明、台湾《田园之秋》的陈冠学、《一九九八：二十四节气》的苇岸、《瓦尔登湖》的梭罗；而大小官吏、诗人艺术家、三教九流、平民百姓，所有芸芸众生，皆是江湖人。

其实，这只是为命题作文的大致分法，真正的时代大轮盘上，庙堂、江湖和田园，仕和隐、达和穷、入世和出世，伏藏和显彰，往往交糅在一起，构成复杂立体的生存本身，哪里还分得清楚？

且看庙堂之上，立与废、帝与后，斧声烛影、梃击红丸，兔死烹走狗、杯酒释兵权，哪一处不是江湖？更有古龙《陆小凤传奇》，“天外飞仙”叶孤城一剑西来，在紫禁之巅要取帝王之项上人头并另易其君，民间亦有吕四娘诛杀雍正的传说，庙堂与江湖息息相关。

田园之中，虫鸣伴读、清泉濯足也是少见的诗情画意，更多的则是桑麻歉收蝗灾税患、分水争田家长里短，净是糊口事、烦心事和江湖事。

文章憎命达，酒池肉林、脑满肠肥者固然写不出锦绣文章，朝不保夕、吃上顿没下顿也绝非文人本意。“一丘常欲卧，三径苦无资”，想归隐连路费都没有，所以，“诗穷而后工”，不过是文人饿着肚子写作时聊以自慰的无奈之语罢了。

3

其实，庙堂和田园才是中国文人真正的两极理想，而中间的江湖，则是他们的两难——落魄江湖载酒行的职场打拼、人生漂泊，文人们既不愿意，又难舍弃，好歹还有五斗米的俸禄，如果连公务员待遇也没了，不事稼穑、手无缚鸡之力的读书人如何解决一饮一啄？

比如陶渊明，其曾祖陶侃是东晋开国元勋，官至大司马，封长沙郡公，祖父、父亲均做过太守。到他时，家道中落，他的理想便是做大官，“猛志逸四海，骞翮思远翥”，最后做到彭泽县令，让他下决心辞官的是一次公务接待，上级来督查，同事告诉他须穿戴工整，恭恭敬敬去迎——折腾来折腾去，以为自己当官了，这不还是个奴吗？遂甩下一句“不为五斗米折腰”，挂冠而去。

但陶郎退出江湖归隐田园，是有资本的——他有地，“方宅十余亩，草屋八九间”；他有奴役，“僮仆欢迎，稚子候门”；他有“余粮”，“携幼入室，有酒盈樽，引壶觞以自酌”；他衣食足所以有闲情，“或命巾车，或棹孤舟，既窈窕以寻壑，亦崎岖而经丘。”如此看来，陶家仍是百足大虫，若无家业根基，陶渊明黔面朝地黑手扶犁、自食其力疲于奔命，断难有“采菊东篱下，悠然见南山”的情致。

历史往往就那么奇妙，与范蠡、陶潜“归隐路”恰恰相反的是一条由隐及仕的“上升直通车”。

姜子牙在渭水之磻溪垂钓，用的是直钩，直钩者，非钓鱼，乃钓人也，他终于等来周文王，遂拜国师。诸葛亮躬耕陇亩，细读三国“三顾茅庐”段落，会发现，徐庶向刘备推介孔明先生之后，司马徽、吟诗的农夫、童子、博陵崔州平、颍川石广元、汝南孟公威、其弟诸葛均、岳父黄承彦都是他的“托”，孔明嘴上说“苟全性命，不求闻达”，但他早设好了套，步步深入，引得刘皇叔频繁三顾，吊足其胃口，只为抬高身价。

当然，也有“演砸”的，孟浩然早年有志用世，应进士不第，便欲走“终南捷径”。传说王维曾邀其入内署，适逢玄宗至，孟惊避床下。王维不敢隐瞒，据实奏闻，玄宗命出见。孟自诵其诗，至“不才明主弃，多病故人疏”之句，玄宗不悦：“卿不求仕，而朕未尝弃卿，奈何诬我。”

求做奴隶而不得，孟浩然“后漫游吴越，穷极山水之胜”，真的做了隐士。

4

当代也有隐士。

上世纪七十年代，台湾人陈冠学归园而居，过上最传统的农人生活，“两甲旱田，一楹瓦屋，一头牛，一条狗，一只猫，一对鸡”。他会在雨后，穿过番薯地，到番麦田，看梦卿鸟身上黑色的夏羽，捉几只在啃食嫩叶的绿金龟；在傍晚，开始听土蝠的夜鸣；然后，在铃虫幽幽的夜吟声里沉沉睡去。他日入而息，凿井而饮，耕田而食，含哺而熙，鼓腹而游，他“仿佛听见时间的脚步声从身边过去，那不只是时间，更是四季的流转，自然的气息”。

近几十年，随着全球城市化进程加速，田园日渐式微。城市化是文明发展的必然，遑论楼群、大数据、地铁飞机、集约化工业，单单下水道、洗衣机、天然气管道，便解放了人类多少时间和精力。人类越趋向城市，田园便越稀缺。一是由于人类“越稀缺越向往”的心理使然，二是现代人因空前竞争而引发的焦虑不安、迷茫困顿、信仰缺失、挫败感无限加剧，再加上文人对田园生活的理想化、虚幻化的描述——心有所往，归去来兮。不如归园去，愿一壶茶、一张琴、一溪云，不负此景，不负此身。

于是，成千上万人奔赴田园山林，美国汉学家比尔·波特在一部关于中国“寻隐之旅”的《空谷幽兰》中描述，如陈冠学真隐者确有，但凤毛麟角，与他想象大相径庭的是，绝大多数隐士绝不浪漫闲逸，他们的处所并不是“在云中，在松下，在尘世外”，相反，他们过着最为原始的日子，忍受着常人难以忍受的贫寒和孤独。

还有一位进终南山采访者看到，每个隐修者都在自己的茅棚周围开垦了小块土地，种植蔬菜、瓜果，依靠辛苦劳作而生活。除了能从自然中获取食物，他们生活所需的油盐、米面、衣被，则主要来自周边山民的布施，或山外亲朋好友的供给。

更有游客“寻隐者不遇”，便顺手采走了他们赖以生存的果蔬，隐士们不得不将居所搬得更偏僻更人迹罕至，他们的生活亦更加困难。

隐士们终于知道，世上没有桃花源。于是，每年有很多人住进终南山，又有很多人离开终南山。

5

南怀瑾讲过一段话，菩萨永远是教化人家：

> “乃至示现种种形相”，这就要看《华严经》里善财童子五十三参的事迹，善财参了五十三位大善知识，有做屠夫的，有做皇帝的，有做妓女的，有做比丘的，有做比丘尼的，有卖唱的，也有修外道的。真正的佛法不拘于形式，并不一定非要剃个光头，披个袈裟，敲个木鱼。

归隐亦如是。关键是要弄清为什么归隐，如果只是为穿件长袍蓄个胡子，装神弄鬼沽名钓誉，在城市是失败者，在田园依然是落魄人。

鱼之乐，我之乐，各得其乐。所以，人生既可义无反顾地奔赴田园，亦可在繁杂闹市中参法悟道，取舍之道，完全在己。

其实，田园并不遥远。

宇萍的相机是田园，四章的咖啡是田园，袁春的烧烤是田园，杰锋兄案牍劳形之余写下的文字也是田园。至于隔壁老王，城南十里，置平房十间，桃李枝繁果硕，菜蔬一应俱全。公务之暇，周末双休，晨兴理荒秽，戴月荷锄归，可独享宁静，亦可聚饮达旦，真正实现了都市人的田园梦！

春生夏长秋收冬藏，心灵无限贴近四季与自然，是田园；听风雨观晦朔谙柴米钟诗酒，肉体无限享受真实而具体的生活，这也是田园罢。

田园就在我们心中。

我最愿意生活的三个时代

这虽是一个老题目了，但现在问你，你却可能会突然卡壳，欲辨忘言。如果人生能选择，我会选这三个时代。

英国史学家汤因比说："我愿意活在中国的宋朝。"许多人都愿意生活在宋朝，我也愿意，尤其是北宋。

秦强汉盛，但秦二世而亡，经历的基本都是兵燹战火，冷兵器主导话语权，生在这时代，怕早就成了长城脚下一块枯骨了。而汉朝，我总觉得太过古拙，物质生活极不丰富，虽然已能喝上葡萄酒，但那个时代早期，还没有土豆红薯，没有玉米萝卜，没有黄瓜西红柿，更没有吃了胳膊就变粗的菠菜……早前项王赠樊哙一块彘肩，还是半生的，哙只好"剑切而啖之"，我估计这块彘肩做熟了也不好吃，因为那时还没有辣椒胡椒等调味品。不过那时应该比较清静，因西瓜还没传入，所以没有"吃瓜群众"。

盛唐气象太过雄伟，李白的绝世高蹈，王勃的天纵英才，李商隐的隐晦迷离，杜牧的豆蔻辞工，杨贵妃的回眸一笑，郭子仪的中兴武功，都那么神话般高不可攀，可望而不可即。

而到了宋朝，一切就回到了人间。

比如苏东坡，就是一个有点奇葩的邻家大叔，他写点诗喝点酒，交往三教九流，心直口快，肆无忌惮，经常喝醉酒找不回家，扰得四邻不安。

> 夜饮东坡醒复醉，归来仿佛三更。家童鼻息已雷鸣，敲门都不应，倚仗听江声。

我辈喝醉，岂不是也常有被老婆锁在门外的狼狈？老苏有点刻薄，嘴上不饶人。王安石编著了《字说》，很是得意，但牵强附会处颇多，如“波”释为“水之皮”。老苏即挖苦：“如此，滑为水之骨？”事实证明，老苏下半辈子，因为这张嘴吃了不少亏，像极吾辈人生——话虽不多，句句砸锅！

还有一回，黄州官员设宴为他饯行，歌伎李琪向这位大偶像求墨宝，老苏面对小小粉丝，没装高大上，欣然赋诗：

> 东坡五载黄州住，何事无言及李宜？

写完这平淡两句，老苏又推杯换盏起来，李琪急了，忙问下文，老苏欲扬先抑，得意地写下：

> 恰似西川杜工部，海棠虽好不吟诗。

现在的官员，哪里有敢给歌星影星公开献诗的？恰是在东窗事发后，“吃瓜群众”才看到报道“长期包养影星”云云。

生活中，王安石就是个固执的老头（人称“拗相公”），除了热爱工作，少有嗜好，他经常衣服垢污、“囚首丧面”，友人问王安石夫人：“老王是不是最爱吃獐脯？”夫人诧异，问：“你们吃饭时獐脯放在哪里？”友曰“在近箸处”。夫人支招，“明日姑易他物近匕箸”，果然，“既而果食他物尽，而獐脯固在”。这个故事告诉我们——宋朝时还没发明转动餐桌。

欧阳修、王安石、苏东坡、司马光，这些如雷贯耳的名字居然生活在同一个时代，真是“人类群星闪耀时”，如果能活在这个时代，能给他们任何一位当个书童，马夫也行，该多幸福啊。

他们亦师亦友，亦敌亦友；他们有时喝酒酬唱惺惺相惜，有时却各执政见以命相搏。尤其王苏司马三人，是政敌也是诤友——王安石变法罢黜苏东坡，但当乌台诗案爆发，许多人欲杀苏而后快，王安石马上驰书宋神宗：“岂有圣世而杀才士乎？”要不是王安石刀下留人，我们今天哪能读到东坡那些旷绝古今的诗文？王安石还由衷地夸老苏是“不知更几百年方有如此人物！”王安石逼司马光辞官，但仍夸“司马十二，君子人也”；司马光咸鱼翻身当政后，没有对王安石施展政治报复。王死，司马光还上书追谥其正一品荣衔——太傅。

看足了“宫斗戏”“职场戏”，芸芸我辈不由为一千年前我们先祖恪守友义、不负夙契、坦荡磊落的襟怀大大点赞！而今天，这些美好的品德都哪里去了？

宋朝虽疆土孱弱，但其文明程度达到了中国历史的“巅峰”：经济繁荣、文化绚烂、制度完善、精英流动、底层保障、科技进步，一定程度上实现了现代才有的福利社会……

在宋朝，我愿意做《清明上河图》芸芸众生中最普通的一个。

我喜欢的第二个时代是上世纪九十年代，我刚大学毕业回家乡教书，精确为1991至1994年。那时，闲居小镇，悠哉悠哉，鸡鹅满院，诗书四壁。窗外有一棵树，是杨树，每晚在婆娑树影下读书写诗时，父亲可能在看电视也可能正给院子里的西红柿浇夜水，母亲可能在纳鞋垫也可能沏杯茶端过来。冬日睡懒觉，父亲早早生着了火炉，母亲正在做早饭，哄哄的火响、饭菜的飘香与朦胧梦境糅杂在一起，既真实又虚幻，一切都那么温暖，难以用言语描述。那时，也完成了对爱、对宽恕、对尊严的启蒙。另外，那时还有理想；那时候天总是很蓝，日子总过得太慢……

最重要的是：那时，父母都健在。每天放学回家，母亲已炒好几道菜，父亲盘腿在炕，烫壶酒慢品酌，母亲边夹菜边唠叨我的终身大事，想抱孙子……

父母在，不远游。年少的心总是向往远方，三年后，我又一次背起了行囊开始了到今天都没有停止的漂泊，算是到了远方，却发现在旅途中丢失了自己，甚至也忘记了自己当初为什么而出发。

后来，写了一首短诗《六月》，深深地怀念那个一去不复返的年代：

远离心的地方　颜色的主人
在村落　水乡　温度里飞翔

光芒把触角伸进流动的水
气味们的头挤挤地围拢向植物

谁们说　这是季节
这是季节在轮换
节气和习俗像亲近的血缘
田间无边无际
处女的气息无边无际　让人心醉

酿酒　或打开封存的酒坛
内敛和散发的　都是无边无际的时间
桃花落了　杏花落了　遥远的树林灭了

活在当下的时代，是我们不能选择的。

所以我喜欢的第三个时代，就是今天。

人类的历史就是一部饥饿和因为饥饿而斗争的历史。在今天，物质生活该超越既往达到巅峰了吧？唐太宗英明神武，但他用过冲水马桶吗？成吉思汗武功盖世，但他坐过火车吗？蝼蚁之我辈，难以兼济天下，不敢舍身成仁，更没能力也不想拯救地球，宁做太平犬，不做乱世人，中国难得有一百年的太平时代，恰生其间，何不尽情享受这花花世界鸳鸯蝴蝶？

用句时髦话讲，这是一个最好的时代，也是一个最坏的时代。鱼在水中，冷暖自知，其实，身在任何一个时代的人都会这样想。但无论怎样，我爱过、我恨过、我苦难过、我幸福过，所有的一切都是我亲自体验过的——我来了，我看见，我经历，我爱着……

所以，我爱今天。

同题作文

我最愿意生活的两个时代　董平

庸常生活里最平凡的我，常常愿意去想象。

我最愿意生活在两个时代。

盛世大唐有让人爱的千百个理由，而我单因它的审美标准而心向往之。

以胖为美，胖乎乎，美美哒，多接地气，多暖人心呀。

唐朝大部分时间都稻米流脂，仓廪丰实，可见“以胖为美”有现实条件，让女性放飞自我，放开肚子地吃，是多顺应时势的健康倡导啊。

“额宽、脸圆、体胖”，我怎么就能从这个审美标准中看到一个时代的自信和开阔呢。

显然，今天我们更多的女人都被时代误伤了。天未降大任，我们却为“普世的审美观”苦逼地饿体肤，苦心志，挨刀子。

再说人们趋之若鹜的“锥子脸”“筷子腿”，多冷，多硬呀，读来就唇齿生寒，它与古代妇女的“三寸金莲”本质上有区别吗？

大概是2005年，连战访华，不问政治的我更留意陪同他的夫人，她身材苗条，体态优雅，但这些都被其僵硬的笑容干扰了，有点“塑料”感。没多久，宋楚瑜也来了，他身边的太太体态丰腴，笑容和气，连眼角的皱纹都那么亲民，就是一个六十岁女人该有的样子。

于是，那个漫长的春天，全国上下热烈讨论台高层访大陆的意义时，我更热烈地闭门思考整容的利与弊……

去年，啃棒骨时，小半颗门牙“嘎嘣”离岗了，我反思自己不雅的吃相，更担忧以后说话漏风，笑容滑稽。第二天，去做了牙套。当大夫把那颗残牙磨得更小更薄时，切齿之痛更来自内心——跟随我四十年的受之父母的一部分就这么没了，我没保护好它又再次伤害了它。不是矫情，真心难过。尽管后来，我不止一次没心没肺地咧嘴让人猜哪个是假牙，对方猜不中，我得意自己赢了，肤浅却乐此不疲。但我一直没告诉对方，厚厚的牙套远不如之前牙齿的功能，假的真不了。

假牙如此，遑论假面。

即使整容技术再先进，真能还你二八容颜，但岁月给的神态和韵味是藏不住的。与其受罪地欲盖弥彰，还不如与时间和解，淡定干净，真颜面。爱美是天性，女人应该悦人悦己，以改良为目的的微整还行，大刀阔斧的“拆建”还需三思。打开手机，满屏的“网红脸”，撑起了娱乐版面，也凸显了时代的疤痕。

“丰肥浓丽，热烈放姿”，多符合人性的审美观呀，给女人以更有力量更有张力的美。唐朝才真美。

另外，知青时代特殊却对我很有吸引力。

物资匮乏，劳作艰苦，但价值观单一，相信广阔天地大有作为，那一代人和那个时期有另一种光芒。沙漠戈壁荒凉，挣工分艰苦，靠喝水压辘辘饥肠，捻捻灯芯，一遍遍夜读《钢铁是怎样炼成的》，因为再没别的书……更多人说知青的青春被耽搁了，可我就觉得那是另一种安放。

如果可以，我愿意回到那个时代。累、饿，有焦虑，但多数时候内心安详，积极向上。擅学的我，保不准也能抓住高考恢复的机会，念个大学。最幸福的是来自四面八方的同学带着迥异的经历，带来了五湖四海。与他们同窗，我何止三生三世，桃花十里。

确实，改变不了时代，我也难改变自己。但这都阻挡不了我的大脑天马行空。

它成全我以梦为马，诗意栖居。

某年灵岩寺

今年的2月没有29、30日，所以许多人感觉2月过得很快。而我的2月出奇地漫长。我的人生，如何走过这个漫长得没有边际的2月呢?

2月28日，快要中午的时候，济南边上的灵岩寺，微雪初霁，风是静止的，天湛蓝湛蓝，呼吸都能听得清清晰晰，说出去的话轻轻的，在身边的空气中荡了荡，就消失在那片蓝色中了。

今年，连老家也没什么雪，雪全下在济南了。踩着雪，进了灵岩寺，人说今天是农历初一，灵岩寺的香很灵，而今天山门的第一炷香还没人上呢。上了一炷香，许了三个愿。便进去了。

寺里有一个塔，四方的，问过导游两次，后来还是把名字忘了。塔有三个门，一真两假。东、西是假门，只雕了门的形状——东面是日出，象征人的出生，一个浮雕的人正推石门，从此进入了人生；西面是日落，那个浮雕的人已出来，一生已走完。只有北面是真门，导游说，那里面，就是人一生所经历的。我小心拉开门，里面空空的，什么也没有——哦，这就是人的一生啊！

下山的时候，边走边聊，有个小子恶作剧，蹬了旁边的树，雪簌簌地落了人们一身。我的肩膀和背上也都是，那该是昨夜的雪吧，或许还更久远些。

2017年2月

注：灵岩寺，位于山东省济南市，地处泰山西北，现为世界自然与文化遗产泰山的重要组成部分。

灵岩寺始建于东晋，于北魏孝明帝正光元年开始重建，至唐代达到鼎盛，有辟支塔、千佛殿等景观。灵岩寺佛教底蕴丰厚，自唐代起就与南京栖霞寺、浙江天台国清寺、湖北当阳玉泉寺并称天下“四大名刹”。唐玄奘曾住在寺内翻译经文，唐高宗以来的历代皇帝到泰山封禅，也多到寺内参拜。

观大师写陶：偷得浮生一日闲

丁酉之春，吉年第三十三天。天朗气清，惠风和畅，春雪始融，正所谓二月三日天气新。

飞龙在天，或跃于野，利见大人。是日也，与孙卓章老师、孙玉宝老师、李雅馨老师及刘凤岐老板诸人，驱车赴和林。

于和林南山公园路尽处，左行二百米，路逼仄，再右拐，柳暗花明，豁然开朗，见一处巨型大红剪纸造型掩映下之旧厂房，名曰“内蒙古师范大学立体空间艺术某某基地”云云。陶艺馆主高燕华笑语盈盈，候各位大师写陶，高馆主乃中央工艺美院高材生，今师大陶艺系主任。

入内，辄见十余米高的穹顶，吊灯皆作飞鸟之形，乍看若群鸟掠空而过，犹带呼啸之声，愈显天地宽阔、时空浩渺。

馆内陈设件件极尽心思，大若整根枯树，五六米高，无需装饰即见其雄伟；小若木皮材质的小摆件，十厘米高，尽显鄂温克民族风情，或劳作状，或萨满作法状，皆惟妙惟肖，形神毕至。

馆内陶艺制品更琳琅满目。

少顷，高馆主奉来各式陶制器皿，大师们开始作画。

卓章先生开篇，他在圆形瓶上红笔打格，如比尺般平直又匀称，再靛蓝书曰——唵嘛呢叭咪吽，庄严魏碑配佛家六字真言，更显端庄大气。

卓章写梅花，一概不拘一格，大开大合，颜色全随心意走。此时亦然，红梅一片，连梅枝亦是红色，墨书曰梅花香自苦寒来。全幅只红黑二色，冲击力巨大。

玉宝先生画美女小品，或拈花，或举杯，或纤手指人，皆细目阔脸，蒙古族美女也。稚拙之美，无以言表。

雅馨女士专以残片画京剧脸谱，尽从残断处起思路、施画笔，更展构思精巧。

凤岐老板曾与玉宝、雅馨共建“凤宝雅馨堂”，雅事也。但吾原以为不过老板们有钱有闲附庸风雅而已，今凤岐提笔画“二老对酒图”，铁线勾勒，皴笔写意，一招一式尽见功底。

阳春有脚，天马无羁，大师们恣兴挥洒；天光云影，时间安静，吾亦偷得浮生一日闲。不觉中，吾收获大丰：

其一，与众大师在邻家“宝贝河畔饭店”吃到正宗和林炖羊肉，配以油炸糕、凉汤莜面，不禁大快朵颐。

其二，获卓章先生“四季平安”大瓶一只，愿吉人吉语，伴我人生。

其三，获玉宝先生美女酒壶一只，配酒杯二枚，红袖添香、美人斟酒，可与好友温酒小酌矣。

只待假以时日，高馆主将大师作品置之高炉，瓦土之器在火中涅槃，或釉变，或色幻，皆会演绎出无穷之妙，卓尔成大器也！

吾无以为报，作小文记之。

2017年3月

广子讲诗记

戊戌之年，七月初九之日，立秋与既望之间，山岭依然葱茏，果实已然丰硕，英卓读书会邀广子讲诗于奥淳酒庄，正暗合“青春都一饷”，诗酒趁年华之谓也。

今日诗人之广子与其身份证之“郭广泉”，除一“广”字外，已判若两人。往昔之郭广泉，苦难于乌海煤矿，撒野于呼市酒馆，混迹于报纸杂志，漂泊于帝都商圈，阅历满满亦伤痕累累；而诗人广子，则几十年诗心作骨，坚韧攀爬，不断毁灭旧我，再锻新我，一日涅槃，终成大器，真“庾信文章老更成”“暮年诗赋动江关”。

讲诗之日，秃头广子簇拥于鲜花美女丛中，尤显醒目，实一景也。然广子不愿独美，特邀作家路远、郭岩君同台献技，作“锵锵三人行”，亦英卓读书会书友之意外福利也。

路远者，昔日蒙派小说健将，以《莜麦地》《神汉》《青盐垛》《在马贩子的宿营地》蜚声全国，与肖亦农、邓九刚并称

“蒙派小说三杰”，几将国内文学奖项收入殆尽；后转战影视圈，编剧有《静静的白桦林》《红墨坊》《京华烟云》《快嘴李翠莲》等；赚得盆满钵满后，复回归文坛，以《红狼毒》《布里亚特女裁缝》惊艳四众，属文坛著作等身、家财万贯之罕例，现坐镇一方，隐然宗师矣。

郭岩君者，以《誓言今生》斩获今年索龙嘎奖，状元新科，鲜衣怒马，不可一世。

开课。广子由“阅读与生活”切入，十人十书——或可滋养人生，如茨威格、庄子；或可观照现实，如鲁迅、严歌苓；或为文化源头，如庄子、史记；或作膜拜样本，如马尔克斯、海明威……古今中外、信手拈来，纵横捭阖，如施甘霖，书友大快朵颐，皆呼过瘾。

随之，隔壁老王会长、四章会长简述英卓读书会开宗立派之渊源、宗义、帮众规模及近远规划云云。

书友提问，三作家回答，文坛掌故、心仪作品，突破之惑、扬弃之巧，或娓娓道来让人沉醉，或电光石火启发灵感，三人互驳或互释，妙语连珠，口绽莲花，演绎一场饕餮盛宴。

吾乃此活动轮值主席，无他，串联作家与书友而已。由此，“乔氏串串店”开张，今后必再接再厉，做到双保证——保证真材实料：原产地、高质量作家；保证菜品丰富、口味多样：卤煮炖涮、咸甜麻辣皆可，后续菜单可有清炖拖雷、爆炒赵卡等。

赘言一句，广子乃吾二十年之挚友，故吾熟知广子之创作及心路历程，他是俗世的败将、规则的叛徒，他是粗粝时光打磨的意外杰作，更是伟大的语言魔法师。祝福广子，于“一亩居”安置诗心，又喜添千金，找回俗世幸福，写作更上层楼。

广子讲诗之日，恰奥淳酒庄万木齐芬，青山酒窖暗香涌动，岂不如广子、你我之创作，假以天地淬炼时光熏陶，必酿得醇真佳品乎？

2018年8月

—第二部分—

非常语文

非常语文之押韵篇

九十年代教书时，刚20出头，我就驼背了。父母犯愁，怕找不上对象，我无所谓，因为我知道自己是能挺直脊背的，只是稍微驼着，走站都舒服。一天，同语文组的周建明老师评判我：红皮萝卜紫皮蒜，抬头老婆低头汉。不懂。他解释，这四样，都辣，够狠，得防着。这四样有没有必然关联，我不知道，但此语比兴有趣，听之亦韵律铿锵，便觉好像有理，但不知理在哪里。

“押韵”在中国文化传承中，一直不被注意，似乎本该如此，但它始终发挥着某种神奇的力量。且不论诗词曲赋，凡欲鼓动民众，需先拟口号，口号最好押韵，否则难以取信。东汉黄巾起义，口号是：“苍天已死，黄天当立；岁在甲子，天下大吉。”李自成义军的口号更直接明了，“吃他娘，穿他娘，打开大门迎闯王，闯王来了不纳粮！”直到今天，开车出城，路边标牌写着“一慢二看三通过，麻痹抢行闯大祸”，到了农村，墙壁上刷着硕大的黑体字，“党员致富把头带，人民群众富得快。”

从龟背兽骨到竹简到纸张，从刀刻到书写，再到印刷术出现，其间绝大部分的记录和传播，都靠口耳相传，押韵就是其中的诀窍，在教育普及不到的民间，尤其如此。

所以，千年农业社会，民间流传的谚语大都涉及节气、气象和耕种，“泥鳅跳，雨来到；泥鳅静，天气晴”“虹高日头低，明天穿蓑衣；虹低日头高，明天晒得脊背焦”，应说长江流域；“清明早，小满迟，谷雨种植正适时”“天上起了鲤鱼斑，明天晒谷不用翻”，概指黄河流域；北方冬季长，漫天大雪，围坐火炉，母亲便教我们掰着指头数日子，“一九二九不出手，三九四九冰上走，五九六九沿河看柳，七九河开，八九雁来，九九加一九，耕牛遍地走。”这些农谚朗朗上口，易记易传播，至今实用。

更具生命力的是山歌、号子、小调等民歌，至今在广阔疆域的各个角落、山腰水边、阡陌旷野口口传唱，生生不息。呼市的饭局，酒酣时，诗人赵卡便用纯正的土右旗话唱起陕北民歌——羊肚肚手巾三道道蓝，咱们见个面面容易呀拉个话话难；一个在那山上一个在那沟，咱们拉不上个话话呀招一招手。准格尔旗漫瀚调《三十里明沙》更是人人会唱：

三十里的明沙二十里的水，
五十里的路上我来眊妹妹。
半个月我眊了十五回，
为眊妹妹我跑成了罗圈腿。
大青山的石头乌拉河的水，
一路风尘我来眊妹妹。
过了一趟黄河我没喝一口水，

> 交了一回朋友我没亲过妹妹的嘴。

一韵到底，泼辣率真，直抒胸臆，真正阳刚十足的好诗。

而官家，从《弹歌》《诗经》滥觞，到隋文帝承奉郎、大音韵学家陆法言著《切韵》，遂修成官方正典，唐诗宋词袭用之；及金，刘渊著《壬子新刊礼部韵略》、王文郁著《平水新刊韵略》，因二人皆山西平水（今临汾）人，后合并而称《平水韵》，沿用至今；2005年，中华诗词协会颁《中华新韵》，将平水韵106韵合并为14韵，为鼓励当代人写旧体诗，提出“倡今知古，双轨并行，今不妨古，宽不碍严。”也就是说，你用古韵写古诗可，爱好者按新韵（宽泛的、按普通话划分的音韵）写古诗亦可，不必拘泥古音。我曾依新韵写了首七律，所谓行家看了，口头曰赞，嘴角却泛出不屑之哂笑，颇有知晓茴香豆有几种写法的得意。

木心曾调侃《诗经》：

> 在所谓“三百篇”中，几乎都要先称植物动物之名义，才能开诚咏言；说是有内在的联系，更多的是不相干地相干着。学士们只会用“比”“兴”来囫囵解释，不问问何以中国人就这样不涉卉木虫鸟之类就启不了口作不成诗。

木心没提到的是，中国诗歌传统中，比兴句与下句一般都要押韵，最著名的即“关关雎鸠，在河之洲；窈窕淑女，君子好逑”，直到两千年后李季的“吃一口黄连吃一口糖，王贵娶了李香香”。当然，这样的比兴还是活泼泼、接地气，精妙无比，绝非“不相干地相干着”，直打木心的脸。

今天，现代诗人以押韵为耻，仿佛诗句押了韵就不先锋了，不特立独行了。而我们日常生活里，“韵”还龙精虎猛，活力四射，你的讲话若“一言均赋，四韵俱成”，便有种机智、幽默或莫名的权威。

诗人李天宝喝酒，提第一杯，“喝酒不能图省事，关键是要分层次”，因押韵，大家觉得言之有理，任由他安排；接着，他与一女士碰杯，说“红公鸡来绿尾巴，咱们两个一搭搭”，因押韵，女士也挑不出理，便喝了；高潮处，他拎起酒壶，“太阳出来红似火，感情上来不由我，来！壶干一下！”

押韵的神秘之处就在于“韵言则信，不韵则不信”，尽管有时韵言本身就模棱两可，甚至自相抵牾。幼时，老师教育我，“学会数理化，走遍天下都不怕”，如今方知，“学会数理化，不如有个好爸爸”，尤其马爸爸王爸爸。

教训最深痛的是，吾与妻正值育龄时，国家要求计划生育，“少生优生，幸福一生”，专设计生委，超生要罚款、丢工作；待鼓励二胎甚至多胎时，“一人结扎，全村受罚”“一胎少，二胎好；小有伴，老有靠”，我们已人老珠黄矣，真是“无处话凄凉”！

无论如何，“韵”乃小技、小器也，生旦净丑，天下文章，细菌核弹，哪个不是小器？说到底，终归是要“器为道用”的。

非常语文之绰号篇

1

行走江湖，往往需要一个响亮的绰号，幼时听单田芳讲隋唐，秦琼一出场，便报出了自己的大号：我乃赛专诸、似孟尝、马踏黄河两岸、锏打山东六府、人称神拳太保——秦琼秦叔宝是也！抑扬顿挫、铿锵有力，一位威风凛凛的大英雄便站在了面前。

广播评书年代，识字还少，听得靠山王杨林混世魔王程咬金赤发灵官单雄信，还有那更长绰号的八臂哪吒银锤太保裴元庆，早已如痴如醉；待十岁左右，囫囵吞《水浒传》时，更是心驰神往、无以复加了。为此，还认真地给一百单八将的绰号合并过同类项：

——以动物为绰号的37人，有现实中的动物，扑天雕李应、锦豹子杨林、通臂猿侯健；亦有传说中的动物，入云龙公孙胜、火眼狻猊邓飞、玉麒麟卢俊义。特殊的是井木犴郝思文，犴即驼鹿，井木犴则是中国神话中二十八宿之南方朱雀七宿之一，与角木蛟、奎木狼、斗木獬合称“四木星君”，既可解为动物，亦可解为星象。有趣的是，梁山有锦毛虎、插翅虎、矮脚虎、跳涧虎、中箭虎、花项虎、笑面虎、青眼虎、病大虫、母大虫、金眼彪11条猛虎，却偏偏给一个既武艺低微又吝啬鄙俗的跑江湖卖狗皮膏药之辈李忠命绰号为“打虎将”，让人不禁莞尔。

——以兵器为绰号，大刀关胜、双鞭呼延灼、金枪手徐宁、没羽箭张清；更有双枪将董平，吾夫人与之同名，亦持双枪，一枪曰苛政，一枪曰怀柔，战无不胜。

——以相貌身材特征为绰号，赤发鬼刘唐、美髯公朱仝、玉幡竿孟康（皮肤白净如玉，身材纤细修长），另有杜迁，绰号“摸着天”，因其身高手亦长，几乎“手可摘星辰”，故名。

——以性格为绰号，霹雳火秦明、急先锋索超、拼命三郎石秀，暴脾气一目了然。

——以职业为绰号，花和尚鲁智深、行者武松；神算子蒋敬是会计、玉臂匠金大坚专制兵符印信，操刀鬼曹正主屠宰牲畜。

——以武艺专长为绰号，小李广花荣箭术超群，小温侯吕方、赛仁贵郭盛自然擅使方天画戟，圣水将单延珪、神火将魏定国分别擅施水阵和火攻。

——胞兄弟一望便知，毛头星孔明独火星孔亮、小尉迟孙新病尉迟孙立、出洞蛟童威翻江蜃童猛；也有例外，呼保义宋江与铁扇子宋清的绰号差异大，概因地位悬殊；至于主仆，如玉麒麟卢俊义和浪子燕青、扑天雕李应和鬼脸儿杜兴，更加不需要语法上的呼应了。

——梁山三位女性，孙二娘曰“母夜叉”、顾大嫂曰“母大虫”，反而给一个刽子手蔡庆绰号曰“一枝花”，可见施耐庵对女性的偏见。扈三娘绰号曰“一丈青”，喻她身材高挑、英姿飒爽，她是个大美女，“天然美貌海棠花，一丈青当先出马”“玉雪肌肤，芙蓉模样，有天然标格。玉手纤纤，双持宝刃。恁英雄烜赫，眼溜秋波，万种妖娆堪摘。”但她先是被李逵“一门老幼尽数杀了”，再嫁给丑陋猥琐的王英，最后在乌龙岭，为救王英，情急之下被方腊手下郑魔君郑彪用镀金铜砖打中面门，落马而死。“可怜能战佳人，到此一场春梦”，十足的悲剧人物。

另，泱泱108人中，居然没一个姓赵的，大抵是缘于梁山揭竿聚义的初衷，实令“国姓”赵家人没面子。

2

看一段有趣的文字：

> 那小喽啰把水直泼到宋江脸上。宋江叹口气道：“可惜宋江死在这里！”燕顺亲耳听得“宋江”两字，便喝住小喽啰道：“且不要泼水！”燕顺问道：“他那厮说甚么‘宋江’？”小喽啰答道：“这厮口里说道：‘可惜宋江死在这里！’”燕顺便起身来问道：“兀那汉子，你认得宋江？”宋江道：“只我便是宋江。”燕顺走近跟前又问道：“你是那里的宋江？”宋江答道：“我是济州郓城县做押司的宋江。”燕顺道：“你莫不是山东及时雨宋公明，杀了阎婆惜，逃出江湖上的宋江么？”宋江道：

> “你怎得知？我正是宋三郎。”燕顺听罢，吃了一惊，便夺过小喽啰手内尖刀，把麻索都割断了，便把自身上披的枣红纻丝衲袄脱下来，裹在宋江身上，抱在中间虎皮交椅上，唤起王矮虎、郑天寿快下来，三人纳头便拜。

当人走背字，马高镫短，只能自呼贱名以叹息时运不济——“可惜（俺）宋江死在这里”，对方反复确认，兄台莫不是名闻寰海、我辈顶礼膜拜的“山东及时雨宋公明?”日后的带头大哥、今天的落难人还是自谦，“我正是宋三郎。”

屠刀在颈，公明哥哥若还叫嚣“吾乃上天入地、战无不胜某某某”“你来捅我，二十年后又一条好汉”云云，只能血流五步、尸横当下了。可见，凡英明神武的绰号一般都是江湖兄弟送的且叫的，元康进之《李逵负荆》里李逵讲得明白：“俺梁山泊上山儿李逵的便是。人见我生得黑，起个绰号叫俺做黑旋风。”吕方也这样自我介绍，“小人姓吕，名方，祖贯潭州人氏。平昔爱学吕布为人，因此习学这枝方天画戟。人都唤小人做‘小温侯’吕方。”

武功越高，反越自谦。真正的高手“五绝”，绰号仅一二字，“东邪西毒南帝北丐中神通”，《鸳鸯刀》中自封为“八步赶蟾、赛专诸、踏雪无痕、独脚水上飞，双刺盖七省”的盖一鸣（绰号21字之长），武功却稀松，被普通镖师打败后，盖大侠的自嘲也可爱得紧：“这批浑人糊涂得紧，听得咱们太岳四侠响当当的英名居然不退，那有什么法子?”《倚天屠龙记》中自诩为“琴韵集禽、划地自弈、剑术精妙”的“昆仑三圣”何足道，以

“挺拔遒劲”之笔势给少林寺下战书曰“少林派武功，称雄中原西域有年，十天之后，昆仑三圣前来一并领教”，来势汹汹，结果败在百年不遇的武学大奇才少年张君宝之手，遂黯然西归，再不踏入中原一步，帅不过两回。

3

刘辰翁倾慕苏轼，曰：“词至东坡，倾荡磊落，如诗如文如天地奇观。”绰号至金庸大侠，亦是如此，滔滔江水，繁花锦簇，蔚为壮观。

且不说“紫白金青”四大法王、江南七怪、函谷八友、四大恶人，梅庄四友黄钟公、黑白子、秃笔翁、丹青生当然分擅琴棋书画，“五绝”的绰号和名字竟契合东方甲乙木（黄藥师）、南方丙丁火（一灯）、西方庚辛金（欧阳锋）、北方壬癸水（洪七公）、中央戊己土（王重阳），“铁锁横江”戚长发如铁锁横于江心，让人上下不得，自然是工于心计的狠角色，单看到潇湘夜雨莫大先生、翠羽黄衫霍青桐，便心旌摇荡了。金大侠信手拈来，以动物、植物、兵器、性格入绰号，看似雕虫小技文字游戏，却见文化、见历史、见厚重渊博。较还珠楼主、宫白羽，七侠五义中的锦毛鼠、翻江鼠之类，高下立判。

绰号、外号、昵称还有些差别，绰号以褒扬为主，甚至浮夸；外号有中性，诙谐幽默，也多贬义，挖苦讽刺；昵称则是好友间、闺房内的亲昵称呼。

鲁迅称周建人“眼下痣”，自是说形象，兄弟失和后，起外号为“谗人”；昵称许广平“乖姑”“小刺猬”“害马”，自称“白象”，遂称海婴为“小白象”，许则称鲁为“雄鸽”“小雏”，这便是二人的闺房秘辛，可能还是“内涵段子”或“情趣掌故”，自不必为外人知。林语堂见鲁迅毛发蓬蓬、不苟言笑，称之“猫头鹰”，但鲁迅竟还喜欢这个外号，说自己要如猫头鹰，“即使睡着，也要睁了眼看。”

给人取号，亦是中国文化的一个有趣现象，以小博大，闪烁智慧光芒，尤其在诸多只能“道路以目”的专制铁御下，以口为矛，实现“兴观群怨”之“怨”，怨刺上政，讽刺权贵，过过嘴瘾。

西汉酷吏严延年、郅都、董宣，用法严酷，怨声载道，世称“屠伯”“苍鹰”“卧虎”；东汉崔烈以500万钱买官，人称“铜臭”；唐窦巩口讷，人讽“嗫嚅翁”；明万安、刘吉、刘翊三人官至内阁首辅，却碌碌无为，上班就是喝茶聊天摸鱼，时人讥为“纸糊三阁老”；南明弘光天子（朱由崧，明神宗朱翊钧之孙）喜欢用蛤蟆制药，丞相马士英喜欢斗蟋蟀，故有“蛤蟆天子”“蟋蟀相公”之外号。嬉笑怒骂，爱憎之意，一目了然。

隋杨广继位，605年正月始，定年号“大业”，旨在“盛德大业至矣哉，富有之谓大业，日新之谓盛德”，他开科举，拓疆土，南平林邑、西吞吐谷浑，修建大运河，开创万国来朝的“大业盛世”。但大业间，奴役征敛苛重，民生不堪重负，义军四起，隋亡。唐开国皇帝李渊认为他——“好内远礼（贪恋女色不遵礼法）、去礼远众（破坏礼制背弃公众）、逆天虐民（违背天理虐待人民）。”遂加谥为“炀”，这便是隋炀帝。

这是谥号，杨广一生求大业，却得到了“炀”之恶谥。谥号专用于后世对已故帝王将相的评价，无论褒贬，吾辈平头百姓享用不上。

4

绰号虽小技，但若无深厚的文化功底和点石成金的机智，断难取出准确传神、内蕴丰富，且让人会心一笑或捧腹大笑的名号来。

艾青说：“北方，是悲哀的。”幼时，察右后旗，穷乡僻壤，“苦寒之地”，又教化缺乏，同学间互取的外号因此干瘪寒酸。较胖的宋同学叫“肉头”，骨瘦如柴的占大多数，我是“乔干”，还有“王干”“杨干”等等；聪明的叫“曹贼”、迟钝的叫“愣沈”；总给男同学冠“女”号，皮肤白的叫“白姑娘”（恰好他也姓白）、脸塌的叫“板女”、说话细声细气的叫“假女”。词汇到此穷尽。

有趣的是，我和宋肉头、王干、杨干现都居呼市，经常拼酒，但均已大腹便便、脑满肠肥，“干”便名不符实了。

北京读书时，同宿舍有一刘姓同学，清水河人。外省同学诧异，刘同学、冬日娜、乔辉怎么眼睛都这么小？内蒙古的风沙竟厉害如斯！其中以刘同学眼睛为最小，一条若有若无的缝隙，几个伶牙俐齿的女同学便给他取外号曰“四官”——五官缺一官。今天，刘同学已位居北京市某区高级领导——终于补齐了这一“官”。

读高中时，班中帅男子比比皆是，多留“马拉多纳”头，也都踢球，人凑不够时，我便忝列后卫。其时，不会踢足球，不知道几个球星名字，都不好意思和女生说话。我不擅运动，但记忆力绝对强，所以，凯撒大帝贝肯鲍尔、金色轰炸机克林斯曼、火箭鸟加林查，钢门佐夫等等，前世今生，如数家珍。

此后经年，便不再关心足球。为写此文，特意百度一下，看到中国球员的绰号，差点吐出隔夜酒，词汇竟贫瘠如我幼时的“悲哀北方”——赵一脚赵旭日、毛纳尔彪毛彪、武球王武磊、郜飞机郜林、大头李玮峰、大侠魏群、胡椒胡志军，毫无创意，味同嚼蜡；还有蹩脚的抄袭——矮脚虎赵达裕、玉面杀手张玉宁、冷面杀手高洪波；更有根深蒂固的官本位——范大将军范志毅、羊城少帅彭伟国、国王董董方卓、大帝李毅——你就一个踢球的，帝王将相跟你有毛线关系？

再看那些真正的球星，外星人罗纳尔多、魔兽德罗巴、核弹头舍甫琴科、追风少年欧文、忧郁王子罗伯特·巴乔、花蝴蝶坎波斯、小毛驴奥特加，这也许才是“‘自然’的足球”。请原谅我的刻薄和崇洋，我没看过上述中国球星的任何比赛，但单凭这平庸的绰号，便知踢不好球，真是蒙面人坐滑梯——既伤屁股又丢脸。

某年，赴某市采访，宣传部几位科长能力强，人也好，新闻科长姓秦，宣传科长姓白，文艺科长姓黄，理论科长姓胡，我忍俊不禁，暗自给他们取了外号，后来熟了，一起喝酒，便串起来念给他们听：勤新闻、白宣传、黄文艺、胡理论，多少缘分才能凑齐这么一桌啊！真是文章本天成、妙手偶得之。

非常语文之名字篇

1

姓源祖宗，名自父母。姓名是我辈行走江湖的代号。

姓名里的学问可大了去了，一哥们姓姬，老姬总开玩笑让我们认他祖宗，一查，木问题啊——中国许多姓氏均由“姬”姓（上古八姓之一）肇始，《百家姓》504姓中，由姬姓演支出的就有411个。另一哥们迅速发现了问题曰：你叫我祖宗才对！姬问其故，曰：姬姓是皇族，三宫六院，荒淫无度，往往短命；而我辈先祖皆劳苦大众，身子骨硬朗，活得长。现在可能你已是第九十代了，而我们才八十代，你岂不是该叫我祖宗？

我国姓氏洋洋大观，单《中国姓氏大辞典》就记载了23813个姓氏，五车专著都难以备述，今天的小文只聊名字。

其实在古代，名和字也大不一样，“子生三月，则父名之”，至于取“字”，则是“男子二十冠而字，女子十五笄而字”。名，是在社会上使用的个人符号，自称用名，称人以字——解剖一只麻雀，就明白了，比如诸葛亮，复姓诸葛，名亮，字孔明，隆中对时，他自我介绍，便用“名”，“亮躬耕陇亩，好为《梁父吟》”，他和周瑜（姓周名瑜字公瑾）对话，就互称“字”，草船借箭后，周瑜说：“孔明先生真乃当世奇人也，吾自愧不如！”诸葛亮说：“公瑾何言至此也，此番破曹，亮自当尽力。”

“字”往往是“名”的解释和补充，和“名”相表里，故又称“表字”。古人有“名”和“字”意义相同的，如诸葛亮字孔明，“击鼓骂曹”的祢衡字正平；“名”和“字”有意义相承的，如苏轼字子瞻，苏辙字子由，登车而望远、车过而留辙是也。晁补之字无咎，因能“补”过才能“无咎”；“名”和“字”也有意义相反的，如宋理学家朱熹字元晦、元书画家赵孟頫字子昂，“熹”与“晦”“頫（俯）”与“昂”均是反义，更有意思的是端木赐字子贡，上赏下曰“赐”，下献上曰“贡”，既赐又贡，何其忙乱？

还有其他种种，皆妙趣横生，不再赘述。直至民国，西学东渐，“名”和“字”界线模糊；新中国成立后，“名”和“字”合而为一，就成了今天的“名字”。

2

名字见历史。

夏商远古二代，取名多依“天干”（古传天有十日，依序轮值，即甲乙丙丁戊己庚辛壬癸）。夏朝帝王有中庚、少庚、风甲、履癸等等；商朝自汤开始，外丙、中壬、太甲、沃丁……直至帝辛（纣王）亡国，30王均取名天干，无一例外。

从周到秦，取名有了规矩，也日趋多元，大多古意盎然。早年读《史记》，颛顼、帝喾、嫪毐、穰苴……满纸佶屈聱牙，认字念半边，所以许多字至今仍不知正确读音，但觉得古人好有文化；还有好多名字特别有趣，可看出那时代的童真和率性——孔子名“丘”，因天生“圩顶”（脑门儿中间低，四周高，类似我家乡察右后旗的火山），故取名“丘”；孔子生子，恰鲁昭公送他一条鲤鱼，遂取名“鲤”。晋成公名姬黑臀，就因屁股上有黑色胎记。同理，熊黑肱、姬黑肩就好理解了。

负刍、肥义、宜臼、杵臼、重耳、寤生、小白（货真价实的“姜小白”）……每读春秋，总被这些名字打动，它们个个有来处，生动而有趣，因此常对古人有见名如晤的亲切感。至于孔子所言“以貌取人、失之子羽”的澹台灭明同学，这个名字我至今难解，因为这应该是李自成或努尔哈赤给儿子取的名字啊。

魏晋南北朝时，玄学盛行，起名讲究高古博雅，如流行以“之”名，书法家王羲之王献之（父子间亦不避讳）、画家顾恺之、科学家祖冲之、史学家裴松之、道士寇谦之等。皇族亦加入时尚潮流，晋宣帝的弟弟、安平献王叫司马孚之，其子汝南王叫司马亮之，后代还有司马景之、司马昙之。

唐宋，佛道交替，各炽一时。唐大诗人王维，字摩诘，名和字源于佛教《维摩诘经》。宋朱熹（火），父名松（木），子名埜（土），孙名钜、鉴、铎等（金），曾孙名渊、潜、济、澄等（水），正好五行走一圈——由宋以降，五行入名渐成时尚。朱元璋就要求自己子孙要按“五行”起名，如仁宗朱高炽

（火）、宣宗朱瞻基（土）、英宗朱祁镇（金）、宪宗朱见深（水）、孝宗朱祐樘（木），一轮完了；武宗朱厚照（火）、穆宗朱载垕（土）……再来一轮。

由宋肇始，“字辈取名制”（即“世代排名”法）成型，至明清盛行。

朱元璋天生爱操心，不仅给自己子孙取名立了规矩，还赐孔氏八个辈字供起名用：公、彦、承、弘、闻、贞、尚、胤。后来不够用了，六十五代衍圣公孔胤植后续二十个字：“兴毓传继广，昭宪庆繁祥，令德维垂佑，钦绍念显扬”。一看便知，党的好干部孔繁森不仅是乒乓球名将孔令辉的爷爷辈，还是国民党财政部长孔祥熙的父辈，而北大名嘴孔庆东比孔繁森还高出一辈。

孟氏家谱在全世界都是统一的，这是清朝皇帝御赐的辈分排行：希、言、公、彦、承、宏、闻、贞、尚、衍、兴、毓……洋洋五十字，够老孟家用一两千年的。皇帝亲自给文化世家排字，骨子里都是对文化的尊重或曰敬畏。

名字见阶级。

在元代，汉人庶民无职者，只能用排行、生日、父母年龄等来取名。所以，朱元璋本名重八，也可叫朱八八，他高祖叫朱百六、曾祖叫朱四九、祖父叫朱初一、父亲叫朱五四。他的阶级兄弟也基本一样，比如汤和，曾祖父五一，祖父六一，父亲七一——户籍登记官须精通算术，否则晕死。

“文革”中，名字的阶级烙印明显，向东、卫东、永红、建设、援朝比比皆是，祖国山河一片红。一人给三个儿子分别取名爱国、爱民、爱党，结果被打成现行反革命，这不是明目张胆地“爱国民党”吗？

古代，卑微者、弱小者因对强权者“避讳”而改名，也是传统文化的一大特色。最著名的典故就是：宋有州官田登，自讳其名，触者必怒，州境之内皆呼灯为火。上元放灯，吏人书榜曰：“本州依例放火三日。”时人讥云：“只许州官放火，不许百姓点灯。”

“避亲者讳、避贤者讳”也只是改个名罢了，而“帝王讳”如避得不好，后果就很严重。唐初因避太宗的“世”字讳，宰相裴世矩，去“世”而称裴矩；神仙也不例外，观世音菩萨一律称观音菩萨。到后来，谐音也不行，宋高宗赵构，因他名“构”，四川勾姓大家统统不准再姓“勾”，遂改姓。为避“构”字，沟、够、媾、购等五十多字不得使用。明清两代，避讳更成了文字狱的由头，雍正年间，主考官查嗣庭用《诗经》中的“维民所止”作试题，有人告发“维止”是将“雍正”砍头，查主考遂被砍头戮尸，全族流放。

名字见文化。

行家一伸手，就知有没有。且看两位文化大师。

《红楼梦》中，贾雨村（假语存）、甄士隐（真事隐）、元迎探惜（原应叹息）自不必说，即使一帮跑龙套的，曹雪芹下笔也不偷懒，个个都有寓意：霍启（祸起）、娇杏（侥幸）、冯渊（逢冤）、詹光（沾光）、卜固修（不顾羞）等。四大郡王分别为东平、南安、西宁、北静，“东南西北，平安宁静”，明显反讽；四春丫环为抱琴、司棋、侍书、入画，则以“琴棋书画”暗指她们主人的爱好和修养。红楼梦中人的名字（和诗词）都在昭示其人物的命运走向及小说大结局，这是明清其他小说所不具备的。

金庸更是惊才绝艳的大奇才，笔下人物的名字无一没有出处。

他写男女——令狐冲、任盈盈，出自《老子》四十五章曰：“大盈若冲，其用不穷。”

他写男男——林平之、游坦之，则以“平坦”反衬福威镖局少主和聚贤庄少庄主的命运多舛。

他写女女——阿朱、阿紫，《天龙八部》段正淳与阮星竹之女，一为乔峰红颜知己，一为星宿派顽徒，二人性格品质迥异。其名取自《论语·阳货》“恶紫之夺朱也”，何晏集解：“朱，正色；紫，间色之好者。恶其邪好以乱正色”。以“朱紫”为二人命名，金大侠的爱憎不言自明。

《射雕》中，“乾坤五绝”亦是各有来历：东方属木，故东邪为黄药师；南方属火，故南帝号一灯；西方属金，故西毒为欧阳“锋”；北方属水，故北丐为“洪”七公；中央属土，故中神通为王重阳。

《天龙八部》中的逍遥派更是一个完善的道家体系。其掌门无涯子、师妹李秋水等，名字均源《庄子》；无涯子的两个徒弟苏星河、丁春秋，“星河”是空间上的“无涯”，而“春秋”则是时间上的“无涯”；苏星河的八位弟子即“函谷八友”（“函谷”指道家始祖老子出关之处）的名字亦妙趣横生——老大康广陵（琴），取自嵇康和他的《广陵散》；老二范百陵（棋），取自清朝两位围棋国手范西屏和过百龄；老三苟读（书），“读”自然就是书了；老四吴领军（画），书中述其曾任“领军”之职，而姓则来于唐代大画家吴道子；老五薛慕华（医），仰慕华佗也；老六冯阿三（匠），阿三历来指底层劳务，自然是匠；老七石清露（花），“玫瑰清露”指花；老八李傀儡（戏），由木偶而指唱戏。

还有一大拨有文化的，往民国看——周瘦鹤、李苦禅、南怀瑾、戴安澜、瞿秋白、徐悲鸿、沈钧儒、戴季陶、邹韬奋、郑愁予、苏步青、林语堂、梁漱溟、林风眠、陈寅恪、季羡林、程砚秋、梅贻琦……光读这些名字就觉得赏心悦目、妙义无穷啊！

有时，文化炫过了头也徒增烦恼。国学大师章太炎有三女，貌美兼有才，但没人上门提亲。原来太炎先生爱拽文，三位美女的名字皆孤僻古怪之极——大女儿叫㠭（音展，展的古字），二女儿叫㗊（音极，喧哗之意），三女儿叫㸚（音丽），连三位千金的名字都读不出来，谁敢提亲？

3

如何取个好名字呢？有人重五行八字，有人重机缘，有人重典故，众口难调，最重要的是表达出志趣追求、希望抱负，立意新颖、怡人耳目即可。但就文字搭配而言，大约有以下种种：

言简意赅，音节铿锵。呼延灼、贾鉴（吾友）、渠冰（大学师兄，冰到渠成也）、宫鹤（吾同学之千金，龟鹤遐寿、闲云野鹤、梅妻鹤子、鹤立鸡群等，鹤字尽得美意；兼顾女孩之称谓，还谐音“恭贺”之喜庆）。

巧妙用典，意蕴不俗。数学家陈省身，取《论语·学而》“吾日三省吾身”；美学家王朝闻，原名王昭文，因孔子“朝闻道，夕死可矣”而更名；宋浩然（吾友宋金飞之子，取苏东坡“一点浩然气，千里快哉风”）。好友连峰，连中三元，分别取名郝艺朵朵、果果、硕硕，确实好名字！但总觉得与《笑傲江湖》“桃谷六仙”有什么关联。

虚词入名，韵味悠长。柳如是、胡政之（《大公报》三驾马车之一，1919年巴黎和会报道者）、林心如、于之也（吾师兄于东新之子，都是虚词，真艺高人胆大啊，果然是教授!）。

动词结尾，富有张力。林风眠、张艺谋（为艺谋，不为稻粱谋）、乔宇驰（吾大学师兄，甘露被宇、俊采星驰）。

姓名交融，行云流水。花满楼（古龙笔下人物）、何足道（金庸《倚天屠龙记》中昆仑三圣）、云生雨（原家乡察右后旗旗委书记）、云飞扬（吾友，后卜八字，缺水缺金，遂改名云治锟）。

主谓结构，摹状深远。商文通（吾大学师兄，大学时，老师曾出一谜面：甲骨专家——打一人）、杜雨墨（吾友，“毁”人不倦，曾著文讽吾醉态）、石道远（吾同学）。

偏正结构，富有诗意。余秋雨、陈野苹。

动宾搭配，灵动多变。辛弃疾、李慕白、穆念慈、东方闻樱（旧版《红楼梦》探春扮演者）、陈捍岳（吾师兄）、陈立本（吾师兄，“君子务本，本立而道生”，收藏有不同书法家写的“本立道生”）。

说起动宾搭配，想起一个最大的字——天。很奇怪，凡以“天”字入名且作尾字的，前缀基本都是动词，古有白乐天，近有张闻天，同学有张晓天，朋友有任牧天，《笑傲江湖》中光明左使叫向问天，奶茶妹妹叫章泽天，自治区原副主席曰罗啸天。也有例外，吾同学王宇天，则是两个名词组合，“宇”指无限空间，意即“王天天”呗？不过，“宇”另有仪表堂堂之意，这一点，宇天兄倒名副其实。吾另一好友最牛，其女原名曰璐瑶，掌上明珠，摇曳生辉之意也。这哥们儿一日突发奇想，为女更名曰译天，雄心壮志固然可嘉，但掌上千金小鸟依人即可，又何必译天——你自己咋不去译呢？

无论如何，这哥们儿改名的本意是好的，更有段子，把名字改得一塌糊涂。二十年前的传呼机时代，传呼小姐总给我们沉闷的生活带来意外的喜感：吾报社总编王武祥，人如其名，中正端庄，一日，汉显大屏收到王总指示云云，署名：王五香——瓜子乎？

好友唐一发信息，跟传呼小姐千叮咛万嘱咐：我是唐朝的唐，一二的一。嘀嘀，吾呼机响了，一看署名：朝二。

说起唐一，还有故事。唐一家中姐弟二人，其姐名曰唐宋，名字绝佳，亦才华横溢，乃《人民日报》大笔杆。初识唐一，酒量旗鼓相当，2001年，他去内蒙古医院做胆结石手术，临出院，庸医误将输尿管导入腹中，在ICU病房，唐一又被开一刀；此后便元气受损、酒量锐减，酒桌上经常喝成“超二”；再后，唐一改名了，将“一”改为“懿”，由最简奔着最繁去了。

同题作文

敢问你姓甚名谁　董平

沉寂许久的“交代”公众号新推出一篇文章，关于名字的，想细细品读，看了一行，有上学时读文言文的焦灼，礼貌性地打赏了五元，赶紧撤离。

“敢问公子姓甚名谁，家住何方”的视频在抖音上莫名地火了一把。可见，名字是称谓，是讯息，是缘起。

小时候就觉得自己的名字稀松平常，甚至没性别特点。而“门丽霞”“郭海霞”这样的名字让我暗暗羡慕。现在看来，这样的名字也没深意，大概是这两个同学会唱歌会跳舞，学习好，长得美的缘故，爱屋及乌，人和名便一起喜欢了。一路成长，有那么多名字陪伴，越来越意识到好名字最彰显学问。见过了许多姓“贾”的人，才觉出同学贾鉴的名字多有底蕴，多经得起推敲。

我姐刚出生，爸爸颇有想法，酝酿良久，终于在纸上写下了“董晓丹”这个大名，饱蘸情感，力透纸背。一个亲戚来了，大声念出，只是——“晓”读作了“挠”。

……

剧情急转，我那当时尚还年轻的老父亲心头一紧，就此放弃。丹阳未及破晓就坠落了，那个充满希冀的名字败给了粗糙的现实。

姐姐的名字重取了，只剩发音，没了含义。但她的名儿是双字，而我和哥哥却是单字名。求证原因，父母答曰，我俩太笨，一年级了还不会写“雁”，于是直接删去，成了单字名儿。

机智的父母，简单粗暴。不过，我不信，不带这样黑自己孩子的。

我和老公对孩子的名字就慎重多了。B超出是女孩时，我们最终确定了“乔麦”的名字，茁壮是我俩最深的心意。生下来，男孩?！之前的准备出现了方向性错误，医生填出生证明时催问名字，老公随口就把他大学时的笔名用上了，“乔一翱”的称谓就此诞生。很多时候我被叫作“乔一翔妈妈”，很多时候我得告诉电脑前的工作人员用五笔输入法怎么打出“翱”。“一”极简，“翱”繁复，再遇上个写字极丑的孩子，就只有冲突没有美了。诸如学生证之类需要手写的重要证件，出于美观的考虑，我总想让他爸代填。但一次都未能如愿，老师一发，儿子就宣示主权般急吼吼地自己把名字填上了，从来对自己的字不嫌弃，不放弃。

“乔麦”没用成，儿子的小名便取作“土豆”，我俩的心意总要传达，再说土豆是老家最出名的特产，年年丰收。为扩大宣传，拓展销路，几年后家乡的首届“马铃薯节”隆重召开，那天恰是儿子的生日。有些巧合，无从解释。

知道了吴清源大师，只是纯粹地敬重。聆听了前两届二中的数学天才郑清源的讲座后，艳羡之余，灵光乍现，觉得“清源”

绝对是个好名字，可惜为娘的顿悟得有些晚了，不想也罢。

泱泱大国，重复已成常态。每届学生都有重名的。每次在课堂上点名，叫到这些名字，总有今夕是何年的恍惚。学生一茬茬地来了，又走了，而我在不变的名字中沉积了时光，记住了更多的脸庞。

非常语文之歇后语、三句半和串话

幼时的求学经历简单如白纸，察右后旗白音查干镇，小学在白一小，初中高中在白中，大学去通辽晃悠了一圈，倏忽两年，又回白中教书。昨日的老师突然都成了同事，有点不适应。

原先，讲台上的老师都正襟危坐，宛如道德之楷模，在一起工作了，经常吹牛抬杠打平伙，他们才还原成了生动有趣的人。比如我高中的语文韩老师，就坐在我的对桌，刚来办公室，我俩不敢开玩笑，他还有师道尊严，我仍战战兢兢，后来发现除酒量悬殊外，我们胡诌啖肉讲段子，有太多共同点，韩老师遂说，嘿，你刚来时，咱俩真是“麻秆儿打狼——两头怕”。这下好了，一句歇后语，一笑皆同道。

歇后语，顾名思义，前句是引子，如谜面，歇一下，后句揭晓谜底。按其创作思路，大致分为谐音类，如炒熟的虾米——红人（仁），猪圈门口挂秤砣——过分（粪），空棺材下葬——目（墓）中无人；象形类，如八百年的旗杆——老光棍，九月的葡萄——一串一串的，光屁股坐板凳——有板有眼；掌故类，如刘备借荆州——有借无还，刘备摔阿斗——收买人心；逻辑推理类，如水仙不开花——装蒜，狗掀门帘——全凭一张嘴，二十一天不出鸡——坏蛋。歇后语的书面应用较少，大多活跃在民间日常对话中，调剂生活，展示机智，闪烁智慧。

一次，我去化学组看望昔日老师，王、张两位化学老师对我颇有愤色，王老师说：

——小乔，你在背后编派我们的段子呢?

——没有啊。我一脸茫然。

——你说前几天我在小卖部碰见张老师了，我问他买什么?他说买点氯化钠（盐），我就挖苦他，你菜出氢二氧（水）呢!“菜水”或“菜水烂气”在当地指某人说话寡淡没味，或故作斯文、卖弄词藻。

——我真没说，谁讲的?

——你们组长。

他说的“组长”就是语文组刘组长，我这位顶头上司平时就妙语连珠，天天把人笑得嘴抽筋。我赶紧回去汇报，刘组长说，我没说啊，他们真是“吃柳条屙笸篮——不知道屁股里怎么编的”，除了组长还满脸愤慨兼纳闷状，已笑倒一片。

后来才知道，全校老师——这群脑力劳动者——都是段子手，尤其我们李树荣校长，更是歇后语高手。李校长身型高大魁梧，常年戴顶绿军帽，身穿蓝中山服、绿军裤，脚踏三接头皮鞋，很多人以为他是行伍出身，但他六十年代毕业于集宁师范体专班，正经科班。李校长治校严厉，师生畏之如虎，往往未见其人、先闻其声，当远远听到皮鞋咔咔声，老师们嘀咕一句

"校长来了"，便都收起段子，正襟危坐起来。

李校长恨铁不成钢，经常骂学生，比如他骂一个，你就是"耍猴拉出狗啦——要一猴没一猴"，他骂几个，你们真是"烧山药跌了灰坑里——灰了一搭搭啦"。他骂得声色俱厉，学生吓得噤若寒蝉，我这个旁观者则忍俊不禁，听得这精妙之语，如饮甘醇。他还训老师，训一个脾气大的老师，你这是"讨吃子剃头流鼻血——人穷火气倒不小"，训一个少顾业务多争利益的老师，你这真是"二兰眼儿骚媳妇——把那法法使尽啦"。

他还动手，一次，管教一个特别淘的学生，他大喊一句"你还真是油坛子掉（跌音，入声）了把子——难拿的圪蛋"，随即用硕大厚重的巴掌招呼过去。棍棒底下出孝子，李校长治校几年，学校秩序井然，升学率噌噌上蹿。退休后，他来呼市照顾孙子，2014年，我领了30多个学生请他吃饭，李校长竟然能叫出二十二年前几乎所有学生的名字！学生们都事业有成，给校长频频敬酒，感恩不已，李校长也非常激动，微醺之下，脸庞酡红。次年，李校长仙逝了。

教书时的两位校长，李文德先生、李树荣先生，对我之知遇厚待，我感恩至今。

某次在香港吃饭，一港人问我供职单位后说，"跟老顶——有得醒"。他自觉说得幽默，我则如坠五里雾中，只能礼貌性地点头，后经同事翻译，方知"老顶"是大哥大，"醒"指好处，他是在表扬我报馆，即，你跟着大单位混，定会有吃有喝。所以，歇后语和方言高度捆绑，最生动的歇后语不在官方出版的《歇后语大全》里，却正在民众活泼泼的语言中，用粤语和乌兰察布语的歇后语对话，恰如与夏虫语冰，驴唇对不上马嘴。

与歇后语极为相似的另一种民间文体是三句半，均由引子引出答案，区别在于，歇后语的前后句的意思是顺延的，谜底对谜面虽是一种加强，但总在意料之中；而三句半的前后句则语义逆反，前“三句”刻意平平淡淡，“半句”陡然奇峰突起、语出惊人，定要出人意料之外，以这种反差来营造喜剧效果。

北京上学时，元旦晚会，我们宿舍四人组合，文字由睡在我下铺的兄弟、北京著名诗人朱老三捉刀，念“半句”的重任则交给“四官”（五官少一官，故名）、清水河籍的刘同学，他眼睛眯缝，自带喜感。只见我们手持饭盆、以筷击盆、边敲边转，咚咚锵、咚咚锵、咚咚咚咚锵——

清晨鸡鸣喇叭叫，不去跑操睡懒觉，最后还是要起床，

——一号！

食堂挤饭可真累，服务态度黑社会，一个馒头给半拉，

——确黑！

二两米饭一两沙，咬口馒头硌掉牙，饭菜变味你去退，

——八嘎！

书价飞涨资料贵，功课繁重学习累，点灯熬夜还抓补考，

——点儿背！

“四官”同学平日就不苟言笑，待前三人念罢，他故作木

讷，停顿片刻，小眼望天，似乎忘了词；观众也安静下来，期待下文；“四官”突作恍然大悟状，念出那关键半句，引爆全场，惹得女同学不停揉肚子。

其实，北京读书时，饭菜已很好了，但我们还不满意，其间，还爆发过两次学生和厨子的武斗。这点很有意思——无论在哪里读书，学生均对伙食诟病不已。我之上学年代，物质还不极大丰富，自然吃得差些，但如今犬子就读于全国一流学府，还总吐槽学校的伙食——就那一个味。我认真思考过这个现象，盖因学校食堂是流水化作业、是大锅饭、是经营，家里妈妈则是小灶、是倾注了爱去做饭。另外，一个人的味觉系统在十岁左右就形成了，且终身不易，所以外面的山珍海味、玉盘珍馐，终抵不过“妈妈的味道”。

这让我想起读高中时，住校生抱怨食堂伙食差——缺斤短两、缺腥少荤，忍无可忍，有人趁夜色在教室外壁的黑板报上写了一段：

馒头一两五，
烩菜全水煮。
学生瘦如猴，
大师傅肥如猪。
如若再不改，
炮轰伙食部，
油炸大师傅！

这种文体便是串话或曰顺口溜，押韵、形象、幽默是串话的显著特征。我最早听到的串话就是说我家乡的，“后山三大宝，山药莜面大皮袄”。生活中，串话更是广泛应用，信手拈来，比如劝诫女性要勤俭持家，就说“男人是个耙耙，女人是个匣匣，不怕耙耙没齿齿，就怕匣匣没底底”；比如挖苦邋遢笨拙的男人，就编派“早上起来痴眉糊眼，洗了把脸光眉俊眼，骑了个车子超眉架眼，跌倒起来土眉浑眼，真是个虬眉杏眼”。

内蒙古西部的方言二人台，《打樱桃》《打金钱》《捏软糕》《五哥放羊》《借冠》等，都大量运用串话，使得戏剧生动风趣、极接地气，比如《探病》中，刘干妈去看望干女儿，炫耀自己当年出嫁时的排场，“新城的鼓、旧城的轿，喇嘛湾的唢呐、毕克齐的号，赶车的戴着红缨帽，嘣嘎放了两个炮，吓得干妈要撒尿。”

人民群众的创造力是无穷的，串话也在与时俱进。三句半、串话等民间文体，自它诞生那天起，就带着浓重的泥土气息，要么俏皮诙谐，要么挖苦讽刺，现在，某些丧失了民间生命力的三句半和串话，总觉得不伦不类，难以卒读、难以卒听。

非常语文之对联篇

二十三，写春联。

小年这天，窝在办公室，给朋友们写春联。突然想到了“非常语文”这个词。语文，吾辈都不陌生。民国时，此门功课叫“国文”，中国语文是也；现在叫“语文”，语言文字是基础，语言文章是提高，偶有凤毛麟角者能达到语言文学的层面，成了作家，获了某奖，便是目前语文教育体制下的无上造化了。

我大学攻汉语言文学，教书是语文老师，后来学习国内新闻专业，现在写新闻稿，偶然写点文字，觉得自己还算个半吊子文人。我一直在想一个严肃问题——真正的中国语文在哪里？在象牙塔里闭门造车的学术典籍？在庙堂之上富丽堂皇的官家文字？在故作高深之辈佶屈聱牙的大作里？都不是吧！即使是苏东坡，我亦不喜欢他的“大江东去”那般宏大叙事，恰恰最爱他随口而出的即兴之作——

心似已灰之木
身如不系之舟
问汝平生功业
黄州惠州儋州

一生遭际，越贬越远，万千感慨，脱口而出。所以我想，真正的语文应在民间吧！草地田间，寻常巷陌，广袤宇宙下小人物的生活际遇中正蕴含着活泼泼的语文。我想把这些叫“非常语文”——民间故事、歌谣、谚语、谜语、俗语、歇后语、民间说唱、文字游戏、逸闻趣闻，甚至黑话等（这些今后都将是我《非常语文》的题目），无不是语文在运用、在传播、在续文脉传薪火，亦在丰富吾辈枯燥的人生。

就说对联吧。小小对联，并不是高士所鄙夷的文字游戏，对联亦可“兴观群怨”，展机智、施讽刺、工修辞、增情趣，十八般武艺样样精通。传一杭州人向纪晓岚抱怨北方人没文化，纪问其故，杭州人曰：吾赴北京，出一上联求下联，联云

双塔隐隐，七层八方四面。

北京人皆摇手，示意不会。纪晓岚哈哈大笑，曰：北京人已对好，是你不知道罢了！杭州友人问其详。纪曰：下联分明是

孤掌摇摇，五指两短三长。

传国父孙中山欲拜谒张之洞，投名帖曰：学者孙文求见之洞兄。张不悦，遂传出一联

持三字帖，见一品官，儒生妄敢称兄弟。

孙即对曰

行千里路，读万卷书，布衣亦可傲王侯。

张之洞啧啧称奇，即开门迎客。

偏爱对联或许还是因为我人生的第一桶金就是靠写春联赚来的。二十五年前，我执教小镇。那年小年，我与语文组才华横溢的周老师突发奇想，拎两支笔、一筒墨、一沓红纸，上街卖对联去了。挂出“代写春联，一副一元”的广告后，竟然有了生意！时气温零下，刚写几副，手即冻如鸡爪，难持笔管。恰有五金公司高高大大的老板——吴总（感怀至今，但始终不知其名）过来问：“你俩是白中老师吧！”曰：诺。吴总遂曰：“老师不容易啊！来我五金店写吧，宽敞，火炉也旺。”有了固定经营场所，生意火爆一发不可收。还有人喜欢金字对联，我便搭班车去集宁，买回金粉，再调以清漆，金光闪闪的对联自然要价格高些。小年写到二十九，短短一个星期，我俩分账，每人纯赚七百元！而其时，我月薪仅仅八十三块。春节时，我和周老师信步小镇，一半以上的对联均出自我俩之手，成就感满满。

当然，这次写春联，我还另有成就。某天，我暗恋的董女士来写春联，自然奉上昂贵的金粉对联，她付润笔时，我不要，她坚持付，我坚持不要，遂约好改天去我家参观书房。借书还书，一来二往，后来竟成了我的老婆。结婚多年后的某天，我突然想起，问她，还记得那次“雅贿”吗？她曰：“无事献殷勤，莫非？”

又过几年，写春联便没市场了。大量的印刷版春联物美价廉，还是人见人爱的大金字！然后，大企业看到了广告商机——农业银行、工商银行、人寿保险、平安保险等最没文化的公司回馈客户免费送春联。于是，大年初一拜年，一座楼所有单元、一个单元所有楼层，都是一样的纸张、同一种笔体、印刷着同一个内容：天增岁月人增寿，春满乾坤福满门。右下角还有LOGO落款——中国平安保险！

异彩纷呈、争奇斗艳的春联文化，在这些公司的印刷攻势下算寿终正寝了。当然，中国从来不缺见死不救的人——世人所诟病的所谓书协美协的会员们、自命不凡的所谓书法家们，虽偶尔也作作秀，“送文化下乡”写上几副，但鲜见有书法家拿出腊月几天的时间扎扎实实给老百姓写春联的。而最常见的是，拜访一个书法家，门口醒目处贴着：“润笔有价，一尺五千，概不赊欠。”

我不是书法家，只要不嫌弃我字丑的朋友，春联斗方，有求必应。我的“中国好邻居”海军弟，每年家里春联都是上小学的儿子来写，银钩铁画小篆字，从中看到了严谨认真，也看到了文化传承的希望和火种。

还是怀念那段时光。那时的生活多么宁静美好啊！每到春节，天空瓦蓝瓦蓝，大地覆满白雪，青砖的房子淡红的瓦，家家户户贴着火红的春联，有鞭炮声远远近近像唱和也像问答。炊烟袅袅，母亲等着回家吃饭……

2017年1月25日

—第三部分—

如露如电

又见大青山

1

年轮荡起年轮，新芽记起旧根。

时间便在一个点终结而又从这个点启程了，生命像最快的箭和最慢的钟，不可扼抑又最易忽略。

云移风走，在外面漂了三年。

2

三年来，我一直在寻找一种东西。

为了这种东西，我到过北京。想象中崇高的史诗，如今更像流行歌曲：曾经雄镇八方撼人心扉的宏伟城墙，现只剩下残断的土灰色的两截被淹没在高楼的阴影和奔涌的车流中；圆明园的落日远不是悲壮，香山的红叶也远不是沧桑，慕田峪雉堞间的山风也远不像真正的北方的风——那么刀子般有锋有刃。

为了这种东西，我到过山东。巍峨至圣的东岳脚下不过潜伏着世俗腐败的浊流；淳朴的古风间也夹杂着利己和交易的铜臭；就连东方的眼睛——青岛，也不过充斥着随时都竖着耳朵，只要辨出你的外地口音便挥刀乱“宰”的商人们。

为了这种东西，我到过上海。南京路也只是几幢高楼而已，高楼下的街道阴暗而狭窄；市侩的居民、绵软的吴音，城市布局的局促狭仄一如这座城市的胸怀和度量。

……

最后，在落叶归根的岁末，我又回到了北方。车一过张家口，便觉到了那种真正的刚烈干冷的北方的风。

寒山瘦水，雪地冰天。

向北。再向北。

便又看见了大青山灰黛色的粗壮山体骨骼般兀立在如砥的旷野中，天地间没有一丝生息。只有大青山，傲慢狂野肆无忌惮地横亘于天地之间，没有飞鸟，没有白草，甚至没有冰雪凝结或消融的声音，生命寂静的天宇间，只有大山的灵性和豪气荡斥其间，左冲右突！

我的心，终于被深深地震撼了。

3

我也终于明白，自己沾满连年雨水和异域风尘的鞋，一直就在寻找这种震撼力。

又看到肃杀的故园，又看到大青山，便开始讨厌以前的自己和自己的文章，那些纤弱而敏感的文字，即使雕饰成臻于极致的华美辞章，亦不过是如同流水和风一样的东西。

这是一个纤弱的时代，像初唐一样浮靡的繁华和盲目的自大中，民族的性格在时代骤然的冷热和变幻间远没有成熟。“艺术家”们或聚在北京奢谈艺术或驻在上海“包装”着音乐和文学或栖集于广东炮制着文化“快餐”……季节的风雨洗刷不去这些铅印或精制的东西，但时代的脚步终会使之速朽、消逝。

大青山，我心中的幽州台。

如今的古幽州台，蜷缩在北京西北角的荒草和夕阳中，一千三百多年前，在这里，一位高蹈者的歌吟曾震撼了整整一个时代。

袒向风雪的灰黛色的大青山，宣言般豪放，誓言般果敢，格言般简洁——我经年奔波所追寻的东西，终于在我最初的出发点找到了。

4

一千多年前，风狂雪乱的夜晚，流浪晚唐国土的跋涉者回到家，斗笠上抖下季节的风尘，面增皱纹，心历沧桑，但那种对野性的震撼力的渴慕，却从未更改。

我所追求的就是这种震撼力。如同源头对河口的向往，如同风对方向的奔赴！

又看见大青山时，心灵的老虎，这苍凉的王！便看见了平岗上归宿的眼神，听见了忘川不息的涛声。

1996年冬

冥想时光

对时光的妄想、恐惧及种种构思，如同我的骨髓植在身体的最深处，奔忙时念不及它。但在无意识的梦中、忙碌后的闲暇片断及每一个令我措手不及的瞬间，它会突然袭来——如果正在飞杯畅饮，我会立刻敛起笑容正襟危坐；如果正在睡梦中，我会惊醒，汗涔涔地坐起来……对时间的冥想莫若说是对时光的恐惧。

这种恐惧让人深刻。

1

“仁者乐山，智者乐水”，其实山和水只是分别以静态和动态的方式记录着时间。山会崩塌，水会枯涸，所以，山水也不足以记录时间。

鲜花、日晷和钟表等等，不是时光，它们只是时光的刻度。就像以厘米而米，以米而公里一样。而那个身罹“卢伽雷氏症”

全身仅三根指可以动弹的霍金却说：无序度或熵随着时间增加是一个所谓的时间箭头的例子，时间箭头的关键是将过去和将来区别开来，使时间有了方向。在霍金看来，时间的方向有八种可能，其中一种是倒溯：“你会看到碎片忽然集中到一起，离开地板，并跳回到桌子上形成一个完整的杯子……如果这样的事发生，陶瓷业将无生意可做。”

时光的轮回、时光的倒流、时光的扭曲和变形、时光的拉长和压缩，使我们脑海中固有的理解惯性突然刹住，鲜花的闭合、日行的轨迹、钟表的滴答都是靠不住的！

思维颠覆、常识坍塌。时光到底是什么？

一首诗写道：

> 我发现了什么？我们因为什么而如此
> 不安，躁狂，手指狠狠地掐住脖子？
> 我曾遇见的河流，这时候突然拐弯
> 进入轮回的河道
>
> 那遥远的河道
> 包藏着我们的是霞光牧养我们的是霞光
> 而极端的黑暗，也已清晰可见

2

其实，时光也是油漆、尘土和散不去的雾，它可以掩盖、隐藏一切。古老的甲骨文需要人们去考证，无数辉煌艺术品的起因和缔造者需要人们去探索。时光总是把精确、具体的东西一层层涂起来，只剩下抽象、神秘的符号。青铜鼎上的铭文、陶器上的花纹，家谱上的模糊面孔、照片上的依稀笑容，早已风逝只留下散乱琴谱的音乐、隐匿多年后又重见天日的墓群、金字塔上神秘谶语般的符号、复活岛上巨型指示标一样的石阵……时光隐去的究竟是什么？这是穷尽后人的脑汁也无法参透的啊。

也许，时光的隐藏性，才是生命困惑的真正所在。

怕湮没、怕死亡，才使人们想借“立德、立功、立言”以求永恒。于是，乔达摩坐上莲台，画师拿起画笔，匠人拎起錾头，诗人费尽“两句三年得，一吟双泪流”的心思……

永恒。

不能永恒也要追求永恒。

流水不腐，户枢不蠹。时光若流水，日夜不停流淌。拥有时间的前提是要拥有生命。没有生命，便处在时光永恒的黑暗中，哲人河边旷世的思索，亚洲寂静的大地上奔驰而过的马蹄，人类无尽的传说和传奇，只是无边的空洞，无边的寂静，无边的黑暗！

3

我总是想，生命是多么偶然。地球是宇宙中无数颗星球中的一个偶然，吾祖吾尊又是人类无数疾病和厮杀中流传下来的偶然，吾父吾母又是两支血统中偶然的结晶。至于我，如果不是母亲在辛亥之年癸巳之月丁亥之日戊申之时的恰好十个月之前受孕……

如果以上的每个环节有那么一丁点儿差错，就不会有“我”这个生命。

生我之前谁是我？

我生之后我是谁？

拥有生命的概率是极其微小的，小得让人后怕。可是生下来，未来的可能便如太阳的光芒一样向四面八方喷射而去，而一生要走的路，却是只能沿其中的一种可能。

——生命的困惑和抉择或许正是缘于此。

4

风无形，可是柳枝拂动、树弯腰，我们可以看到它的力量；空气无状，可是在阳光透射下，可以看到尘埃浮动、地气上升，目击它模糊的形态。

但是时间呢？

所有的凋落与新生、所有的诞生和死亡、所有经风沙镂刻过的碑文、所有历雨季飘散过的面孔……都是时光的印记。就连斑驳的记忆，也是在时光的侵蚀后，把青春、鲜美、活泼泼的一切变成支离的碎片。

大地磅礴，流水蒸腾，时光伟岸。

所以，古今的许多智者、圣者、超脱者往往结庐山里，头枕曲水，任山间清风和谷间流水渐渐涤净生命，把灵魂丝丝缕缕地寄存于山水。

也许只有他们，才会在花开云起之时冥想时间。

是的！

山水之外，还有什么比生命更永恒；

时光之外，还有什么比死亡更黑暗？

岁末随想

1

日子像蝶翅一样飞舞、旋转，然后折断。直到无数个相似的日子被简简单单地重叠在一片蒙蒙灰尘里，才恍然警觉：又近年关了。这一年像一天那么倏忽迅捷却又像一百年那样幽暗漫长。

2

面前，是一窗肃杀冬景。

每当这样独对寒窗，听时间沙沙地流逝，便觉得有万千朵流云、万千种语言从四面八方涌来，脑海中一片空白。

偶尔也会记起少年时最丰美的梦幻。当然，最美的是在冬日了。像这样的时候，日暮苍山，薄云似晦，一间不须多大但要古朴干净的小屋，一盆不须多旺但能温手暖心的炉火，一位不须多言但要心知神契的旧友。这时，与朋友围炉烹茶，浅斟低唱。于是，自己便陶醉了。陶醉在一种气氛里，陶醉在一片梦幻中，陶醉在一首深入画理的短诗里——绿蚁新醅酒，红泥小火炉。晚来天欲雪，能饮一杯无?

也许正因为自己所追求的是一种可望而难即的闲适清悠，所以在纷扰的尘世间总有一种“知音少，弦断有谁听”的孤寂；总希望自己化作一朵且高且远且逃逸的云，离开这人世红尘，寻逐那梦中意境。

3

冬是四季中最没有生机的季节。在这个季节里，我目睹了所有生命的消亡：大树只剩下干枯的手指，冻死的麻雀硬邦邦地陈在地上；甚至，还有长长的送葬队伍画一道刺眼的白线，呜咽着缓缓远去等等。

当生命化作一腔悲怆的唢呐，化作一抔深寂的黄土，一块冰冷的石碑，化作记忆中浅淡的一笔、风雨中易逝的一痕……我们的理想、生活、爱以及恨都随着生命的消逝而湮没了。

其实，生命只是一种形式。生命以躯壳的形式消亡了，又会以另外的形式延续诸如花的形式草的形式空气的形式等等。不然，为什么每座坟茔上都会有一蓬葱茏的绿草？为什么死寂的冬雪下总蛰伏着一个万物蓬勃的春？生命意义的大小恰取决于我们一生中的所作所为，只有奉献自己、完成自身的价值才是通向再生和永恒的唯一道路。

于是，当所有的人纷纷拿起锄头、拿起铁锹、拿起鞭杆和泥瓦刀、拿起小提琴和刻刀、拿起笔……的时候，我终于明白了：为什么先人要把标志着革故鼎新的春节放在冬季里。

4

有了梦幻和理想，生命就会因希冀而永远丰富。

面对土地和现实，生命就会因劳作而镀上一层不褪的金色。

5

猿啼知后夜，花发觉流年。

面对无限流光，我们沉默吧。让所有的感触都呈现在眸子里，让所有的顿悟都隐含在心灵间。因为语言一经出口就会变得陈旧，真理一经道出便会沦为谬误。所以，佛说："我言非我思。一切皆不可说，一说便错——"佛忽而振口，只是笑了笑。

冬日里，生命悄然更迭。旧的一切已死，新的一切方生。梦幻永远不变，劳作将继续进行。

日暮苍山，归鸟喧于枯林。忽然，雪花大片大片地落下来，既像飘进心间又像涌出眼眶。

秋雨

1

我总觉得，在秋雨的淅沥声中品味秋的况味是最恰当不过了。

夜深人静时，任一晕橘黄的灯光撑起一小片澄清宁静的时空，拥衾独卧，正悠悠然与先哲们神交低语之时，便有一路风声滑过，在窗外树叶呼啦啦的摆动声中，几滴雨便清清脆脆地打在玻璃上。于是，抬起头，窗外依然一团漆黑。而秋雨，就这样来了。

每当秋雨过后，如能遇到一个明朗天，脑子里总会浮现出早年读过的一段郁达夫的文字：

> 一层雨过，云渐渐地卷向了西去，天又青了，太阳又露出脸来；著着很厚的青布单衣或夹袄的都市闲人，咬着烟管，在雨后的斜桥影里，上桥头树底下去一立，

遇见熟人，便会用缓慢悠闲的声调，微叹着互答着的说：

“唉，天可真凉了——”（这了字念得很高，拖得很长。）

“可不是么？一层秋雨一层凉了！”

就在都市闲人平淡悠长的问答声中，对于流光对于人生的无奈与感喟，平凡人精神光束的微小与顽强，生活意蕴的闲适从容便已尽显无遗了。想来，郁达夫也是个在雨中悟真的性情中人了。

2

蜗居斗室，时而出门看看天色，见薄云微晦，一副欲雨的样子，心下便暗暗高兴起来。可最终，风过云移，便又是晴空白日朗朗的天了。

每当静默时，便木木地伸出手指，勾画着那个大大的“雨”字：横、竖、横折钩、竖、点、点、点、点……于是，心灵的峡谷，便有纷纷点点的雨声沿时光之径从千年之外潇潇而来。

晚唐的暮秋。西窗烛昏，李商隐着一件青灰的长袍，静静地盯着被蒙蒙烟雨笼罩着的巴山暮色，夕阳外，是遥遥的故乡。细雨如织，思乡情愫与巴山流云被灵性的雨滴贯穿起来，遂滴成千年传唱的句子——何当共剪西窗烛，却话巴山夜雨时。

宋朝的天空似乎很少晴天丽日，总是“霪雨霏霏，连月不开”。微雨中，山林隐士垂钓江湖，“斜风细雨不须归”；落拓剑客傲啸湖海，“一蓑烟雨任平生”；多愁诗人看“秋到秋深易作霖”，叹谁人能会此时心；落魄英雄江湖载酒、泪洒天涯后，在剑门道上、泥泞途中，慨然而歌：“衣上征尘杂酒痕，远游无处不销魂。此身合是诗人未？细雨骑驴入剑门。”

唐花败了宋草开，再回首，已是明清雨雪。词客风流不再，萧瑟秋风不再，而厚厚的文学史中，只听一路风雨声潇潇洒洒，时徐时疾，或密或疏，洗尽了六朝浮梦，蚀去佳丽铅华，只留下一摞摞发潮的诗稿。

就在这静穆的雨声中，品味着这雨中的诗句，就像品味舒展着淡绿色茶叶的茶水一样，隽永清新，清香弥久。

3

年与时驰，意与月去，遂成枯落。

四季更迭后，在记忆的深处，不知已停驻了多少度春风，多少场秋雨。

多年来，在秋雨中流连徘徊，对秋雨的感受也是随境而迁的。暴风骤雨里，总能觉出一种肃杀和凌厉；和风细雨中，自能感到大自然的宽容、博大和和谐；偶有太阳雨，便会像个小孩子似的冲进雨中，任雨丝打湿头发，淋湿衣衫；而阴雨连绵之时，心事便如雨中落花，衰败成泥，萧条万种。

而今天，面对枯山瘦水、冷雁寒风，已没有了往日的伤怀和消沉。心中一片澄明：对于秋，已哀乐两忘，平静处之；对于秋，心头只有淡淡的一句：风物秋来好，天气雨后佳。

其实，大自然只是按照自己的规律施云布雨，而诸多的感情色彩，不过是人为的着色而已。

六祖惠能悟透禅机后，念出了偈子：“本来无一物，何处惹尘埃。”任外界风雷雨电，佛心不改亦不败。大自然单纯如纸，而凡人总附之以驳杂的颜色；大自然总静默如琴，而凡人总拨之以凌乱的手指。如能洞破苦乐，固守佛心，便可千年风雨不变，生命历久不衰。

境由心造，情由心生。无论出世还是入世，无论淡泊还是投入，全系于一念之间。

如果洞达，就让心走进含纳宇宙的佛心。

如果善感，就让心走进风雨，走进人生的阴晴圆缺中——少年听雨歌楼上，红烛昏罗帐。壮年听雨客舟中，江阔云低，断雁叫西风。而今听雨僧庐下，鬓已星星也。悲欢离合总无情，一任阶前、点滴到天明。

想来，蒋捷也是位爱雨的知音，他把一生的遭际悬于檐雨的念珠，让生命去细数。

4

就这样一个秋天的黄昏，群鸦渐渐融进暮色。我静静地坐着，依然在空中划着那个字，横、竖、横折钩、竖、点、点、点、点……于是，那秋雨便点点滴滴地落到心头，落到无垠的时间长河中了。

我的二十世纪九十年代非典型爱情

七日那天，又下起了雨。听着齐刷刷如刚剪过的韭菜一样的雨声，我的心便穿过迷蒙的雨雾，飞越生命经历过的所有雨季了。

1

认识她，是在冬天。当茫茫人海中一顶鲜红的八角帽，如一只锚钉住了我漂泊的目光，便有一种恍若前世的感觉了。而当时，我无论如何也难以预料：就是她，后来改变了我的一生。

那时，她在中学，读高二。

那时，也正值我理想凋零的时节。意外的打击使我的前路突然黯淡下来，我已心灰意懒，四顾茫然。那时，我读大学，临近毕业。

有时，盯着一株孱弱的小树，我会惊讶半天：绿叶的凋落切断了小树的营养来源，而为什么，它还会笔直、独立地度过冬天呢？对了，是因为它的根。

而我总喜欢把树根理解成一种纯粹精神的存在——一种希望或寄托。蓊蓊郁郁的树冠在春风中缓缓舒展，叽叽喳喳的翠绿色的小鸟轻轻栖落，芳草千里、阳光万道……这种春天蓬勃的希望支撑着小树。于是，一年又一年，小树在春天里复活，在风雨里长大。而这自然的物语恰恰昭示了世间的一切。

半年后，我毕业了，分配在乡间教书。每当望着那目光明澈憧憬未来的孩子们，我总是想起自己的少年。一箫一剑平生意，狂热过去、梦幻消逝，静静地怀念自己的经历，心绪渐渐淡泊下来，我已习惯了无所事事。这时，仍与她淡淡地来往着，淡淡地写着书信。我又真真地惊讶于她的卓然才气，她的纯洁善良和她的理想了。

一生中，她最大的梦想便是读大学。我也觉得：像她那样纯洁善良又聪明刻苦的女孩子，如果考不上大学，真是苍天没眼了。不经意间，我竟成了那株经冬不衰的小树，我那本已疲惫的心也有了自己的“根”。后来，我一天一天地安于教书乐于本职，只是为了看她实现她一生中最美的梦幻。

从此，她清丽的面容、不倦的身影便印在我的脑海里，擦也擦不去。我知道，我已爱上她了。

2

她应届毕业，参加高考。

七日那天，久晴数月的天空渐渐阴云集结。终于，雨来了，雨声淅沥、雨脚如麻。我在远离考场的家中独自坐着，点一支烟，看阴恹恹的天空，看雨，雨在下，下了三天。

“考得怎么样?”

“我真没想到自己考得那么惨。”

“准备怎么办?”

“补习。”

于是，她去外地补习了。我们还淡淡地写着信。我谈自己的工作，谈乡间的闲适和学校的乐趣；她谈她的补习生活，她很自信：一年后，她一定能考上大学，一定能。

又一个七月七日如期而至，雨也随着来了。

见到她的时候，我已知道了一切。我尽量把气氛调节得轻松些，我大大咧咧地笑着：

“嘿，又没考上，哭没哭?”

“没，真的没。其实，也无所谓。”

“真的无所谓?”我认真起来。

“真的。”

看着她脸上始终浮着淡淡而又坚定的笑容，我终于放心了，我真怕她承受不住这个打击。她告诉我：她要再补一年。

临行前的下午，她来我家，小坐到黄昏。终于，她要走了。阳光里，成群的蚊蚋乱飞，她转过身，不回头地走进金色的夕阳和微微泛黄的树叶里。虽然她始终微笑着，虽然她说败亦坦然，但就在她转身的那一瞬，我突然觉得她的背影倦倦的，有种难以名状的疲惫和憔悴，一种说不出的滋味呛上喉头，我赶紧低下头，转身回家。

不久后，收到她的信——“我不应该再补习了，心中的感觉很难拒绝。我知道，大学不要我……”

“大学不要我……”顿时，我明白了一切。明白了她笑容下隐藏着的什么，明白了她所谓的自信与坚定的背后隐藏着什么。于是，雨来了。天地间所有的雨都顷刻而来，大点大点的雨滴砸在玻璃上，四分五裂。然后，又聚在一起，淌成一条一条的雨线，玻璃哭了。

3

渐渐地，她的来信轻松多了。谈补习班因补了八年而被命名的“老八路”，谈上课画“眼镜老师”的漫画，偷看小说，下雪天逃课等等。

“她在堕落!”我恶狠狠地想。

而无论怎样劝说，我的语言都是苍白无力的，我明白一个屡试不中的优等生的心情。再往后，我发现我竟近于无耻了，我那一味的“勤奋上进”的说教很有些诲淫诲盗的嫌疑——一个正值青春的少年本来就应该快快乐乐开开心心风风火火，又何必总把自己禁锢在灰色的教室和呆板的书本里呢?

但我的爱却只能以良朋益友的面孔出现，我不能表白自己的感情，我不能打乱她正常的学习生活。多少次，我按捺不住自己的冲动写下自己想说的一切，而最后，又一次次地慢慢撕碎了准备寄出的信。渐渐地，我终于发现，这棵爱之树，竟根植于三年前第一次见面的那个遥远的冬日：茫茫人海中，她戴着一顶鲜红的八角帽，穿一件黄白相间的短大氅，面孔玲珑，笑容灿烂。她像冬天里一枚鲜艳耀眼的草莓，迷住了一个馋嘴的孩子……

4

历阅风情，我终于找到了我的至爱，找到了我永远的归宿。她的轻颦浅笑，她的清澈神情，都埋在我心灵的最深处。

每当寒冷的冬日，我会独燃一支烟，靠重阅旧信和反复写她的名字来御寒；每当寂寞的深夜，我会卸下面具，把深深的思念写在一封封永远也不会寄出的信上；每当酒酣心热醉眼蒙眬时，心灵的潮水便汹涌着冲垮理智的大堤，释放出我最真实的情感，我的心会无声地高喊：我爱你。

而在第二天灰尘漫舞的阳光里，我依然一副草民的样子，随着人流，匆匆上班、下班。目光冷漠，神情木然……

我总奇怪，如果苍天有知，为什么不让这样一颗善良美丽、对理想永远苦苦追求的心灵如愿以偿？如果苍天无知，为什么每年的七月七日都要下雨？

今年的七月七日，细雨斜织。十年寒窗、十一年、十二年寒窗的学子们在一片雨声中编织着自己的梦幻。而此时的她，考得如何呢？唉，我又一转念：她早已放弃学习了，她已堕落了，想这些又有什么用呢？

三天后，微雨初晴。偶然遇到一个和她同在外地补习的同学。我旁敲侧击地问，她说：

“噢，那些补习的老乡中呀，最刻苦的要算老D了。她呀，晚上回宿舍后，坐在床上学习，什么时候困了就伏在腿上睡一会儿，等醒来后，又接着学……平时，她总是全班第一，哎呀，我们谁也没见过像她那么单薄的人竟有那么大的精力，啧啧……”

我终于了解了她真正的补习生活。我再也忍不住了，眼泪哗哗地流下。她为什么要骗我？我终于明白：她也是爱我的。或许，正是这爱，激励她一年又一年地刻苦，一年又一年地在枯燥的书本间，不惜耗去自己最美丽的青春。

5

三年了，一场最大的雨，从我心底涌出，铺天盖地而来，弥漫了三年来所有的天空和青草，打湿了三年来所有的时日和情感；三年来，我们在雨季里苦苦地漂泊，寻找着对方，坚强地生活着……三年了。

三年后的天空一碧万顷，三年后的群峰肃穆崇高，三年后的你我，会在宁静的黄昏里，一次又一次诉说起这三年来或缓或疾或疏或密的一场场雨来……

叶落知秋

1

这样的时候，总有一种氛围无声无息地蔓延开来，就连鲜润的阳光和轻柔的小梦都被秋风细细地染过，精精致致地像一枚夹在书页中好几年的褪色书签。

这样的时候，总有一种心情很难持平，情绪随忽冷忽热的天气有时暴躁有时默然。更多的时候只是傻傻地站着，看倦倦的阳光下一排排瓦灰的屋顶，看空中悠长的鸽哨把天空拉得又远又高。

2

秋总是悄悄地来临，像一个蹑手蹑脚的小姑娘，从背后把冰凉的小手捂上你的眼睛。

清秋的早晨，无意间，瞥见一排矮屋后耸出的半截金黄的树冠，意识里才有个声音提醒道——秋来了。吸一口凉而潮湿的空气，便又急急地赶路了。初秋的夜里，被秋雨惊醒，含糊地说一声——秋凉了，翻个身，掖紧被子，便又睡着了。

一个早晨，我庆幸自己确实知道现在是秋天了，因为我听见了老人打扫树叶那沉稳而有致的“唰唰”声，因为我看见了孩子嘴里呵出的白霜，因为我突然感知了秋天所有的那种气氛。于是，我伸手抓住了那双蒙住我眼睛的小手。

3

我已不是月下把幻想寄给星斗的那个，不是镜中敏感而自卑的那个，不是风中狂奔跌倒又爬起的那个。我整天在迷宫般的街道间穿梭，我眼观六路耳听八方小心谨慎又游刃有余。

但当我木木地站立或梦游般按规律行走时，我没有了思想。涌动的人群喧嚣的人群盲目的人群便像是隔在玻璃外了，整个城市便上演了一部无声电影。

只有这样的时候，我那淤塞的感官才沟通了心灵，才沟通了少年时丰美的梦幻。只有这样的时候，我才切实地感受到秋有多深，感受到——树叶落得有多疼。

4

那是一种空空荡荡的坠落，像是从心中坠落了什么。

或许在秋天里，我们不应该怅然若失而应该爽朗地笑出声来。秋天的花木都欣欣然向往着明朝春色，只要忘却了冬日肆虐的风暴，未来是美好的呀。

也许脚步充满崎岖而路没有沟坎。

也许太阳流着眼泪而云没有阻拦。

也许四季永远芳馨而秋没有凄寒。

可为什么、为什么树叶总是那样无依地坠落，浑然找不到依托的凭藉，只在向晚的风中，且飘且摇且坠落。

这样的日子里，我们如果能体味到这种失落而并不木然，也就不枉自己那份曾经热烈过辉煌过的心愿了。

三更有梦书当枕

1

星汉西流，长夜未央。当一晕枯黄的灯光燃烧起一方静泊的时空，我正披衾独卧，坐拥书城，看千古以来铁骑纵横、金戈纷扰，看空寂的天宇下常川舟逝，古垒鹰鸣；听高山之巅流水之源那自然的箫声，听流离忧患的哲人们那心灵间悟世的低语。先贤先哲群星争辉、万花如海，书页流动之间，便有千古风流人物衣袂飘飘，便有呢喃的燕子从《诗经》明丽的天空飞起，穿越时空而来了……

2

总想，我这一生怕是离不开书了。年少时借书、买书、啃书，有时竟偷书、骗书；大了便执卷讲书，持鞭教书，偶尔也试着写书。读起书来，常常不顾晨昏，流连于书页，痴迷忘返，渐渐地，竟也悟出了读书的诸多道理。

读书须造境，“冬日里难以想象夏日敷冰摇扇的凉爽，而夏天里也难以想象冬日拥衾围炉的酷寒。”所以，书中的意境应该和自然的景致统一起来——雨夜，不妨读一读“少年听雨歌楼上”，晴天就读“晓日成霞张锦绮”；落魄时读“飘飘何所似，天地一沙鸥”，欢愉时读“一笑百虑忘，松风奏笙竽”；春日读“小楼一夜听春雨，深巷明朝卖杏花”，秋天读“晴空一鹤排云上，便引诗情到碧霄”……只有让自己的情感楔入诗行、融入宇宙，并与之博得共鸣，才能深入书页，洞明文章。

读书须“收放自如”，尤其要做到“易纵能收”。那年，迷上了魔幻现实主义，便找来许多马尔克斯的作品，《百年孤独》《族长的没落》《一个长翅膀的老人》《幽灵船的最后一次航行》……几天下来，天昏地暗，于是赶紧鸣金收兵。而后，再找一本轻松风趣的丰子恺来读，心灵间便一派爽洁，晴空万里。

读书须“出生入死”。读书须入书，不入则难懂，如吃夹生饭，但若是“出不来”，便陷身于文人们精心构筑的书阵里，这样，看人生读世界就不免戴上别人的眼镜。有时，想来真是悲哀：我们本是书籍的主人，而经历了“衣带渐宽终不悔”的苦苦求索后，却往往成了“书奴”。“全然不信古人书，信著一无用处”自然是偏激之辞，但，坚持“纸上得来终觉浅，绝知此事要躬行”，最终从书中走出来，才是读书之真谛。

读书人往往带着急切的功利心，如果读书只是为了寻得“黄金屋”和“颜如玉”，读书便成了一种负担，人生也未免太累。其实，读书不妨这样——清闲时，沏一杯茶、燃一支烟，或端坐，或悠悠然地闲倚，或索性舒舒展展地躺下，持一卷书，不必思考书中内容，不必推理书中逻辑，目光只须攫住一个词、一句话，心灵有点滴顿悟，便可以了。

3

有时，坐在书房里，看东西两个书橱垂手静立、自己便俨然一个佩虎符、坐皋比、运筹帷幄、决胜千里的大将军了。于是，将军便收敛笑容，庄严起来，威风凛凛地瞅着两壁书橱，橱内“将士”也神情如铸、衣纹如铁；突然，将军发令了，“将士们”纷纷听令，招之即来，挥之即去，千军万马杂沓来去却没有丝毫差错，将军便暗中得意起来，一呼一喝，举手投足之间便带着一种行云流水般的从容自若；后来，将军困了，便斜躺在沙发里，眯着眼，静静地看着自己的两厢将士，将士也默默地不敢吱声生怕惊醒了将军，将军便捋着虚无的长髯，陶醉在一片融融的梦幻里。

4

那年春天，一夜雨声中书香萦绕，我的心便悬于人生那部永恒的大书了——

人生如蚁尘，梦醒之间便已滑过了一世光阴；花开花谢、缘生缘灭，便演幻了千般岁月、万种风情。而匆匆人世间，每个人都有自己的处世态度；兼济天下是入世，独善其身是出世，游戏人间是玩世，归隐玄境是弃世。或许，只有“敏捷诗千首，飘零酒一杯”才臻于人生之至境……那夜的雨声，淅沥不绝，我知道：急风碎雨间隐含着宇宙最高的智慧、人类最深的语言，听那隔世的雨声从千万年外淅沥滴落，仿佛是书卷在一页页翻过。于是，满卷便泛起薄薄的潮意了。

风铃

1

有时，目光会跨过书桌上层层叠叠的书，穿过四角的小方窗，融进那片洁净的蔚蓝色。天空不大，窗外的一小段树枝横过来，带几片绿色的叶子，偶尔有云自由地滑过，有鸽哨留下明澈的踪迹，偶尔也落一阵雨，起一阵风。

听得窗外树叶沙沙地响，风来了。风跳过矮矮的红院墙，待拐个弯儿从纱窗的绿色方格钻进来时，已很柔很凉了。淡青的窗帘轻轻一动，桌上的书也微微地掀了一下，风铃也就细碎地响起来，如璎珞玉撞。

2

风铃是一个朋友送的。

那是离别的时候，天空晴朗得毫无来由，两人的情绪都很低。夏日，空荡荡的操场上两人呆立了半天，便各自走开了。

风铃挂得很低，在写字台的正上方，稍微一抬头便能瞥见。有时行色匆匆，收拾书本后站起来，无意中一仰头，便触着了，风铃叮叮咚咚地响起来，亲亲地撞出一串温馨。而匆忙中的自己，也拾得了一丝温情、一片记忆，甚至别的一些什么。

3

作为回赠，我送给朋友一册自编的诗集，叫《飘零草》。飘零草，没有固定的根系，如不落的帆影，只铭记一次次远航。

飘零的时日如风中撕碎的日历，一去便永不回头，而日历上或深或浅的墨迹已渐渐褪色。这么多年了，自己仍然一个人，就这样低着头躬着腰，深一脚浅一脚地苦苦前行，跋涉的姿势卑微而清狂。

偶一驻足，注目夕阳外远山边，一轮悲壮万点凄凉，一种难以言喻的疲倦袭上心头。于是，那愈来愈浓的暮色也便渲染开了，映满天空。

这样的时候，多么怀念那清脆的声音呀！

4

我总这样想：人总是用大脑来思考而用心灵来感受，所以，大脑掌管理智而心灵掌管情感。

当像我这样的无数跋涉者，拒绝了一次次停泊，拒绝了一个个温暖的巢，带着坚毅的表情远行时，他们的心头，不能不驻有一片温情。正如这风铃，正如这朋友，也正如那风雨中的枝头，总轻轻地栖落着一只温柔的小鸟。

5

选择了远方，便选择了伟大和孤独；选择了风铃和家，也便选择了温暖和停泊。理智与情感之间，伟大和生存之间，人生的抉择便成了赌局。赌注便是每个人仅能拥有一次的一生。

矢志事业者，寂寞一时；贪图浮华者，凄凉万古。故达人观物外之物，思身后之身，宁受一时之寂寞，毋取万古之凄凉。

其实，抉择本身比启航或远行更痛苦。因为，当我们把唯一的注码押下去时，我们并不知道赌局的结果。或者，我们赢得的只是一个无法验证的许诺。而付出的代价，却是一生中全部的青春、幸福和时光。

我们难以臆测：自己拼命抓住的系着自己所有希望的绳子的终端是不是空无一物。

那就让我们上路吧。带一份前进的执著，带一份风铃的怀念。

病中

1

就这样舒舒展展地病，已好几天了。整日里躺在床上，倦倦地翻翻书，或是数着葡萄糖静静的滴数，有时，索性把慵懒的目光放到窗外——晴空四角，偶有小麻雀掠过。

已经很长时间没这样病了。人们都说健康是种福气，其实，偶尔病一场，也未尝不是个借口，可以趁机在繁忙奔波中找片青绿的树荫，歇歇脚，来个逍遥小憩。

在我的经验中，朝气蓬勃的年轻人根本不会有什么肌体的病，病只是源于心灵的失败与挫伤。

2

那还是大学时期的最后一个寒假即将来临时，飘零的苦楚、前途的渺茫压得我喘不过气来。而我还必须要保持考试拿第一，永远的第一，面对一张惨白的考试日程安排表和几摞厚厚的课本与笔记，我终于支撑不住了。

那个清冷的晚上，别的同学都去喝酒或看书了。只有我一个人蜷缩在两层棉被里，浑身发抖，看着黑暗中几豆遥远的星光。星光中，家乡的影子越来越大、越来越清晰，终于，我知道：我该回家了。

于是深一脚浅一脚地到老师家请假。在老师诧异的神色中我看了看镜中的自己：面色苍白，下颏尖耸着，戴着一顶随手抓来的红丝绒帽，衣服就像挂在衣服挂子上一样，无依无骨地晃荡着。

老师说："这是最关键的一次考试，必须考第一。逃，是没有用的。"

吃了药，打了针都治不好的病，就这样没事了。第二天，我踏着朝阳，走进了金光灿烂的教室。

3

从那以后，我觉得自己再也没病过。我也便一步一步地走上了讲台，也走进了社会。

过去的许多梦幻真的成了旧日残睡的阴影，少年时的豪情壮志就这样一律减价大清仓。在迷宫一样的社会中处处碰壁，用自己的单纯和幼稚兑来廉价却极为宝贵的处世哲学。

在迷惑和愤懑的一隅中，我想起了一种久远的悲壮——想让自己轰轰烈烈地病一回或死一回。或许，重生后的自己能够像涅槃的凤凰一样拥有清新美好的空气和阳光。为了那种悲壮，为了那个重生的希望，在感冒流行时，我便病了。

4

昏沉中，房门开了。

一个学生探探头——哦，是我班上最调皮的“小猴子”，接着，又一个，又一个……进来一大群学生。忽然，我发现，孩子们的眼睛里有着同一种东西，正在闪闪发光，饱含着关切和期望……

心灵的创伤又一次得到抚慰。我知道，我是不应该病的；我知道，明天的朝阳中，我会挺着胸、挟着讲义，走进金光灿烂的教室。

圆明园印象

1

多次来北京，登香山、逛故宫、听雨潭柘寺、看雪陶然亭，该去的地方都去了，只是几过圆明园而未入，因为我心中害怕——我怕自己弥合的伤口，踩响了我心中最易疼的那根弦。

想象中，自己第一次走进这心中永远的历史悲壮的祭坛和铭刻耻辱的天国之前，一定要读些什么，要了解圆明园的建筑结构、园林布局以及她的繁盛与衰亡等等；而后，一定要在一个黄昏，自己一个人，带一包烟，轻轻地梦一般走进圆明园……

看沉重而绚烂的红色在天空中肆意奔放，又在汉白玉上缓缓洇开，是时，群鸦齐呜咽，斯人独憔悴……

而今天，一个猝不及防的日子里，我毫无准备地被朋友拽进了圆明园，就像一个直到发言了还没准备好稿子的人一样，我手足无措起来。

2

正读着“仙人承露”的碑文，忽听不远处仙乐乍起，仔细一辨，竟是一首时下很流行的《纤夫的爱》。

循声而去，原来这是一个娱乐点。一位二十多岁的姑娘正戏装在一顶简易轿上，两个身着戏装的大汉抬着，他们脚下也没什么功夫，只是有节奏地晃动起来，姑娘被抛上抛下，鼓乐乍停，饱尝了“颠轿”滋味的姑娘早已面如土色了。

沿路诸如此类的摊点很多：有卖留念品的，有“试试您手气”的，还有电脑打靶、电脑画像的等等。

3

终于，我来到了远瀛观遗址。

残碑断碣，遍地横陈。昨夜刚下过雨，低洼处积着浅浅的雨水，水中杂草摇曳、蚊蚋乱飞。秋冥薄晦，黯淡的天空下，我仿佛看到了一片通天的大火，看到了大火所照亮的所有纷纷仆倒的身影。圆明园倒塌了，倒下了一个王朝最后的迷梦，而同时，另一座丰碑又巍然耸立……

残损的石碑上已找不到当年大火的痕迹，我迟到了，迟到了整整一百年。

一阵嘈杂声打断了我的思绪，一群红红绿绿的青年男女来到这废墟间，他们欢笑着，拎着相机。在断碑前、莲花座上，几个姑娘摆出各种姿势，笑靥如花。突然，我心头一紧：她们那由衷的欢笑做作的姿态与这历尽沧桑的圆明园多不协调啊。

而这时，又一阵鼓乐声轰然奏起：原来是一家规模更大的“颠轿点”，六个人抬着一顶华丽的大轿，轿上凤冠霞帔的姑娘亦被抛上抛下，还发出很尖的叫声——这热闹的曲调这刺激的惊叫与悲壮的圆明园多不协调啊。

在我的心目中，圆明园应该是静穆的，那残阳落照里的断碑残碣应该有一个空旷而苍凉的背景。而现在，四面市声中，圆明园和她所能引起的悲凉悲壮悲愤的情绪是多么的单薄啊！在这喧喧笑语里，在这微微秋风中。

4

许多年前，读过一篇叫《致圆明园》的文章，作者韩晓征在秋末冬初的一天来到圆明园，薄雪初晴，大地苍茫，石碑冰冷，枯草萧瑟，一片死寂中，作者的心竟也凄惘起来，突然，她发现一束火红的枫叶，那枫叶如火炽烈，燃烧于天地之间。终于，这火燃烧成一个民族的希望之火……而今天，面对喧嚣的人群，面对浮浅的面孔，我茫然了，我难以想象：韩晓征笔下的那束红枫，该放置在什么地方？

到山东去

当喧闹拥挤的人群渐渐平静下来，火车已开动了。

站着的、蹲着的、坐着的、车座下躺着的，旅人各就各位。我在车厢的一个不起眼的角落里站定，看着眼前无数张表情各异、平凡而复杂的脸，不由得惊叹起来——是一种怎样的神奇的力量把这些脸聚在一起并有条不紊地排列起来的？他们来自哪里？他们将去往何方？而每一张刻板冷漠的面孔背后，又都延伸着怎样的故事、怎样的欢乐与痛苦呢？

而此时，我自己的面容也淹没在这片脸谱的汪洋中。

也就是这一瞬，自己才惘然起来——我这是要去哪儿？去山东到底是为了什么？自己临行前的义无反顾是不是很盲目，就像乍暖还寒时随着人家感冒一样？

静下心来，静静地梳理一下自己的思绪。是呀，去山东到底是为了什么？难道只是为了登一登杜甫笔下那“一览众山小”的泰山？为了体味一下齐鲁古国雍容安详的王者气象？为了在异地的血色黄昏中，品味那“斜阳正在烟柳断肠处”的羁旅情怀？甚至，只是为了在山东的蒙蒙细雨里读懂一句诗：细雨梦回鸡塞远，小楼吹彻玉笙寒——所有这些当然都是此行的目的，但它们绝不是主要的。我真的很想离开闭塞的故园，去看看外面世界的精彩繁华；我真的很想在一个纷纭繁复的新环境里，去证明和实现自身的价值。

对，就是为了这种自身价值。社会进步的动力来源于构成社会的个体的进步，而个体奋斗的驱动力便是他们的自我价值观念；为了实现自身价值，一代代人虽九死而不悔，他们走进风雨，走进痛苦与孤独，走进无休无止的奋斗与拼搏中去，同时也不自觉地走进了社会与历史的大转轮。

曾经倾倒于五柳先生那誓不媚俗、不同流合污的气节，反复诵读他的《归去来辞》后，便有些怀疑了：当先生辞去彭泽令，驾一叶扁舟回归田园，“乃瞻衡宇”时，便见“僮仆欢迎，稚子候门”；“携幼入室”后，又见“有酒盈樽”。看来，陶渊明在乡下的生活已算得上“小康”了，既然家中有米，又何须“为五斗米折腰”呢？

可见，陶渊明并非一个纯粹的理想主义者：他的自解印绶，并非出自一个文人的一种虚无的信仰和一时的狂热冲动，而是在对现实进行了一番审慎的思考后才作出的决定。

无论是谁，都无法逃避现实。正如现在的我，同样是呕心以买粥，我为什么不应该用自己的心血换来更多的粥呢？是的，在现实中我不愿拔高自己，说得坦白一点，去山东，也许就是为了每月四百元的工资……

这时，空气浑浊的车厢里，一首歌沿高高矮矮的人头漫过来："我要奔向那南方／灿烂的阳光／找回我自己……"

旋律明快、音色优美，这是《我往南方去》。

车窗外，绿色的田野和金黄色的山村迅速地向后闪去，火车正劈开广袤的平原和重重山峦，向一座南方城市驶去。

南开南开

大门有点旧了，“南开大学”几个字却还很清晰，笔韵生动磅礴，典型毛体。

一生中，我向往的东西很多，像南开，就是我终身心仪的一所高等学府。今天，我终于走进了南开。

迎面是一条宽阔的大道，干净而爽洁。下午的阳光又直又快，把树影打在地上，黢黑一片，轮廓清晰。

路的一旁，是一汪清碧的湖水——是向往中的新开湖吗？柳树蓊蓊郁郁的，一蓬一蓬的绿色映在水中，而荷花已经谢了，硕大的荷叶半耷着，款款地覆在湖面上。荷叶的缝隙间偶尔露出一两片湖面，有细细的波纹。

南开人就在这朗日熏风、青柳薄荷中匆匆来去。

三个女生从我身边擦过。她们衣着艳丽各异，但那种时髦是相同的，活泼愉快是相同的，给人可望不可即的感觉是相同的。

几个男生骑着自行车从我身边擦过，掀起一丝凉风。他们正讨论着什么，口音各不相同，但那份投入执着是相同的，健康潇洒是相同的，给人可望不可即的感觉是相同的。

一位衣着朴素相貌平常的清洁工一样的老太太正用外语和两个黄头发蓝眼睛交谈。

一个厚眼镜瘦身材从南开对面的高教书店里钻出来，腋下是一摞摞新书。

一种异样的感觉蓦地袭上心头。我的心一下子空洞起来，身体轻飘飘的，在南开那强烈而清澈的阳光里，我像一粒灰尘、一片羽毛飞舞起来，越飞越高，越飞越远，最后，连灰尘和羽毛也没有了。

“同学，中文楼怎么走?”一个声音打断了我的幻觉。

面对一个学生模样的问路人，我一下子紧张起来，惶恐地回答道：“我，我不是南开的……对不起。”

那人走了，我又推敲起刚才的话来——“我不是南开的”这是事实，可为什么要“对不起”呢？难道我不是南开人也有错吗?

那种说不清的感觉突然加深了，像针一样楔入我心灵的最深处。本来，我是想走进南开深处的，可现在，我的脚在疼——我无力抵及的地方太多了。

我多想让南开知道，一个渴望的灵魂曾经来过这里，一个未来的诗人抑或永恒的平凡人来过这里，他想在南开抚慰一下那由来已久的思慕之情，他想走进南开的纵深处，甚至，他想在南开留下些什么。

但他知道，他不能在南开停留了，因为南开太高太热，南开的梦会灼伤他的梦，南开的自信会灼伤他的自信，南开的骄傲会灼伤他的骄傲。

于是，我转过身，走了。我留给南开的是一帧背影，一帧背着行囊、布满风尘，带着几分萧瑟但很坚定的背影。

1993 年

—第四部分—

旧闻续貂

谁的人生没逃过票?!

记者一般都知道，新闻的标题很少用标点符号。1945年8月15日《大公报》传世之作《日本投降矣!》用了特大号的感叹号，诠释这个叹号的精妙成了后来许多专家教授的饭碗。

今天这篇的标题用两个标点是因为姜昆，不时不晌的鸡年讲什么虎，不知道喝酒“鸡虫棒”拳里总是“老虎吃鸡”?! 姜昆一语成谶，初二，那哥们儿就跳进老虎洞里了。

网络疯了，挺虎的，挺人的，一地鸡毛。要问我，我都挺：

——老虎大王，本性吃肉，天经地义，咬一块从天而降百十来斤的大活肉，是天性使然职责所在，你试试丢一百斤白菜进去?

——据现有资料，这位湖北籍张姓哥们儿有过两次纠结，第一次是给妻儿买票后，是给自己也买一张票还是逃票跳墙进去?第二次是本来已能逃出却又犹豫了下折返回来，为了遗落的红米手机。求生和趋利是人最大的两个天性，一般总是求生重要于求利——若知丢命，势必舍财，所谓“破财免灾”；但张仁兄显然错估了老虎“我的地盘我做主”的决心和信念，“三寸气在千般用”，结果“一旦无常万事休”了。

其实，对他和它当时的心理也都是揣测来的，毕竟都已死无对证了。但最促动我写这篇文章的是：许多码字者竟祭起了“规则”的法器，说这位张兄“生得违规，死得活该”。“规则”这东东厉害呀！高端大气上档次，杀人于无形，无往而不利。

我想说的是，他即使是逃票入园，他也是和你我一样的生命，应该尊重他的尊严。再说了，别跟我提“规则”，谁敢说自己的人生没有逃过票?!

列位看官，你逃过票吗？反正我逃过。

通辽上学时，去西拉木伦公园，我和班长（现为我党优秀干部，位高权重）互相壮胆，一起逃票；

北京上学，学校在肖家河，邻颐和园，颐和园围墙有一天然豁口，知者甚少，恰好成了我们的捷径兼免费入口。外校同学来了一帮，请不起门票呀！呼哨着一跳而入；

来呼市第一家单位就是大内蒙古最早最好的市场化报纸，不吃公家饭，所以“规定”严：记者每月见报八千字方可领到600元底薪，某月刊稿7500字时已到月底，于是找一同事帮忙署个名，作为第二作者分得几百字，凑个底薪，那600块是整整下个月的生活啊！至于采访拿个车马费，更是整个新闻圈的惯例。一次在香港，看到香港记者认真地把车马费退给内地的主办方，并说我怕稿子有倾向，对这职业素养真是肃然起敬。

试想这位仁兄，宁波打工，收入几何不得而知。但可确定的是，他该高不过平安夜那晚在保利俱乐部狂欢的互联网大佬吧！

高不过屡屡被朝阳区群众举报的各路明星大V吧！不然，他怎会为130元那么苦苦纠结呢？网络有一篇《门票猛于虎》的文章写道："大过年的一个父亲带着一家去动物园，给老婆孩子买了门票，自己爬山逃票命丧虎口，给我们的是满满的心酸，看到的是一个卑微的男人的家庭责任感，一个惨淡生活中想给家人愉快过节的努力，一个物质并不丰富的人对快乐的追求，然而是最惨不忍睹的结局。"

然后，这篇文章对比了中外景区票价。我方：九寨沟310元，张家界245，武夷山250，黄山245，峨眉山185，黄果树180，就连爱国主义教育基地圆明园还要门票。反方：美国黄石公园折人民币75元，法国卢浮宫80元，俄国克里姆林宫40元，台湾各大寺庙一律免费，韩国汉拿山免费，日本富士山免费（简单验证了下，文中提到的九寨沟和美国黄石的门票价格是准确的。其他的就没百度，应该不差吧）。文章最后问：到底是老虎吃人，还是门票在吃人?!

写此文时，我在重庆，乘"金碧皇宫"号夜游两江。平时八九十元的船票涨到178，登船后，想上四楼须另付60元每人，想去船头须付VIP费200元每人，有人问发票，答曰：哪来的发票？白条也木有。没有发票就意味着这些收入是不用纳税的，如此推理，游轮老板岂不是一个更大的逃票者?

那些游走在政商两界灰色丛林里的老虎们、大鳄们、某二代们、白手套们，哪一个不是规则的"逃票者"?！他们会为区区130元门票搏命吗?

遵守规则，是一个大体系，起码要从规则的制定者、执行者、拥有规则话语权者做起。否则，只许你放火，不让我点灯，规则在你手里是刀俎，对我可随时欲加之罪、合法伤害，那规则在我眼里只是一泡狗屎罢了。窃钩者诛，窃国者诸侯，还有无聊文人一味指责命若草芥的贱民，这是时代的悲哀吧。

2017年2月2日于重庆仙女山

同题作文

如若于欢，惟愿我们深爱的世界不负众生　董平

极情也，似牢。

命舛矣，如蒿。

这几天，山东于欢一案引起了人们的持续关注，“网易新闻”的相关报道都有几十万的跟帖量，那是层层叠叠的民意。

我又想起了我经历过的荒诞一天。

两年前的一个晚上，被电话告知我本人肇事逃逸，要求第二天去趟交警队。信息全对，排除了诈骗的可能。我一头雾水。

不敢怠慢，向来独立的我一大早按要求开着“肇事车”要去澄清，一向大大咧咧的老公却执意要一起去，还喊来了颇有办事能力的外甥。现在想来，他们可能怕我交代完”案情”，就被抓起来。话又说回来，他们是多怀疑我的品行才宁信交警不信我呢。

交通违法的人真多，按顺序一个个进去接受调查，再灰头土脸地出来。轮到我了，走进那间小屋，陪同的人被拒绝入内，办公人员还顺手反锁了门。

外面日光大好，屋里阴暗逼仄，低头认罪的气氛瞬间压迫过来。

“你跑什么跑?”调查者劈头盖脸甩来一句。

“我没跑，没撞车。”显然我“抵赖”的态度激怒了对方。

调查者一拍桌子，音调高了八度，训斥我肇事逃逸的恶劣行为，还捎带贬低我师道尊严的职业素养（我教师的身份是他在昨晚的电话里核实过的）……当对方站在道德的制高点审视时，我蒙了，自觉被动地配合成了被审视者，气势低下去，弱下去，竟有些心虚了……恍惚中，我觉得可能自己真蹭了别的车，只是当时车上音乐开得太响，没注意到。调查者的口才真好，还在义正辞严、滔滔不绝地厉声呵斥数落着，我真的有些内疚和自责了，嗫嚅道：“您见了那辆车吗，应该不严重吧，我当时真没觉察到。”

例行的程序还是要走的，交警取证，要拍车的照片。我车的仪表盘还固执地提醒——“右后轮胎破裂”。其实，也正是因了这一提示，昨天下课后行至校门口时，我停车下去检查了一会儿轮胎。这一幕被校门口的监控拍下了，于是不知在哪个院系被蹭了车的车主找到了这个重要线索，以为我蹭车后，逃至远离现场的地方才下车检查自己的车蹭得严重否，但法网恢恢，疏而不漏，我诡秘的行踪被隐蔽的摄像头拍下了。于是，这个逻辑缜密的车主报案了，交警根据录像中的车牌号，按图索骥找到了我。

仪表盘上“轮胎破裂”的警示还在闪烁，车身平滑无任何剐蹭痕迹——具有丰富办案经验的交警自然知道了事情的原委。但他还是要求我不遮挡车牌，站在车身前与车合了个影。

车沉默如常，我一脸凝重。求真务实的交警最后冲我挥挥手，轻描淡写道：“配合调查是每个公民应尽的责任，你先回去吧!”

我被赦免般，满身轻松。

深冬的街上，依然有太阳的暖意，车流熙攘，人流缓缓。

可此时的我，满脑子想到的是呼格吉勒图的冤案。

当这个错案再被提起时，呼格吉勒图那张红底小照片的形象曾在我脑海里长时间地挥之不去，沉重地压了很久。我不忍去想，却又忍不住一遍遍地去想那个面色红润、满眼纯真和笑意的年轻人。“招供”太容易了，我让交警咋唬两句，就由“我没撞车”改口成了“我没察觉”。善良或软弱的人在“正义”的假象前总先自我怀疑自我检讨。

现在，我们意识到了“错案让正义蒙羞”，追责好大喜功、草菅人命的办案者，但欠这个年轻生命的却永远无法还上了。很久之后，我看到过当时对该案火速破案的一篇吹嘘报道。每一个字词，今天读来都是对事实的歪曲亵渎，全篇的拍马溜须。心痛之余，让人不知道人的良心的下限在哪，人心怎么可以那么不公，那么倾斜。

面对苦难，宗教教人们超越。面对争端，哲学教人们思辨。

我们更多的人都自律、本分地活着，惟愿我们深爱的世界不负众生，也能对善良者还以温柔和善意。

一个火锅的三国演义

天苍苍，野茫茫，不蘸小料涮肥羊。许多年前，一锅小肥羊风靡全国。呼市开了三家店，我单位楼下便是小肥羊旗舰店，轻车便径，天天辣锅嫩羊，佐以冰镇啤酒，当日纵酒飞觞开心快活，实为日后痛风恶疾之伏笔。

我常去香港，香港的清淡饮食实在难以下咽，住三五天，勉强以吉野家、麦当劳果腹。待至一周，则必须吃一顿涮羊肉。恰好报馆三五分脚程，铜锣湾就有一家小肥羊，原汁原味的草原羊！必肠满肚胀方归。某年，内蒙古赴香港招商，活动圆满后，作为半个主人（报社是承办单位），我请两个留港扫尾的工作人员吃饭。“海鲜吧？香港特色。”那哥们儿想想，“香港有涮羊肉吗？”于是，小肥羊，大快朵颐，宾主尽欢。

内蒙古人无肉不欢，火锅店更如韭菜，倒一茬，起一茬。忽一日，小肥羊亦悄然关门。又几年，吃腻了西贝爱丽和额尔敦的食客猛然开始怀念起了小肥羊，那个独特香辣不蘸小料就此一家别无分号的火锅店哪里去了？

张钢：一个钢铁工人的小肥羊

张钢是个传奇，我没见过，故不敢妄言。以下叙述均取自媒体公开报道。

一篇明显是小肥羊的软文称，“1981年，张钢进入包钢技校，便断断续续做起了服装生意。3年读书期间，他用借来的200元钱做本钱，竟然赚了300多元钱（老乔批注：还需向思聪同学学习，5亿赚了40亿），要知道那时候他父母一个月的平均工资才47元。有一次下雨，把他藏钱的地方打湿了，他只好一张一张地摊开来晒，满院子都是钱。”（老乔批注：有点亩产万斤的感觉了，当时人家的院子基本都有一二百平，即使都换成一毛的也不能铺满院吧！）

1984年，张钢毕业进包钢，当了看火工，端上“铁饭碗”。1988年下海经商，倒腾服装倒腾BP机手机。1999年8月8日，第一家小肥羊火锅在包头开业，九年后的2008年6月12日，小肥羊香港上市，到达中餐企业之巅峰。

从媒体报道看，张钢主要过人之处就是“看人准”——作为“带头大哥”，“其行事准则是义字当先”，张钢对此亦非常自豪：“我用人很简单，只要我看中了你，觉得你人品没问题，有一定的管理能力，对我忠心，那我给你一个总经理，你好好当就是了。假设有一天小肥羊全部完蛋了，我相信自己还能站起来，因为我有一个非常好非常团结的团队，这个团队永远不会倒。在我做通信行业的时候的一些老员工，现在还跟着我干！”

2002年，他力邀时任蒙牛副总裁的卢文兵（后任小肥羊首席执行官）和孙先红（后任小肥羊董事）加盟，拿出小肥羊5%的股权，每股作价一元。张钢对孙先红说："你啥时候有钱啥时候给我，没钱我给你垫上。"孙先红亦回忆称："张钢当时给我股份，并不是小肥羊缺钱，当时很多人想入但进不去，人家主要是看人。"

卢、孙加入后不久，小肥羊开始进行股份制改造。张钢依然靠他的"相人术"，首先从内部引进资金，除了在包头结识的一批兄弟获得股权之外，远在深圳、上海的内蒙古籍大区代理也由加盟商成为创业团队成员。

后来，恰恰是这帮"兄弟"与外来的职业经理人发生了矛盾，媒体解释为"小肥羊的内部纷争是内蒙古的草根文化与欧美文化的难以融合"。"外来者"之一是王岱宗，他于2006年发起并执行英国私募基金3i对小肥羊的投资，并在2007年10月加入小肥羊，任执行董事兼首席财务官；3i又对症下药为小肥羊请来了"外来人"之二——原肯德基香港公司行政总裁杨耀强，由其出任小肥羊独立董事，他后来又以首席运营官的身份帮助小肥羊赴港上市。

2008年，小肥羊在香港敲锣上市，张钢依然很少涉足公司的具体经营。一位小肥羊前高管称，杨耀强就好比被丢到风浪里，却没有获得张钢更多支持。所谓"风浪"，即是"兄弟们"和职业经理人间的种种不和。皮球踢给张钢，张钢最终选择了"兄弟们"，"我实行的是人治化管理。我们大部分都是合作多年的朋友，彼此信任。"王岱宗称，"张钢对管理层的信任不及对兄弟的信任。"

"外来人"陆续黯然离场，随着战略投资者3i集团和普凯的退出，2009年，张钢开始引入百胜。2011年5月小肥羊发布公告称，洋快餐巨头百胜（肯德基母公司）将溢价30%，以每股6.50港元现金收购小肥羊93.2%股权。张钢出手了，把小肥羊卖了个好价钱。

"兄弟们"大秤分金，快乐散伙，小肥羊换了东家继而关门歇业。有趣的是，张钢意气风发指点江山时曾发誓将小肥羊做成"中国的百胜"，却最终把小肥羊卖给了百胜。而百胜花了大价钱买回小肥羊，却为什么让小肥羊关门大吉？个中商战秘密，不得而知。

其实，上述种种"财富游戏"均无关我辈平头百姓，只是老饕们缺了"那一口"会偶尔怀念罢了。某一日，呼市滨河路开了家"草原牧羊"，进门一尝，竟找到了早年小肥羊的味道，惊喜之余打听：老板就是小肥羊的元老——小肥羊肉业总裁李成云。

李成云：一个记者兼诗人的小肥羊

某年，老同学王建海（原小肥羊副总，下文有述）在草原牧羊请客，有他的老同事、亦是饭店老板李成云。乍见，竟是我《内蒙古商报》前辈记者兼过气诗人。酒到酣处，猝不及防，成云劈我左脸猛咬一口，牙印赫然。回家惶惶，忙向老婆解释，老婆笑曰：没事，嘴那么大，肯定是男的，不过明天要去打狂犬疫苗哦！

成云就是这样一个已知天命但依然激情四射的人。

作为一个"食肉动物"，我向来只关心草原牧羊的肉质和折扣，而从不去探究成云的成功之道。为写此稿，才翻阅了草原牧羊的“官宣”，依然透着诗人的浪漫主义——

百胜吞并小肥羊，时任小肥羊肉业总裁的李成云挂印辞行，云游四海，只身天涯，游历祖国大好河山，一年的行走，他发现：离开了内蒙古，连一口好羊肉都难得吃上，很多时候甚至吃不上真羊肉，且人们对羊肉的认知还停留在朦胧阶段。如何让草原的好羊肉走出去，让消费者吃到好羊肉……是商机，更是责任，因为吃的东西更考验商家的良知和匠心（老乔批注：诸位是否看到了上世纪九十年代收费报告文学的影子？）。2014年，李成云创立草原牧羊。

当然，成云还有着记者坚韧的调研精神。内蒙古最好的羊肉在呼伦贝尔新巴尔虎右旗，即西旗，全旗85%是天然草原，碱性土壤，野生植物最多达470多种，羊系蒙古国“巴尔虎羊”品种，即“羊中的美男子”。2013年，李成云在西旗大草原行程几千里，逐步落实合作牧场，从羊只繁育、养殖环境等多方面勘察，最终划定羊源收购区——确立了草原牧羊之“源头”。

成云还有着记者的敏锐。2013年，国家提出建设“新丝绸之路经济带”，成云意识到北部湾经济带即将崛起，2014年草原牧羊成立伊始，呼市第一家旗舰店还在筹建中，北海草原牧羊富丽华店就紧锣密鼓开工并于2014年9月28日开业，官宣称：

> 从此，草原牧羊从大草原出发，跨黄河、越长江，延伸到南方，进驻北部湾，在这里生根发芽并枝繁叶茂。

至今，已在全国开店20多家。2017年，成云创立草原牧羊“涮涮牛羊”品牌，并在印尼、澳大利亚开店——用中国好汤、涮全球优质食材，成云架构了更为宏大的格局。

草原牧羊一雅间墙上有幅书法，书曰“九酒歌看起来像水，放口里辣嘴，喝肚里闹鬼，半夜起来找水，走起路来绊腿，早晨起来后悔，不喝有点馋嘴，喝了找不见北，回想起来挺美”，落款为：牛根生言赠李成云。作为老东家，牛根生对成云酒量不大酒胆大的酒风还是很了解的，虽为戏谑，但在酒徒们看来，“能喝一斤喝八两，这样的同志待培养；能喝八两喝一斤，这样的同志有前程”。

王建海：一个财务官的小肥羊

王建海者，我高中同学。少年时，建海长相秀气，身形若柳，指翘兰花，走路似扭。恰值青春期，建海属男生不喜，女生更不爱之列。多年以后，我常想建海的学霸之路，许是因孤独而发奋所致吧！

大学毕业，凡有门路同学皆分配至厅局各大行，没有背景的建海到了包头一家私营企业。其间，我回呼市在《内蒙古商报》做记者，曾在包头痛饮一场，对饮瘦弱的建海，我竟铩羽而归。不久，建海所在企业倒闭，自谋生路，凭过硬财务功底考至蒙牛，又凭优异业务步步升迁。据说当年张钢力邀卢文兵加盟小肥羊，卢从蒙牛带走了建海，并许以财务总监，就是看中了建海的“财技”。

几年以后，当建海成为我届同学之首富，许多人不明就里，但熟悉他的均知道：成大事者，必然“艰难困苦，玉汝于成”。建海一直低调，异常低调。一次，某同学赴包头拜访首富建海，回呼市曰，不像个有钱人啊，成天坐辆帕萨特。懂车的说，那是辉腾，一百多万。

某年，包头开了家马家私房面，迅速星火燎原，包头二十多家，周边城市，远至山西河北，都开了连锁。我去包头，才知道建海是马家私房面的大股东兼总经理。

建海带我参观马家私房面的中央厨房，五六番消毒后方可进入。面条的宽细和长度、面卤如牛肉的块数鸡蛋西红柿的配比、包子的重量及匀称度等等，都采用标准化；再参观仓库，油是金龙鱼、面是河套雪花，亦是良心食材；建海再讲管理的精细度，连锁店的半径成本、钟点上的阶梯薪酬；再讲如何打造中餐的快餐化、标准化、模式化……我真是五体投地叹为观止啊。

翌日，建海带我去他的旗舰店吃饭，并参观其最新店面及内部设计，称出自内蒙古最牛广告策划公司之手笔，颇有自豪之意，而我看不过尔尔罢了，只是在墙壁上涂鸦了面粉种植、面条制作、快乐吃面等类似“农家乐”场景。我说创意一般般，建海讥我“同行是冤家”。

约一两年后，呼市两家马家私房面连锁店倒闭，我曾吃过一次，面条太黏没有劲道，量小价高。看来，策划人只是策划了马家私房面的“面子”。

人隔两城，联系渐少，忽没了消息。今年初，呼市开了家“快乐小羊”，同学转告才知又是低调的建海所为。慕名前往，一吃，竟又是原来小肥羊的味道！前几天，香港朋友发微信炫耀，又吃上正宗的内蒙古羊啦，几盘粉嫩羊肉雪线飞舞，一锅浓汤漂着几粒豆蔻桂圆，看着眼熟，原来是“快乐小羊”已入驻香江。

只从一点又看到了建海的精细——张钢的小肥羊、成云的草原牧羊，最让人诟病的就是涮肉后身上的味道，尤其辣锅，底料足味道冲，长时间保持煮沸状，饭后，食客身上全是锅底味道。甚至，早年银都大厦一二楼开了小肥羊，最高十二楼的楼道全是小肥羊味，业主为此常年投诉物业公司。而今天建海的快乐小羊，采用一种向下抽风技术，尽量减少味道污染。建海之细，可见一斑。

综上，张钢之富，富在时势；成云之胜，胜在格局；建海之盈，盈在精细。这就是我讲的三个人的小肥羊的故事，非关味蕾，只述传奇。

思索知青

三十年。

岁月无情，一代人又成过客。

1

有人说：什么都让他们这代赶上了——长身体时遇到三年自然灾害；该念书时又上山下乡到广阔的天地改造去了；回城后赶上老干部平反发挥余热；好不容易快熬出头时又碰上干部年轻化；快退休回家“享清福”了却又赶上下岗……

令人啼笑皆非的命运。

命运捉弄人，除了造成人生境遇的巨大反差外，还在于使人们始终在自信和果敢中走向黑暗的深渊——

一位老太太在弥留之际，她女儿为她朗诵“语录”：“‘人固有一死，或重于泰山，或轻于鸿毛’，为人民利益而死，比泰山还重……”甚至，一个外国记者问一个儿童：“你星期天干什么?”儿童答：“跟爸爸到公园看社会主义大好形势。”……

也许正如鲁迅所说，中国人只有做稳了奴隶和想做奴隶而不得的时代，漫长的皇权政治和礼教扼杀了个性，扼杀了个人，也使“人”的价值、“人”的尊严被淹没戕杀。

因此，他们这些作为个体的“人”，在时代的洪流中，在命运这只看不见的手中，不过是一个个微不足道的泡沫或沙粒，执著沉浮却无力主宰，终被大浪淘尽……

2

现在，社会的中坚、单位的脊梁，大多是当年的知青。

所以，有时他们会自豪地说：我们有“经历”。

的确，知青时代——这个历史年轮的深刻裂痕里，绝大多数人，那个时代给予了他们对苦难的独特理解。

客观上讲，那样的大环境中，每个人都或多或少体验到了时代的悲哀和生活的不幸；然而，主观上看，也确实是这样的生活砥砺了他们的心志。

我们没有必要粉饰“知青时代”，但那个时代确实意想不到地给了他们许多生活财富。

所以，他们有时还会宿命地认为：“天将降大任于是人也……”其实，无论如何，这个时代的担子总是要落在他们肩上的，除非历史出现空白，时代发生断层。可是，他们本来能以更好的状态、更高的素质来挑起这副担子。

3

想起来，其实，一切都很可怕。

一代人的命运，一个国家的命运，一个民族的命运不是靠一种合理化的制度去支撑而是维系在个人的心血来潮中，一声号召，便有3000万风华正茂热血青年奔赴白山黑水、黄土高原，南闽大地……

30年后，根据国家统计局的《中国统计年鉴》和《中国农业年鉴》计算：从1968年到1977年全国粮食增产不足15%，这也许太让人难以接受了，几亿农民和千万知青整整干了10年，甚至连天寒地冻的冬天也没有停止过劳动。

然而，就在中国经济濒于全面崩溃的时候，日本进入了经济高速发展时期，以平均9.7%的经济年递增率成为世界第二经济大国；西欧经济一体化加速，终于板结成世界最强的经济联合体……10年后，当初拿着镰刀锄头下乡“修理地球”的知青又返城来建设社会主义时，一日千里、以加速度前进的现代化科技已把他们连同他们肩上的国家远远地甩在后面！

朝夕尚须争，何况是整整十年。

就像那浑浊的黄河，她永远向前，没有任何力量能使她屈服。然而，由于裹挟了太多的重负，她有时只能沉重地流淌。

眼眺黄河，怀念历史。

除怀念外，他们更愿意去反思历史，但他们绝不允许人们嘲笑他们曾经经历过的生活和曾拥有过的单纯和信任。

他们有憾，却无悔。

所以，谌容的小说《减去十岁》，形式荒诞却手法凝重。

美丽的，为什么是悲哀的

1

旷野坦荡，色调单一，天高地远，四季清晰，一阵风吹过还裹挟着粗粝的尘沙。

这就是中国的正北方。

纵有千古，横有八荒。独特的自然环境和人文景观孕育出了独特的北方文化——

先看北方人的性格。北方人情感热烈而沉挚，个性刚毅而粗犷；重实行胜于思辩，重情感胜于人际，重内容胜于形式；胸襟开阔，真率坚强，粗犷豪放，勇敢剽悍。所以北方的话语也是音节洪亮、嗓音粗重，一吆喝震得山响，说悄悄话似南方人吵架。

也许是面对寂寥大山、空旷草原而无处宣泄的缘故吧，北方的歌曲和音乐是非常抒情的：拉苏荣的马头琴“荏苒”一拉，我们看见的便是雄浑寥廓的草原，透明而遥远的天空，孤单而坚定的马儿，悠长而深挚的爱情……腾格尔的歌喉一扯，忽而高昂而响亮，忽而哀婉而深沉，我们联想到的是在高山上、在旷野里，风吹沙丘，马踏斜阳……就连一首名字如江南小调的歌曲《细雨蒙蒙》，歌词却写道："天地间伫立着你的身影，我和枣骝马相伴在雨中。"

当然，古往今来，人们也被北方那种简短、质朴、直接描写苍凉风景而不加雕饰的诗歌所征服，"敕勒川，阴山下。天似穹庐，笼盖四野。天苍苍，野茫茫，风吹草低见牛羊。"因此，长河落日、大漠孤烟、西风古道、归雁胡天，就成了千古诗人向往和描摹的景色。

一方水土养一方人，所以，北方人的爱情也是奔放、热烈、粗粝、爽朗的。"一个月瞭你十五回，为瞭你我跑成了罗圈腿"；他（她）们敢爱敢恨、更敢于为爱牺牲——"遥看孟津河，杨柳郁婆娑；我是虏家儿，不解汉儿歌。健儿须快马，快马须健儿；跸跋黄尘下，然后别雄雌。"

……

民族性格是自然环境、社会环境、历史条件、文化条件的综合产物。《汉书·地理志》这样解释"风俗"："凡民函五常之性，而其刚柔缓急，音声不同，系水土之风气，故谓之风；好恶取舍，动静亡常，随君上之情欲，故谓之俗。"分开看，"风"偏指一个地区人的本性受自然条件濡染而形成的集合特征，"俗"偏指一个地区传统的政治文化氛围。"风俗"连用，表示一个地区因地理条件而形成的政治、经济和文化的传统的社会心理。

在内蒙古大地，匈奴、乌桓、鲜卑、突厥、回纥、契丹、蒙古、女真和汉族或先后或同时在这里繁衍生息、牧稼猎狩，各民族相互嬗替交融、血脉相连；更兼北方“其规模常宏远，其局势常壮阔，其气魄常磅礴英鸷，有俊鹘盘云，横绝朔漠之概”的自然风貌，就渐渐形成了独具特色的民族风貌、个性和气韵。

民族的就是世界的，独特的就是美丽的。

既然历史和大自然给予了我们如此富裕的人文资源和文化遗产，为什么现在，我们的文化却是如此的粗放和贫瘠？

说其粗放，是说我们有时只满足于旷野里放歌、舞台上“跑马”，而缺少一种把文化精耕细作、精雕细刻的“包装”意识和改进革新的开拓意识。

——说文学，我们有牧养《七岔犄角的公鹿》的乌热尔图，有栽种《红橄榄》的肖亦农，有讲述《驼峰上的爱》的冯苓植，有“钟情”《神汉》的路远，有摹写“落日撞响危崖/历史在天边涨起古铜色的回声”的成子，为什么我们形不成“陕军东征”“湘军北伐”的规模？说电影，我们有取之不尽用之不竭的今古传奇，有赛夫、麦丽斯这样大手笔的导演，也有斯琴高娃、艾丽娅这样的优秀演员，为什么我们的电影业一直徘徊不前？我们有腾格尔、韩磊这样走向全国的歌手，为什么我们没有“包装”出一个像样的“歌星”？……相反，恰恰是他们离开故土后，其价值才得以认可。

墙内的花，为什么非要在墙外才能红？

说其贫穷，是说我们缺少一种把文化作为产业来开发，以文化养文化、以文化富文化从而使文化自身就能够良性循环的思想。

——北方的文化底蕴深厚、资源富集，谈文化，我们是很有资格的。可为什么文化产业使许多地方都“先富起来”而惟独我们的文化界的口袋却鼓不起来？电视湘军一路挺进、欲与“电视老大”中央电视台分一杯羹；被人们称为“文化荒漠”的广东，其电视剧却拍一个成一个，随之而来的便是非常可观的利润；一部《没完没了》，首轮放映的票房就突破2000万元，超过我们自治区一个旗县的年财政收入；兰州的一本《读者》的发行量就超过几百万，《成都商报》一年的广告收入就过亿……

太多的对比使我们陷入了深深的沉思：美丽的，为什么偏偏如此贫穷?

2

一种地域文化一旦经历数百年甚至更久远积淀而形成，它就会在潜移默化中深植于民族的骨髓和灵魂中。

所以，人们说，一方水土养一方人。

内蒙古高原东隔大海、西阻戈壁、北连旷漠、南面长城，而要跨过长城则必须付出战争与血的代价，所以，久而久之，内蒙古高原就形成了相对闭塞的生活区域。这里的人因饮酒御寒，故性情也豪爽；因眼见旷野大山，故襟怀也坦荡。他们随寒暑而徙、逐水草而居，生活更多要依赖自然，故凡事较少计算长远、较多随遇而安。

粗放的生存环境培育出了粗放的文化，粗放的文化又积淀为粗放的意识。正如鲁迅先生所说：“据我所见，北人的优点是厚重”“但厚重之弊也愚”“所以某先生曾经指出缺点道：北方人是‘饱食终日，无所用心。’”

先生所说的“愚”就是指一种意识的粗放。

粗放意识一旦形成，便会渗透、折射到我们生活、工作的各个层面。

民以食为天，还是先从我们的吃说起吧。内蒙古人的吃是典型的“靠山吃山，靠水吃水”，物产丰饶盟市的餐桌简直就可以构成一个庞大的动物园，而资源贫瘠盟市的“地主”们也会尽量为你张罗出许多“地方特色”，但他们共同的特点就是：大碗喝酒、大块吃肉，吃喝起来豪气冲天，颇有些水泊梁山的架势；用尺盘盛菜都嫌小，吃得剩下还嫌少，不把客人“喝倒”总觉得没陪好。有一个旗，旗委大院的门口立了一块木牌，上书：“中午不喝酒，同城不招待”，后有人在“不”字上分别加了一个“辶”，结果就成了“中午还喝酒，同城还招待”，其事实也正如此。

有人说：“服装是穿在身上的历史。”倘真如此，内蒙古的历史发展速度似乎也太慢了：多少年来，蓝、黑两种颜色过多地主宰着街上的流行色；穿衣只注重“厚实”，而不讲究服饰所传达出的韵味和张扬出的个性；偶尔也会流行起一两种新款式，但仅仅几天后，你就会发现几乎所有的人都赶上了这趟“时髦”。

与王气雍然的北京、布局精巧的江南相比，内蒙古大部分城市的建筑很难说有“整体构思、独特设计”，灰色的火柴盒有序或无序地堆积在一起，便美其名曰为“城市”了。

粗放意识不仅仅会折射到生活中，也会反映在工作上——

我们的工业加工大多都是粗浅加工，用原材料、半成品换回几个破烂铜板就很满足了，而不是通过精深加工来追求高科技含量、高附加值；出外考察，看见人家激动，回到自家不动，一切依然故我；农业也很少精耕细作，更多的是广种薄收，“种一坡，收一车，打一簸箕煮一锅”；而在经济的整体规划上，也缺乏集约化，“焚林而猎，涸泽而渔”，无限制地开发利用资源，且重复建设非常严重，不懂得在精深加工上做文章，寻找新的经济增长点……

这些年来，我们的对外宣传更是缺乏集约的规划，只是陶醉在雄浑古诗、草原牧歌的古老情调中。只要宣传“内蒙古特色”，在画册里，在电视上，只见草原、蒙古包，不见高楼、高速路；在舞台上，在电影里，只见牛羊成群、鞭影晃动，不见科技徜徉。殊不知，我们的“地方特色”早已成了“落后特色”。在外地上大学的内蒙古孩子，开学第一天，同学们就问他：“你见过火车吗？你是坐勒勒车来的吧？”我们难以想象，哪些客商愿意到这样一个在他们印象中商业落后、交通闭塞、电力通信匮乏的地方来投资……

所以，我们总有一种深深的痛苦：就是这种粗放的意识，使我们在今天“一日千里、不进则退”的市场环境中本来就趔趄的步履更加艰难起来，我们民族智慧的光亮被遮掩、勇士的血性被消磨。

内蒙古的经济要发展、事业要繁荣，就需要我们集约化地整合各项工作。而粗放意识，恰恰就是我们集约化发展经济的大敌，是我们集约化统筹工作的大敌，也正是我们观念滞后、行动落后之症结所在。

经济由粗放而集约、文化由粗放而集约、公众行为由粗放而集约，是一个需要全社会勠力同心的系统工程。作为社会中的单一个体，我们是不是都应该从自身、从点滴做起呢——

森林能影响气候而一棵树却不能，可我们要知道：再大的森林也是由一棵棵单个的树组成的。当然，由此而形成的气候又会反哺于每一棵树。

1999年9月

理想主义的孤独守望者

他叫云皓。

他的早晨从中午开始。我们进屋时下午两点，他刚起床。只见烟头把烟灰缸堆成刺猬，钱、书到处乱扔，桌上杯盘狼藉——就这样一个“城池”里，他吊桥高悬，隐居都市。

他该是一个“少年的仙人”了：仅28岁，诗词、围棋、音乐、京剧、陶瓷鉴定，甚至卜筮、中医都已有了一定的造诣；他曾经同时和三人下围棋，各让四子还大获全胜；他的诗词也深得文坛耆老的赞许；在花了几千元买回陶瓷赝品后，便埋头学习陶瓷鉴定；以《周易》卜筮也屡试不爽……虽然他的主业是油画，但他说：百川归海，业余爱好可以陶情冶性，多种修养终会修成正果。因此，他的油画除师法梵高的散点手法外，在造型用线上，有时竟糅陶瓷、国画技法于其中——他的理想是油画民族化。

有人说他“心灵的付出”太多，他拍案称是。

实质是，他的矛盾太多。

在人生的态度上：他想入世，但率直的性格、超前的思想让他与世俗格格不入；他想出世，但他的“隐”和“逸”有点像孟浩然，虽远在终南，却也“坐观垂钓者，徒有羡鱼情”。

在艺术追求上：他愿蜗居一隅，远离人群，在流派和主义的漩涡里做“纯美的注释”；可当他念起艾青的“为什么我的眼里常含泪水，因为我对这土地爱得深沉”时，却又激动不已。在艺术的人民性和唯美性之间，他抉择艰难。

守望理想是美丽的，无人喝彩是孤独的；艺术如钻戒，不过是时代的饰品，但马王堆汉墓中，人已同尘，唯剩真正的钻石熠熠生辉……

他被这重重矛盾五花大绑。终于，他退隐孤城，从而具备了中国知识分子最普遍的心理：一方面埋怨社会不理解不支持他，一方面却主动把自己和社会隔离开来；一方面认为大众“愚”才导致了自己的曲高和寡，一方面却从不用艺术实践去引导他们；风平浪静时，希望社会离他远些，惊涛骇浪时，却咒骂社会不来援救。

从一日酒后他涂鸦的一首五律中也许可窥视他的心态：

棋枰复弦歌，月月漫年年。
离朱迷远目，公孙锈长剑。
暗器摧英武，俗世误大贤。
何日重试马，狂啸泄吾怨。

他说，他不愿以辞害意，为了抒情，平仄也不顾了。

牢骚虽盛，但他的心灵却如一个真正的艺术家，率真纯洁，如赤子儿童。

他是心灵的囚徒，规则的逃犯，常识的盲人。

跋

一个人打通关　赵卡

在我的印象里，他是玩日愒月的狠人，与自己较劲儿，生活的半径狭窄而简单；他在生命里左右手互搏，一个人打通关，虚张声势的胜负从来都是自己的。

他就是作为诗人的乔辉。

这些年来，我与乔辉见面的时间，多在晚上，或深夜，两个从不忌惮在道德上进行自我否定的人，消解夜光流年的方式就是发展属于自己的二场吃喝朋克；有的时候，黎明离我们的距离只有咫尺，我们却毫无察觉。

乔辉的诗集《最高的雪》亮相于去年秋天，内有展现一个人灵魂的青春期回忆和亲情回忆的诗篇，单纯得要命。但他的散文——比如现在这本《不过如此》里的——毫不夸张地说，又江湖得像个靠耍嘴皮子谋生的家伙。这本散文集，是乔辉的第二本个人著作，出一本书，对他来说显得无足轻重，但对我们这些朋友来说就重要多了。有多重要？举例说明，我们不能见面总是谈些吃喝玩乐的话题吧？在吃喝朋克的世界里，只有文学给了我们反对吃喝朋克的勇气。

众所周知，在乔辉的个人地理版图里，察右后旗、通辽、北京、呼和浩特，是他最不能忘记的。他的出身与成长，求学与工作，成家与立业依次在这几个地方完成，这些经历，都隐入了他的回忆里。最终，他落脚于呼和浩特，犹如当年巴尔扎克在他的一系列小说中引入一个次要主题——巴黎对穷酸青年的致命吸引——一样，内蒙古自治区首府呼和浩特市对各盟市（旗县）青年各种各样的诱惑。

乔辉的凌云志一开始就遭遇了理想和生活之间发生的剧烈冲突，但在逆境时他会隐忍并隐藏了抱怨，就像当年余华给他的小说《活着》写自序时的一个回忆，听到了一首美国民歌，歌中的主人公经历了一生的苦难，但他依然友好地对待这个世界，没有一句抱怨的话。后来，在无数次的酒桌上，每当我们喝至半酣时，乔辉终于憋不住了，要倾诉一番，都是些掏心窝子话，低回辗转，临了又会以豪言壮句结束。

我不知道他什么时候写下这些篇章的，近三十年来，我只听闻他在为了工作和生活折腾不已，他是那种拼命三郎式的人，怎有闲暇写东西啊？所以我断定，乔辉以牺牲自己诗人、散文家的尊严为代价，来实现一个诗人、散文家的现实目标——赚到钱。我们不必苛求他的薄弱意志，转念一想，这倒不失为深刻理解他作品的一条途径。乔辉在这本书里写下的不是文学的散文，而是生活的散文，散文让他的生活相形见绌——的确散乱无章，不在散文的形式主义窠臼里；他断断续续地保持了对日常生活的洞察与自我的被动反思，坚持文白相杂的俗气但活泼的自辩；他亦庄重，他的态度真实而诚意十足。

在生活中，我们常将乔辉视作当代古龙，言外之意，他从不惧美酒的危害，奇怪的是，在这本书里他却没有大肆张扬酒神精神，无非在一场为了告别的聚会中蜻蜓点水般豪气了一下，“那晚大雨瓢泼，水可没膝；我们鲸吞海饮，酒泪沾裳……几个人搂着，站在大雨中的科尔沁大街正中央，任雨水浇透，让暴风雨来得更猛烈些吧！我们对着往来疾驰的车辆呐喊：‘操！来撞死爷吧！’”（《通辽的最后一夜》）当然做一个当代古龙还远不止如此，他喜打麻将，菜鸟老手一目了然，牌桌上的人物猴态可掬，细节真实得令人发指；他的行文一如他出神入化的牌技，于荒腔走板之际陡然形神兼备，亦不乏谆谆警醒世人，“有谁愿意为一枚棋子的落点而苦苦长考几个时辰?”（《我爱麻将》）

自从平庸占据了乔辉生活的上风后，他对待金钱和对待散文的态度是一样的：随心所欲。这要感谢他算是一种美学主张的不良生活习惯，作为一种风格来构建的——犹如那位俄裔美国诗人、诺贝尔文学奖获得者约瑟夫·布罗茨基所说的，“现实生活的主要风格，就是乏味。”乏味之余当然要添一笔久违了的天真，我们姑且称之天真之歌，那就是人与动物的距离（在卡夫卡的寓言中，动物就是人）。乔辉套用了他的小老乡晓角的一个篇名——“也瞧，这些人邻”，就动物象征主义而言，他有点向晓角致敬的意思，也是新老两代人之间的一次灵魂碰撞。埃利亚斯·卡内蒂在他的笔记中有这样一则令人悲伤的话：“只要你仔细观察一个动物，就能感觉到，有一个坐在动物体内的人在嘲笑你。”我们在乔辉的《杀牲》中感受到了，他沉浸在动物和人的相似性中，“猪就梦到了这一切”，他不无感慨亦悲愤地问道，“……人类的灵魂面对猪羊牛的灵魂，该如何相处?”他还写下了猫猫狗狗、虫虫鼠鼠等零碎的东西，情感是充沛的，口吻亦不失反讽，他的克制陈述仿佛在喻指和喻体的两造间小心翼翼地达成了和解。

在这本书里，我看到了一个奇妙而有趣的互文书写体式，叫做“同题作文”。这是一个关于时代的个人修辞，“我最愿意生活的三个时代”里有宏阔的历史观，但转眼就变成了乔辉的个体人生观，无非胡吃海喝的现世，所以米塞斯在谈到历史时对历史学家的鄙夷也可以用在他身上，带着价值观研究历史是不正确的。而董平老师——乔辉的爱人——写的是“我最愿意生活的两个时代”，比乔辉少了一个时代，关注的是小女人对具体生活的观察与思考。当然夫妻二人不止就他们愿意生活的时代发出琴瑟和谐之音，最终都愿意活在当下。他们的一系列互文文章，写得扎实，又不乏澎湃，一股脑隐入了当下的尘烟中。

大体上，乔辉以他的散文为我们提供了一幅他的自画像：性格敏感而豪情，身体瘦弱却充满了荷尔蒙，精神颓靡又激情不可控。如关于疾病和身体隐喻的《剃头记》，他身上的疾病犹如一个时代的伦理困局，他心里的苦水可吐满整个城市的所有垃圾桶。由此清楚地表明，乔辉就是一个城市的寓言，他的面目形象令人怀疑，但却符合我们对他从不打折扣的想象——在生活和文学的两造之间，有一种狂欢叫乔辉式的与万物同频共振的狂欢。

如果要发感慨，我想说我（们）很庆幸地在散文里重新发现乔辉这个人，准确地说，是我（们）重新发现的不只是乔辉这个人，而是这个人的散文。他有新闻的毒眼，生活的真心，文学的壮笔；他坚决反对沉闷和冥顽不灵，他给我们的友谊绝非彰显他的慷慨，主要是用来证明金钱并无害处。在他的无数轶事场景中，我们发现了两个乔辉：一个在星夜赶考场，一个在辞官归故乡。

浅予深深，长乐未央。是为跋。

2022年10月10日呼和浩特

作者简介

赵卡，原名赵先峰，1971年生于内蒙古包头市土默特右旗，从事诗歌、小说、随笔和理论批评写作，现居呼和浩特。

这是他的荞麦吗？　曹杰锋

记不清什么时候了，乔辉曾对我说过，他要是生了儿子，就叫土豆，要是生了女儿，就叫荞麦。他的土豆梦已经实现，而且还是百年南开的超级土豆，荞麦梦却做得有点久，直到如今也没有什么消息。他的这本新书《不过如此》，看来也字字心血，能算是命里的那一株荞麦吗？

说是的，可能因为喜欢。说不是的，可能因为期待。什么也不说的，可能对乔辉最了解。

我和乔辉的缘分，始于1989年夏天，也就是刚上大学的时候，屈指算来已30多年了。那个时候学校里流行写朦胧诗，他是写朦胧诗的高手，每个班级都爱编本油印的小册子，乔辉是班级文学社刊物的主编，不仅写作编辑，还刻版印刷，看来他的记者生涯，从那个时候就开始了。毕业以后天各一方，受制于我们各自的人生漂泊，有一段时间是音讯皆无的。那时大家都很难，不过现在回想起来，没有当年的寂寞，也不会有后来的求索。直到他回到呼和浩特，在《内蒙古商报》当记者时，我们才重新建立起联系，直到现在还保持着至高的密度和浓度。可以说，他的人生经历我是非常熟悉的，所以他的作品，尤其是那些撞击心灵的东西，我百看不厌。

这里所说的喜欢，因为人，也因为文。人，是真实的，他不会装。文，很清澈，像泉水一样。无论任何写作，无论谁的写作，离开了作者的经历，都是不可想象的，乔辉也一样。

乔辉善饮常饮，这在圈子里是出了名的，我也是受害者之一。年轻时，他的酒带着野性，喝多了会站在马路中央指挥交通，那副大眼镜后面站着一个有趣的灵魂，可惜这光辉形象没有留下证据。渐老后，他的酒禅意附身，推杯换盏之后，有时会像个孩子，莫名地忧郁起来，那份纯真与严肃，是平时绝对看不到的。他在文中多次提到酒，提到酒中的情节，但我认为那都不是精华所在，精华在他酒后唱出的老歌里，长长的，向远方延伸。酒是乔辉的情人，只有情人从天而降，他身上的雪才会慢慢融化，我喜欢他微醺时的率真。大家都是年过半百的人了，倘还能时不时地听到些沧桑的心底老歌，也是件幸福的事情，感谢酒，也感谢乔辉。

古来圣贤皆寂寞，惟有饮者留其名。没有植根于灵魂深处的那份洒脱，或对生命本质的深沉思考与体验，是不可能打动他人的，更不可能称其为饮者。

乔辉爱书，我的体会很深，每次遇到一起，他都会把车钥匙当宝贝一样看着。为什么呢？他怕我把车钥匙抢走，去后备厢里找书。他有一个习惯，新买的书都放在车上，没事儿就拿出来翻翻，我经常趁机抢书。还有一件更可恨的事儿，某日酒醉，他感觉难受，给我打电话说不想活了。我赶紧打车去看望，这货正躺在床上闹腾，窗户上还挂着吊瓶，经初步判断，没什么大事儿。因为那时是冬天，加之他夫人董老师也在，我坐了一会儿就准备离开，没想到刚才还说不清话的他大声提醒夫人：看住他别拿咱家的书！

腹有诗书气自禅，爱书如命的人，饱读诗书的人，不一定有多高尚，但他一定不俗气。这话用在乔辉身上，不知道合适不合适。他曾梦想有一个金庸那样的书房，我也希望他好梦成真，到时候好去蹭杯茶喝，当然了，他会如影随形地看住我。

乔辉能写，这不是我一个人的评价，十八九岁的时候，他就因为文章俊秀，也因为一手潇洒书法，在学校里小有名气。记得他当年曾在《天骄》杂志上发表过一首诗，那时是很不容易的，投稿时名为《百年孤独》，后来被改成了《孤独》，内容也修剪得面目全非，他为此还郁闷很久。按理说我的这篇文章应该多介绍他的作品，但看了赵卡等人的解析之后，我只好把方向调整一下，他们是专业的，我就重点谈对乔辉的印象和理解吧，让读者朋友们从另一个角度去审视作品。关于乔辉的写作能力，傲气的内蒙古诗坛独孤八问的广子曾说过："他那么年轻就写得那么好，如果坚持下去哪还有我们这些人的份儿。"广子夸人是不容易的，他的嘴海拔很高，由此可见乔辉确实底蕴深厚。

山不在高，有仙则名。水不在深，有龙则灵。乔辉的散文数量确实不多，但却很有穿透力，我相信随着时间的推移，这些作品会带给我们更多的回顾和反思。

许多个酒场，乔辉拿我讲段子，说他在我的毕业纪念册里写了八个大字：欺男霸女，无恶不作——因为我是班长。其实，他当时写了七个大字：最服你，最不服你。我问他什么意思，他说拿酒来，今夜不醉不还。这又是一个关子，三十多年了，酒干倘卖无了多少次，答案还是没有水落石出。其实我已经不指望了，乔辉最初的梦想是安安静静地当个学者，我最初的梦想就是没有梦想，走一步看一步吧，所以我们遇到一起，自然会留下很多服与不服的空间，希望在今后老去的日子里，我们还继续吵闹着，慢慢地把余年耗尽。

好像是去年的这个时候，我收到了乔辉的诗集《最高的雪》，序言是他自己写的，名为《有诗为证》。这本书我看了很多遍，还悄悄地在扉页上写下这样一段话：乔辉是个豪气冲天的人，他的心很脆，一首不经意的老歌，就可能让自己的心，回到白马少年。等到《不过如此》到手后，我就在扉页上给他写一副对联——

上联：我手写我心有诗为证

下联：尔意任尔行无欲则刚

横批：荞麦花开

2022年12月1日

作者简介

曹杰锋　著有散文集、诗集《心灵的独白》《心河之舞》《行与思》《诗行高原》，“心河之舞”微信公众号持有人，现居西藏。

人间不失格　刘不伟

诗人华楠的简介很有意思。华楠，华杉的弟弟。咕咚，读后我一下子有了模仿的冲动。刘不伟，乔辉的灵魂酒友。乔辉是谁。乔辉，70后，出生于内蒙古乌兰察布察右后旗，资深媒体人，著有诗集《最高的雪》，现居呼和浩特。

六年前的四月一日，愚人节，我从北京来到呼和浩特，陪女儿读书。岁月愚人，惊回首，望，1993年我从老家辽宁鞍山奔赴北京，北漂，一事无成。2016年我从北京奔赴内蒙古呼和浩特，陪读，获益匪浅。人生兜兜转转，一路悲喜，当然，冷暖自知。岁月亦是惠人，陪读，读已经不重要，主要是陪伴，和女儿一起成长，一起成长的我其实就是低下头洗衣做饭，抬起头心思飞翔。这一年初秋的一个傍晚，在与诗人广子约酒的小饭局上偶识乔辉、远心。馆子不大，酒没少喝。远心带来的笨酒，不赖，笨得醇厚好喝。让我这个笨人只顾着傻傻地喝。喝！我干了您随意，傻喝。对于乔辉这个笨友、新朋友全然没有啥深刻印象。多年以后乔辉若写起回忆录记录我们初见的场景，一定会点上细支冬虫夏草，吐出一口淡淡的虫草，嘴角一笑。嗒嗒，在键盘上敲下这样一行字：刘不伟，就是那个抱着两瓶金包蒙古王傻乎乎走进餐馆的家伙。哈哈。

哈哈，笑，没错，乔辉给我的第一印象就是嘴角时常保持着一种善意的浅笑。没错，笑比哭好。此后，频繁的啸聚狂饮中，我知道，乔辉是忧伤的。掐指一算，乔辉的忧伤总计九九八十一种，难啊。遗憾的是，我只知道其中一种，这唯一的一种我给他命名为乔氏“醉里挑灯看剑”式。那，有人就要问了。嘿，老刘，那他有没有“梦回吹角连营”呢，我觉得吧，有。这种有不仅仅是在乔辉的耳蜗里脑海里，同时也在我的耳蜗里，脑海里。何出此言，有书为证，在乔辉散文集《不过如此》的字里行间我们可以确认乔氏“醉里挑灯看剑”式的忧伤，这不是“喜剧的忧伤”，这仅仅是一个名叫乔辉的人的忧伤，低调、内敛、奢侈。是的，忧伤是奢侈的，在坚硬如铁的现实生活面前，在忙忙碌碌琐碎杂乱的日常日子里，在低头赶路的刹那，忧伤她上眉头下心头，瞬间湮灭。想忧伤，想得美，哪有空闲让伊忧伤。对的，忧伤很娇贵，生活很粗糙，忧伤可遇不可求。忧伤太务虚，而务虚也是不可求。虚是生命的底色，只有识得虚无的生命底色的人才敢于忧伤，忧伤需要勇气。好巧不巧的，乔辉有这种勇气。世事若艰难，乔辉当无惧。瞧，乔辉，勇者也。

乔辉散文集《不过如此》，我个人认为，这是一本70后心路历程的真实记录与见证。是一本以生活流无为而书的文献文本。是大时代小人物的病理切片。是波澜壮阔中的静水流深。全书分四个部分，第一部分：在人世间。第二部分：非常语文。第三部分：如露如电。第四部分：旧闻续貂。在这羊杂汤一样油腻又清凉的篇章里我们可以清晰看到红、白、绿，可以品尝到酸甜苦辣咸，可以触摸到柴米油盐酱醋茶，触摸到日常生活的脉动与温度。嗨，老板娘，加一张牛舌头饼子，炉焙的，扛饿。

我比乔辉大个两三岁，约等于同龄人，勉强算是同一个人生旅游团的团员，为啥？“夫天地者，万物之逆旅；光阴者，百代之过客。”没错，俺们俩一个团的，必须。为啥勉强，为啥约等于，我1969年出生，嗯，69年也是60后啊，不能假冒70后，不能装嫩。好吧，顺着汉字偏旁部首的蛛丝马迹我一个60后打探70后的雪地脚印。在第一部分：在人世间。这一辑的22篇文章里《通辽的最后一夜》读得令人热血冒烟，咕嘟咕嘟沸腾，激情嘭嘭嘭澎湃。虽各处不同的地域却有着同样的青春记忆，只能说乔辉的青春切片治好了刘不伟的隐疾。《蓬莱遇佛记》这篇短文藏有着乔辉式善意的微笑。佛者，觉悟者也。乔辉不是佛家弟子，居士都不是，也不是香客，但他是觉悟者，没错。在蓬莱，当李逵遇到李鬼，除了善意的微笑还能咋呀，都不容易不是。这善意的浅浅的一笑是乔辉特有的，是乔辉的宽厚与淳朴的一笑，没准还是菩萨附体的一笑，善哉，善哉。《香港：衣冠简朴古风存》《金庸梁羽生：前辈风流许再攀》《红线黄衫事有无》，写香港的这几篇读起来荡气回肠，差一点小肠串气，文人气息电力满格。情不自禁没搂住自己，看着看着我赶紧自斟自饮了一大碗，晕。噔噔噔噔，噔，耳畔陡然响起老黄霑那嘶烟酒嗓辣眼睛那种“沧海一声笑”的豪迈与洒脱。古龙、梁羽生、《大公报》《明报》往事悠悠彪悍又绕指柔，以及金庸的夏梦、春梦，哦，行刚（香港）爱恨情仇都，了无痕了吧。泪。

是我数学不好吗，数错篇数了吗。其实第一部分有27篇文章，另外五篇是极简体深入浅出式同题文，是乔辉家属、贤内助、娘子、夫人、爱人、爱妻、贱内，董平老师的佳作。董老师是真老师，人家是大学教授，那家伙，老厉害了。董老师行文有板有眼，优雅有度，绝对巧媳妇，四两拨千斤枪挑铁滑车，轻轻，就强力碾压了乔辉飞扬跋扈金牛嚣张气焰。清流啊，绝对是乔家大院子里的清流。真水无香，大道至简，说的就是乔夫人董女士。董老师，董教授，侬好飒。比喻不好，比喻让文学看上去轻佻矫情，如果打个比喻乔辉的文章像珍珠翡翠玉麒麟，那么散落在散文集中董平的同题文就是石头，朴素，素简，倔强、执拗、柔软的心静悄悄幽幽吐纳着天地日月星的光泽。忽闪，忽闪，照亮乔辉曾经晦暝暗淡的一些些日子。董，我懂，乔更懂。

第二部分：非常语文。多年前，远在海南的《天涯》杂志社设置编辑过多年的一档栏目好像就叫非常语文。《天涯》杂志社编辑的非常语文栏目我读了很多，喜欢。喜欢她田野调查式的呈现和野蛮生长野马追风式的格调。在乔辉的笔下诸如押韵篇、绰号篇、名字篇，歇后语、三句半和串话，对联篇中，乔辉像极了一个汉字考古骨灰级玩家。但见得，乔辉他，泡好一壶生普，点上细支冬虫夏草，坐到豪横古木桌几前，轻抖手腕，将韵脚、平仄、绰号、歇后语、三句半、串话、对联轻取掌中逐一手把件一样地把玩，把玩。咣当，阴平、阳平、上声、去声、平舌音、卷舌音、十三辙，纷纷脱手，左空翻右侧翻转体180度，下坠，砸痛乔辉的痛风脚。哎呦，哎呦，哎呀呀，我的三寸玉足，我的小猪猪，蹄。我严重怀疑曾在蓬莱遇到李鬼的乔李逵假冒了刘不伟，此话怎讲，想当年，不油腻不中年白衣飘飘玉树临风的刘不伟曾痴迷于对联、歇后语于重症监护室而不悔。犹记得不油腻不中年白衣飘飘玉树临风的小刘不伟在辽宁鞍山老家的火炕上读到“鸡饥争豆斗，鼠暑乘凉梁”之千古奇联时，哗，哗啦啦，震尿了。小鸡鸡你急什么急，豆什么斗，真以为自己“脚底下踩耗子——积极(叽叽)”啊，乔先生，莫事，逗你玩。

第三部分：如露如电。像《三更有梦书当枕》这种小文算是文人雅趣一种，这种雅趣很酸爽，古今文人就好这一口。古今文人为什么趋之若鹜，这个不得而知，真不晓得。乔辉的雅趣我略知一二，俺刘半仙掐指一算，情怀。情怀这个词现在是真的被玩坏了，成了资本的怀中物，胸器，不服是吧，爷敞开衣襟亮给你看，看哇，请付费，请办理VIP会员卡哦。在乔辉这还好，老乔他主要是没有用力过猛，轻重缓急有度，这种诡异的奇怪的奇技淫巧源于散文集中出现的几组关键词：达则兼济天下，穷则独善其身；位卑未敢忘忧国；耕读传家等等。这是乔辉骨血里的傲慢与偏见，就傲慢了，爱咋咋地。是的，一个书生，你不先天下之忧而忧，你不念天地之悠悠，你书个甚生咧，不如去苟且着生煎生抽生鱼片，暴食以终。我认为书生意气就是克己惠他，无二。无二者，乔辉乔二哥也。在《病中》乔辉看到了什么，猜猜，猜猜猜。我琢磨吧，他是看到了空，五蕴皆空的空。空，让乔辉看到了自己的脆弱，同时也看到了人类的不堪。唯有不堪，唯有脆弱，人才是人，人才会不屈地活下去。泥泞，不可掉头。

第四部分：旧闻续貂。旧闻不旧，温故知新。温故知新后，君子豹变。变，源于世事的反复源于生命的无常，变而不悔真汉子。《谁的人生没逃过票?!》，作为一个夜深人静吃苦瓜的中年人，乔辉同学深知有些苦隐秘锥心。怎么办，可以拍案而起，也可以选择沉默。灯红酒绿纸醉金迷中的拍案而起是赤子的怒发冲冠，是悲悯之心的一声断喝。因为，因为远方的哭泣与乔辉有关。不书生，拉黑。

当我读到《一个火锅的三国演义》《理想主义的孤独守望者》时候，吧唧，冒出个撸串式口水想法。啥是撸串式口水想法，就是以这个想法为幌子让乔辉啸聚夜宴于路边苍蝇馆子狂喝痛饮。前提是乔辉要把文中的李成云、王建海、云皓一起招呼上，干杯。撅一瓶，闷一杯，深水炸弹来一个，扣13敬9来一个，喝。停，暂且“与尔同销万古愁”。老乔你起个头，唱什么，你说唱什么，当然是你酒后的拿手戏，郑智化的《水手》吼起来：“总是一副弱不禁风孬种的样子／在受人欺负的时候／总是听见水手说／他说风雨中这点痛算什么／擦干泪不要怕／至少我们还有梦。”是啊，至少我们还有梦。可是那个朦胧派旗手诗人说“深夜里我们喝酒／酒杯碰到一起／都是梦破碎的声音”。不，NO，不是的。不是我们醉了，是这个时代喝大了，喝断片了，失控了失态了失格了，丑态百出啊，羞死先人啊。羞，羞于启齿。人间不失格，老乔，人间不能失格。老乔，你说是不是，是不是，你倒是说啊，说啊！555，三个五来上一支！打火机，火，火火火！干杯，干！

2022年12月5日上海周浦

作者简介

刘不伟　本名刘伟。1969年生于辽宁鞍山，祖籍辽宁辽阳，现居呼和浩特。

钢铁里长出的花　宇萍

前段时间，内蒙古美术馆展出了草原文化系列影画作品，有纵横交错的城市高架、灯火通明的夜晚，有无边际的草原、奔腾的骏马、延绵无尽的大青山，有行在街上的普通人，也有职场精英，如此种种，气象万千。去看的时候，陡然觉得乔辉的散文就有这种气象。他的文章颇有近代气息，具大家风范，却又舍掉了千年来“掉书袋”的沉重古老，遣词造句别具一格，时而陡峭冷峻，时而幽默风趣，其间，经史典故，信手拈来。故而，当收到这本《不过如此》散文集的书稿时，心下想，他的这些文字便是没炼成的钢铁里长出的花吧，值得一看再看。同样，这些花也结结实实地种在了他的读者们心上。

我就是读者之一。

乔辉早年的执教经历以及后来的诗人身份，使得他对周遭生活有着敏锐的观察，因而在散文的叙事上，更加清洁刚健。“在人世间”一辑中，主要篇目如《也瞧，这些人邻》《我的田园与江湖》《剃头记》等，许多文字如春之繁花，美妙随手可掇。读之，则如望见次第展开的山峦，让读的人不由得生出“人生的江面开阔起来”的观感。比如，我很喜欢的《我的田园与江湖》中，写田园的一段：

> 春生夏长秋收冬藏，心灵无限贴近四季与自然，是田园；听风雨观晦朔语柴米钟诗酒，肉体无限享受真实而具体的生活，这也是田园罢。

这是他对生活所怀有的一份“温爱”（而非“热爱”，“热”字大概只在他酒醉后才表现出来），更是他真实生活的写照。他的居处，是有自己的园子的，他将“一部分自己”安放在此处，像个农人一般，跟随自然的脚步，春种秋收。这个园子，是与他少年及青年时代在察右后旗的生活经历相关，那时的“田园”使他对贴近自然的生活模式有了天然的亲近，春种秋收所带来的可预期性和安全感早已根植于他的生命早期。他或以此作为一个成年人对现代都市生活的“叛逆”，和对自由的向往，于是靠着窗前周而复始的四时更替，“重回”他梦中的故乡；园子之外，他还有“另一部分自己”和另一个圈子，他和他的众友们抽华子喝台子，也常常醉倒在“杨柳岸”边，如同太平洋中的一支洋流，来去不拘，肆意自由，多好啊！这是他豁达人生态度的体现，他把生活中孤独的、隐痛的那部分全都藏在了文字背后，而且藏得很深。转过身，他笑而不言，不如喝酒罢，不如吟诗罢，不如稻粱谋，于是“干杯吧，朋友”，不醉不归。在《三更有梦书当枕》中，他引用“敏捷诗千首，飘零酒一杯”一句，便与此遥相呼应了。

说起来，我认识乔辉还不足半年。2022年春天的一个周末，正值乌素图杏花节，我所在的Enjoy读书会在裴庄主的福喜山庄办书法活动。我有每年去山上拍杏花的喜好，那天正好也一并参加了书法活动。乔辉是读书会公认的“帮主”，写一手好字，我是早有耳闻的。因为堵车，我晚了半个钟，错过了书写环节，进场时正在拍卖（款项用于捐赠一家儿童福利院），台上“花开见佛”四个字，写得风流动人，使我因赶路奔跑而慌乱的心一下子平静下来。我问旁侧的刘津“是谁的字?”她说“乔帮主”，并于人群中为我指认出他。果然字如其人。后来和袁春、李俊同去乔帮主书房拜访，求得的墨宝便是“花开见佛”四个字。

时隔不久，内蒙古文学社、呼和浩特市作协、诗词学会在内蒙古美术馆举办了乔辉的诗集《最高的雪》分享会，我和读书会的若干书友同去参加。又一次感慨：果然诗如其字，同样的风流动人。《大雨乌兰察布》感动过许多诗迷，大概缘于我自身在乌兰察布长大并失去至亲的人生经历，那天我初读这首诗所获得的感动更甚于他人。我在座无虚席的观众席眼含热泪，抬头望见正在发言席作写作分享的乔辉本人，忽然有种似曾相识的感觉，就像是幼时住在隔壁的俊英家爸爸，多了份亲切。这是我第三次见到乔辉，尽管彼时还只停留在那种“住在隔壁，但我们只有点头之交”的认识层面。

感动之余，我为《大雨乌兰察布》写了两句的读后感，辗转发给了乔辉——

文字只是传递情感的工具，但它们并不能完整地表达诗人的心。读的人共一分情，写的人要流十分眼泪。

也始于此，关注了他的个人公众号“交代”。他诗里的亲情，是使人落泪的；但他的散文里，鲜有难以克制的情感。他也写亲人，写伴侣，全书随处可见“吾妻”“妻说”等表述，并不吝笔墨反复书写他们相恋、相守到烟火日常的生活，字句皆是一个丈夫对妻子的深情。书中多篇同题作文，如《剃头记》与《剪短我的发》，《非常语文之名字篇》与《敢问你姓甚名谁》，也是一个妻子对丈夫深情的回应。在我看来，文章中所展现的生活的细微与诗意，相爱与陪伴，正是作者的温柔用心。他的温柔是有深意的——我在黑暗里走了太久，我看到了光——这光也许来自爱情。

自古至今，世人对爱情的向往和憧憬从未间断，那么，我就当榜样为你们引路，写模范化的爱情给你们观之，习之。书中，作者与妻子这种高度表白式互动，令我不厚道地想到维·洛奇笔下的那个把学术和旅游结合起来且不用自己掏钱的“小世界”。但对于大变局时代的现代人而言，数座大山压得喘不过气来，躺平实则不甘，卷则卷甚，疲于奔命。但作者并非冷眼旁观，他是善良的，愿意以重墨书写幸福的爱情和纯粹的精神，并以此告诉读者，先从爱情开始，去向内寻求精神世界的强大与富足吧。

他性格里有草原人的“真”，有边界分明的爱与恨。他虽持有对生活的温爱，温和有节，但对一些无法理解的人与事，他也有同样的调侃与批判，而非一味地妥协与忍让。草原上有句话叫“朋友来了有美酒，豺狼来了有猎枪”，可作为他爱憎分明的佐据。他的这份“真”也体现在他的文字里，譬如《非常语文之押韵篇》一文，他写亲身经历的教训，用极具押韵气质的“口号”，讲一讲面对计划生育的无奈，讲一讲放开二胎政策的遗憾。但他行文克制内敛，即使“心实不悦”，仍旧以一句“无处话凄凉”终结，褪尽了火气和燥气，用乔辉式自嘲的语言，去中和“愣头青”才有的激愤。他从不破口大骂，文字也一样，这是他的修养。

金圣叹说：“字有字法，句有句法，章有章法，部有部法。”语言元素的组织运用一直是写文章的人无法忽视的存在。乔辉散文一个好的地方，就是将语言元素拆分、陈述给读者看。他的“非常语文”系列文章，在与你聊如何押韵，聊名字的趣味、聊一扯一大把的歇后语和三句半，这是他曾作为高中老师所沉淀的智慧。他谈不同朝代名字与阶级的关系，谈好友李天宝饮酒时的顺口溜，谈自己写对联赚到的第一桶金……不同的故事，他讲得有趣，我亦读得有趣。有时读着读着，总要叹一个“妙”字。比如，读到杭州人与纪晓岚对对联的典故，纪昀为上联“双塔隐隐，七层八方四面”所对的“孤掌摇摇，五指两短三长”下联，难免不让人称妙。典故妙！用接地气的话讲典故，同妙！

乔辉擅叙事。如果说叙述是一棵大树，他会耐心地从树根讲起，慢慢讲上来，讲到树干，讲着讲着，树干上会分出多少小的树杈，他都会告诉你，甚至那些树杈又生出的旁枝，他都饱含深情地交付给你。比如，写愿意生活的三个朝代，愿意生活是“树根”，他慢慢讲朝代（“树干”），随后是“树杈”与“旁枝”：宋朝有哪些有趣的人，上世纪九十年代哪里好，然后回归到当下，去爱今天。这是智慧的光，他带着读者向先贤学，向古代求，去找去寻光源。先贤与古人传世的经与典，便是时空维度内不灭的光。

这光，也自星空而来。乔辉在自序里说：“满天之星斗如恒河沙数”，他从“地月系”追溯至“宇宙”，用生花妙笔为我们呈现了地球之外、人类正在探索的世界。于浩瀚的时空长河里，宇宙之初产生的原子经历了多少次分合聚散，伴随着多少偶然之中的巧合，才有此刻此时的我们，不禁使人萌生出与天地万物同根同源之感慨，再看世间万物也不过过眼云烟罢了。于是想到某次乔辉微醺时随口说的一句“人生没有意义”。这个观点在我后来阅读他的文章时，总会时不时跳出来。比如，在《岁月神偷》和《记忆》里，他写时间、写梦，写量子纠缠，写返老还童，写宇宙的死亡，他言“当下即永恒”，岁月不居，神偷又有何惧？文如其人，诚然天真淳朴，但却有暗流涌来。这是他所擅长的。缓缓起步，猛然转折，让人心里有说不清道不明的滋味，对人生的了解也渐至宽广。时空浩渺无穷，谁的一生不是永恒在刹那闪现间的一粒微尘？我们究竟是哪一粒微尘，又何关乎重要？所以，“无论什么事，大胆去做，没有人在乎，就算有人在乎，人又算什么东西!”从某种层面看，个体的生命不过沧海之一粟，是某种物质在刹那间的表现，只要我们在每一个刹那，不拘无惧，便是美好可喜了。

当然，乔辉的这些文字对读者并不是不作要求的，他也挑剔。倘若对经史无所知，对日常生活又疏于用心，读起来大概将很难体会那文字背后广阔世界的动人，更难感知生活予人的种种热烈，亦不可见这些钢铁里开出的花之绚烂与芬芳了。

2022年10月12日于疫时呼和浩特

作者简介

宇萍　乌兰察布人，客居呼和浩特，金融从业者，著有散文集《我们说好的》。

图书在版编目（CIP）数据

不过如此 / 乔辉著. -- 北京：作家出版社，2023. 8
ISBN 978-7-5212-2379-8

Ⅰ. ①不… Ⅱ. ①乔… Ⅲ. ①散文集 – 中国 –当代
Ⅳ. ①I267

中国国家版本馆CIP数据核字（2023）第121157号

不过如此

作　　者：乔　辉
责任编辑：翟婧婧
特约编辑：刘不伟
封面设计：薛　萍
书法题字：孙卓章
出版发行：作家出版社有限公司
社　　址：北京农展馆南里10号　　　**邮　　编：**100125
电话传真：86-10-65067186（发行中心及邮购部）
86-10-65004079（总编室）
E-mail:zuojia@zuojia.net.cn
http://www.zuojiachubanshe.com
印　　刷：河北鹏润印刷有限公司
成品尺寸：142×210
字　　数：200千
印　　张：9.75
版　　次：2023年8月第1版
印　　次：2023年8月第1次印刷
ISBN　978-7-5212-2379-8
定　　价：57. 00元

ISBN 978-7-5212-2379-8
9 787521 223798 >
